KB235490

날마다

이혼을 꿈꾸는 여자

김종윤 장편소설

날마다
이혼을 꿈꾸는 여자

자유지성사

한 여자가 남자를 만났다.
그 여자는 그 남자가 우주의 중심인 줄 알았다.
그 우주를 중심으로 두고 세상을 살고,
세상을 바라보았다.
그러던 어느 날, 그 남자가 그 여자를 외면하기 시작했다.
"나는 다른 여자를 사랑하고 있어."
남자는 새로운 여자 이야기를 할 때 너무도 행복해 했다.
"당신이 내 남자가 아니라면 뒤늦게 찾아온
사랑을 축하해주고 싶어요.
하지만 당신은 내 남자예요."
그녀는 그가 돌아오기를,
그래서 다시 우주의 중심이 되기를 간절하게 바랐다.
하지만 그 남자는 돌아오지 않았고,
그녀는 우주의 축을 놓친 채 허둥지둥 세상을 살기 시작했다.
한 개의 먼지처럼……. 그리고 훨씬 세월이 흐른 뒤,
수많은 고통과 절망의 늪을 건넌 뒤에
그녀는 새로운 우주 하나를 찾아냈다.
너무도 아름답고 고귀한 세상의 단 하나뿐인 우주를.
"나는 나를 사랑해. 이제는 내가 우주의 중심이 되었어."
그녀는 그 말을 하면서 활짝 웃었다.
그리고 자신을 떠나간 남자를 용서했다.

1

올해 겨울은 다른 해보다 훨씬 더 빠르게 사람들 곁으로 다가왔
다. 11월이 간신히 넘었을 뿐인데 빈 나뭇가지를 흔들며 달려온
북풍에는 칼날 같은 차가움이 가득 실려 있었다. 어쩌다 햇살이
얼굴을 디미는 날도 있었지만 한나절이 되기도 전에 해는 구름에
가려지고 하늘은 을씨년스러운 모습만 보여주었다.

맑은 날에는 통유리 너머로 호수를 볼 수 있고 건너편의 아파트
며 자동차, 초여름에 옮겨 심은 소나무도 쉽게 볼 수 있었지만,
지금은 전혀 보이질 않는다. 내다 본 하늘은 자욱한 안개밭 같았
다.

그 탓일까, 장사치들의 핸드마이크 소리도 아주 멀리서 들려오
는 것처럼 아득하기만 하다.

눈이라도 올 것 같은 날씨였다.

"작년에도 눈이 왔었나?"

경희는 혼자 중얼거려 본다. 그러다 손가락을 꼽아가며 해마다의 겨울을 떠올려 보았다.

재작년 겨울에는 규리가 편지 한 장만을 남긴 채 파리로 떠나버려 혼비백산했었고, 작년 겨울에는 호연이 복막염에 걸려 병원 신세를 톡톡히 졌고 그리고…… 어느 해 겨울에는 호진이 겨울 방학을 앞두고 느닷없이 학교를 때려치우고 글을 쓴다고 선언을 해서 마음 고생을 겪고……. 시어머니가 기차에 깔려 죽는다며 한바탕 소동을 벌인 일, 남편이 사업에 실패하고 많은 땅과 선산을 경매로 넘기고 몇날 며칠을 술독에 빠져 지내며 경희에게 갖은 횡포를 다 부렸던 일, 모두 겨울에 있었던 일이었다.

만약 눈이 왔었다면 그런 크고 작은 사건들 사이사이에 엽서처럼 끼여 있었으리라.

질경이 같은 삶에 부대끼느라 언제 겨울이 왔었고, 눈이 내렸었는지 아무 기억도 나지 않았다. 다만 모든 절망도 눈 그치고 바람 그치고 꽃피는 봄이 오면 희망으로 다가오리라는 기대만은 한번도 버리지 않았던 것만 기억에 또렷이 남아 있다.

사실 이렇게 한가하게 앉아 오랜 상념에 빠져 있는 것도 낯설었다. 마치 남의 집에 놀러와 있는 사람처럼.

경희는 자리에서 일어나 커튼을 들추고 밖을 내다본다.

하늘은 금방이라도 눈을 뿌려댈 것처럼 은행나무 가지까지 내려와 있었다. 잠깐 눈을 감았다 뜨면 주름 스커트 같은 어둠이 켜켜로 내려앉는 모습이 또렷이 보였다. 하지만 좁쌀로 남은 빛을 쪼며 노는 새들의 부릿짓 소리도 들을 수 있어 좋았다.

경희는 그렇게 선 채 창문 가까이 바투 몰려와 무엄할 만큼 큰 얼굴로 안을 기웃거리는 어둠을 오랫동안 바라보았다.

바람이 거세게 불면서 창문이 덜커덩 신음소리를 내뱉는다.

갑자기 곤두박질친 간밤의 수은주 때문에 벌써 얼어버린 은행 잎들이 힘없이 우수수수, 이파리들을 쏟아내고 있다. 아직 물이 들어야 할 나뭇잎이 수두룩한데 벌써 낙엽이 지다니, 공연히 어깻죽지가 시렸다.

"왜 저렇게 급하지?"

경희는 떨어지는 나뭇잎들을 눈으로 좇다 말고 다시 혼잣말을 한다.

세상의 일이란 게 뭐든 느긋하다가도 급해지면 어제 다 못한 것까지 오늘 해내느라 저 모양이 된다.

하지만 저 은행잎마저 다 떨어지고 나면 이 집은 황량한 들판에서 기우뚱 쓰러져가는 외딴 집처럼 깊은 적막에 감싸일 것이다. 호수, 공원, 모두 겨울이면 겨울잠을 자는 곳이니까.

이곳에 처음 이사왔을 때, 규리는 창문에 매달려 비명을 질러댔다.

"와, 엄마, 호수가 겨울잠을 자! 겨울잠을 잔단 말야!"

며칠을 두고 눈발이 그치질 않다가 이삿짐을 다 옮긴 후에야 그쳤었다. 그랬을 뿐인데도 친정 어머니는 소리치는 규리 옆에서 무슨 대단한 축복이라도 받은 것처럼 감격해 하셨다.

"이사하고 결혼식 하는 날 비가 오면 좋은 소리 못 들어도, 눈이 오면 정말 경사스러운 것인데, 하늘이 네 정성에 탄복한 모양이다. 그래, 규리 말대로 호수가 겨울잠 다 자고 일어나면 예쁜 꽃도 피고 나비도 날고 벌도 날아다니면서 맛있는 꿀을 따다 줄 거다. 그렇지, 규리야?"

친정 어머니는 딸자식 고생이 다 끝나기라도 한 것처럼 마냥 즐거워하셨다.

"이제야 돌아가신 네 아버지가 너를 도와줄 작정인가 보다. 그래도 외딸이라고 어떤 자식들보다 예뻐하더니만, 이제 커다란 선물 하나 줄 모양이야. 고맙지 뭐냐."

어머니 입에서 돌아가신 아버지가 고맙다는 말을 들은 것은 그때가 처음이었다.

경희도 그 말을 믿고 싶었다. 자라면서 한번도 아버지를 의지한 적이 없었다. 그리고 또렷하게 기억되는 아버지의 모습도 별반 없었다. 항상 마른 나뭇잎처럼 바스러지고 말 것 같은 아버지 옆에서 숨도 제대로 못 쉬고 살았던 것밖에는.

하지만 아버지 넋이 있다면 이제라도 두 다리 뻗고 살게 해달라고 마음속으로 기도했었다.

정말로 돌아가신 아버지가 도와주고 있었는지 이 집으로 이사 온 뒤로는 그런 대로 편안한 삶이었다. 술만 취하면 인사불성이 되어 갖은 폭행을 일삼던 남편의 술주정도 별만 없었던 것 같았다. 특히 겨울이면 경희 자신까지 겨울잠에 빠져 있는 듯한 그 고즈넉함이 너무 좋기만 했었다.

호수가 깊은 잠에 빠져 있어도 가만히 귀를 묻으면 환청처럼 물오리떼의 물수제비 뜨는 소리가 마음 언저리에서 철썩거리기도 했다.

여름이면 제 짝을 찾는 맹꽁이 울음 소리를 들으며 잠이 들어야 했다.

"저 바보 맹꽁이, 아직도 짝을 못 찾았네."

호연은 작년에도 울고 올해도 울고 있는 맹꽁이를 바보 맹꽁이라고 이름 붙여주었다.

하지만 주변에 집들이 잔뜩 들어선 이후로는 창문을 열어도 물수제비 뜨는 소리는 들려오지 않았다. 자동차의 소음이 전부였다.

시계를 보았다. 다섯 시가 넘어가고 있었다. 예전 같으면 돌아올 가족들을 위해 외출했다가도 돌아와 저녁 준비를 하고 있을 시간이었다.

남편이 좋아하는 된장 찌개를 끓이고, 호진이랑 호연이가 좋아할 생선을 굽고, 규리를 위해서는 버섯 볶음이나 싱싱한 야채를 준비하느라 바빴을 시간이었다.

하지만 오늘은 어제도 그랬지만 혼자 남은 밥을 물에 꾹꾹 말아 허기를 때우거나 그도 귀찮으면 굶고 잠이 들 것이다.

경희는 자신도 모르게 텅 빈 집안을 훑고 있는 자신을 보았다. 둔탁하게 움직이는 시계 소리, 어디선가 똑똑 물방울이 떨어지는 소리, 위층에서 들려오는지 탁탁탁 규칙적으로 들려오는 도마 소리…… 그런 것들이 경희 주변에 있을 뿐이었다.

전화가 울었다. 경희는 화들짝 놀라 잠깐 넋을 잃고 전화기를 바라보았다. 그러다 잰걸음으로 달려가 송수화기를 집어든다.

"여보세요."

경희는 자신이 떨고 있다는 사실을 목소리 때문에 비로소 깨닫는다. 아닌 게 아니라 어깨까지 떨고 있었다.

"나 늦어."

남편이었다.

"……"

"갑자기 큰일이 생겼거든."

그의 목소리는 듣기에 따라 몹시 다정할 수 있었다. 자상한 남편이 혼자 있을 아내를 염려해 주고 있는 것처럼 보일 테니까. 하지만 경희는 딱딱하게 굳어버린 마음을 어쩌지 못하고 그저 가만히 듣고만 있었다.

"애들은 아직 안 들어왔나?"

"……"

경희에게 무슨 대답을 바라고 던진 질문이 아니었다. 다만 전화를 했기 때문에 숙제를 하는 것이다. 아니, 다른 여자를 사랑하고 있기 때문에 아내에게 겨자씨만한 미안함을 그렇게 대신하고 있는 것이다.

"늦겠군요."

쓸쓸함 때문에 착, 목소리가 가라앉은 여자 음성이 송수화기를 타고 아득히 사라지고 있었다.

"음, 늦어. 먼저 자."

많이 늦어요? 그렇게 물으려다 경희는 서둘러 전화를 끊는다.

남편 입에서 어떤 구구한 변명이 쏟아질지, 두려울 뿐이었다.

엊그제는 친구 모친 사망이었고, 어제는 후배 아들 백일이었고, 일주일 전에는 갑자기 회사에 감사를 나와서 늦는다고 했다.

언제부턴가 남편 주변은 세상에서 벌어질 수 있는 온갖 일들이 어김없이 벌어지고는 했다. 그 모든 일들은 남편의 변명을 위해 애초부터 존재했던 것처럼.

하지만 경희는 한번도 남편의 행동을 의심하지 않았다. 적어도 얼마 전, 핸드폰을 통해 들었던 그 수상한 호흡 소리를 듣기 전까지는.

유난히 달이 밝은 날이었다. 침대에 누워 밖을 보니 휘영청 밝은 달이 창 너머에서 이쪽을 기웃거리고 있었다. 그 밝은 달이 까마득하게 잊고 있었던 일 한가지를 불현듯 떠올리게 해주었던 것이다.

후닥닥 일어나 베란다 창고로 달려갔다. 창고 안에 놓인 나무 상자를 열자 향긋한 먹냄새가 와락 달려들었을 때 경희는 제일 먼저 남편을 떠올렸었다.

붓글씨 쓰는 일이 마냥 행복해 아이 셋 키우고 시집살이 하면서

도, 어깨 너머 눈동냥으로 갈고 닦은 실력이 그런 대로 인정을 받
았다. 어려서부터 친정 아버지한테 한자 한자 배운 실력도 있어
남다른 솜씨를 발휘할 수 있었고 덕분에 서예 대전에서 입상의 행
운을 얻기도 했다.

하지만 시어머니는 마치 몹쓸짓이라도 한 것처럼 경희를 내몰
았다.

"서방 앞길 막으려면 뭔 짓은 못할까. 치맛자락 휘날리면서 이
름 석자 날리려고 기를 쓰면 서방 앞길을 막는 것이고, 잘난 제
인물 뽐내자고 여자 귀 뚫으면 서방 사업 망치는 거다. 집안 운은
한 개인데 네가 그 운을 빼앗아 버리면 서방 운은 막힐 수밖에.
나는 이 나이가 되도록 집안 남자들 앞길 막을까 봐 계모임도 안
한 사람이다. 그뿐이냐, 나라고 귀뚫고 멋내기 싫어 그냥 살았을
까."

은근히 남편의 도움을 청해본 적도 있었다. 하지만 오히려 화근
이 되었을 뿐이었다.

사법고시를 포기한 뒤 남편은 경희가 붓 드는 것을 더더욱 싫어
했다. 인사불성으로 취해 들어온 날이면 창고에 넣어둔 서예도구
들을 몽땅 끄집어내어 횡포를 부리기까지 했다.

"흥, 나 안 만났으면 붓글씨 대가라도 될 수 있었을 줄 아나?
이까짓 게 뭐야! 쥐뿔도 없는 것들이 한가하고 배부르니까 니나노
놀자니 천박해 보이고 할 짓은 없고, 신선놀음이나 해보자 이거
야? 내가 세상에서 가장 싫어하는 족속이 누군지 알아? 문학 나부
랑이를 한답시고 지게 한 번 질 힘도 없는 것들이 거들먹거리는
것하고 손가락에 흙 한 번 안 묻힌 족속들이 취미 생활 어쩌구 하
면서 할 지랄없이 몰려 다니는 거야."

남편은 법보다 우선하는 것은 있을 수 없다고 믿는 사람이었다.

그런 사람이라서 술기운에 그런 말을 하는 것이려니 믿었던 것이다.

하지만 경희가 붓을 드는 일을 왜 그렇게 싫어하는지, 그 이유를 깨달은 것은 한참 후였다.

"엄마가 취미생활 하는 것을 아버지가 왜 싫어하는지 그렇게 모르시겠어요? 아버진 엄마가 당신도 못한 출세를 한다고 생각하신 거예요."

호진이 그런 말을 했던 것이다. 그 말을 다 믿는 것은 아니었지만 적어도 남편 사업이 제대로 굴러갈 때까지는 잊고 살기로 작정했었다.

그런데 휘영청 밝은 달이 향긋한 먹향을 다시 떠올리게 했던 것이다. 그리고 그 동안 눈에 띄게 친절해진 남편의 얼굴 표정이 더욱 그런 용기를 내게 해주었던 것이다.

몇 달 동안 남편은 경희가 의아해 할 정도로 다른 모습을 보여주고 있었다. 가끔씩 옷을 사 입으라며 돈을 내놓기도 했고, 집에 들어올 때, 나갈 때, 항상 싱싱한 웃음을 보여주고는 했다.

늘 바위처럼 굳어 있던 사람이 갑자기 변한 것에 대해 경희는 아무 의심도 할 줄 몰랐다.

이제는 사업도 어느 정도 안정되었고, 마음 고생 시킨 아내에게 빚갚는 심정으로 그러나 보다, 하며 그저 행복해 했을 뿐이었다. 곤드레만드레가 되어 경희를 괴롭히지 않는 것만으로도 고마울 일인데 이게 행복이구나, 생각할 만큼 남편은 자상하게 굴었던 것이다.

결혼해 살면서 경희가 남편에게 전화를 거는 일은 거의 없었기 때문에 그날 핸드폰 번호를 누르는 손길이 조심스러울 수밖에 없었다.

몇 번의 벨이 울리고 여보세요, 남편의 음성이 흘러나왔다. 그러나 여느때 들었던 그 음성이 아니었다. 헉헉, 되직한 호흡 소리가 묻어 있었다.

"왜 목소리가 그래요?"

경희는 정말 순수하게 물었다.

"으응, 계단을 오르는 중이었어. 친구 어머니가 돌아가셨거든."

거기까지 말하고 남편은 서둘러 전화를 끊어 버렸다. 다시 번호를 눌렀지만 끝내 연결되지 않았다.

그리고 남자가 어떤 경우에 그런 된호흡을 내뱉을 수 있는지, 그걸 깨달은 것은 새벽이 다 되어서였다. 이상하게도 그 된 숨소리가 뇌리를 떠나질 않고 흡반처럼 들러붙어 있었던 것이다. 그리고 남편의 부정을 증명해주기라도 하는 것처럼 그 동안의 모든 일들이 하나둘 엮어지기 시작했다. 하루가 멀다 하고 외박을 했던 일, 늦은 귀가, 그리고 쓸데없는 친절.

누가 말해주지 않아도 여자의 직감은 소리보다 더 빠르게 촉각을 곤두세울 때가 있게 마련이다. 특히 남편의 일일 경우에는 더욱 그러했다.

남편은 한 여자의 몸에 탐닉하던 중에 전화를 받았을 것이다. 아주 얼결에. 전화벨이 울리자 손이 의식보다 먼저 핸드폰을 열었을 것이고 받고 나서야 아차, 했을 것이다.

그런 상상은 참으로 순식간에 떠올랐지만 충격은 너무도 엄청났다.

밤새 먹을 갈고 붓을 손에 쥐었지만 화선지 위에 점 하나 찍지 못하고 날을 새고 말았었다.

"겨울에 사망률이 가장 높다는군. 특히 심장 약한 노인은 얇은 옷차림으로 신문 주우러 밖에 나가는 것도 삼가야 된다는 거야."

다음날 집에 돌아온 남편은 마치 친구 어머니가 그렇게 변을 당하기라도 한 것처럼 힘주어 말했다.

그리고 그는 속옷과 와이셔츠만 갈아입고 출근을 했다. 세수도 하지 않았고, 면도조차 하지 않았다. 이미 그의 얼굴에서는 낯선 로션 냄새가 풍겼고, 턱과 입 주변의 수염은 말끔하게 깎여진 상태였다.

모든 것은 이제 분명해져 있었다. 남편이 그 동안 왜 그렇게 자상하게 굴고 다정하게 대해줬는지 비로소 이해할 수 있었다.

한번 어긋나면 늘 어긋나게 되는 것, 그게 삶이었다. 삶이란 시험이 아니었다. 뒤가 없는 길이었다. 한번 들어서면 영원히 되돌아갈 수 없는 길. 굴레였다.

아무리 깊은 동굴에 옹송거리고 몸을 숨겼어도 때가 되면 뭔가 어김없이 찾아와 인간을 손아귀에 움켜쥐고서 길 위로 떠다 미는 것, 그게 어긋난 삶이었다.

그걸 왜 이제 와서야 깨닫는가.

남편은 그 일이 있은 뒤 차츰 말수를 줄여갔다. 예전처럼 쓸데없이 다정한 말을 건네지도 않았고 오히려 바위처럼 굳은 표정으로 돌아가 있었다. 애들을 보아도 의례적인 말조차 건네지 않을 때가 많았다. 어딘가에 넋을 빼놓고 육신만 잠자리처럼 홀홀 날리는 사람 같았다.

경희는 손님처럼 잠깐씩만 집에 들렀다가 사라지는 남편 앞에서 아무 말도 하지 않았다. 입을 열면 아, 비명 소리부터 터질 것만 같았던 것이다. 그를 붙잡고 무슨 말인가 물었을 때, 그의 입에서 흘러나올 모든 말들이 너무도 두렵고 끔찍할 뿐이었다.

"나 여자가 생겼어. 난 그 여자를 사랑해."

"나는 그 여자 없으면 살 수가 없어."

“우린 이미 결혼 약속을 한 사이야.”

그런 말들이 남편의 입을 통해 뱀처럼 기어나올 것만 같았다. 가슴은 싸늘하게 식어가는데 머릿속은 휘발유를 붓고 불을 당긴 것처럼 후끈거렸다.

남편은 유치하거나 촌스러운 것을 가장 못견뎌하는 성격이었다. 그건 경희도 마찬가지였다.

하지만 이 현실 앞에서 남편 입을 통해 들을 수 있는 말들은 가장 유치하고 촌스러운 것밖에 없었다. 경희 또한 그런 것들밖에 상상할 수가 없는 것처럼.

아내가 있는 남편이 다른 여자를 사랑하기 시작했을 때, 그래서 아내가 바윗덩어리처럼 무겁게만 여겨졌을 때 남자는 마치 어깨 위에 실린 바위를 한꺼번에 던져버리듯 아무 말이나 함부로 떠들어댈 수밖에 없으리라.

경희 생각엔 삶이란 한껏 멋을 부린 유한 마담과도 같았다. 하지만 어떤 극한 상황이 되면 실오라기 하나 걸치지 않은 창녀로 돌변하는 것, 그게 삶이었다.

그래서 누가 나를 어떻게 보건 말건 입고 있던 옷을 훌훌 벗어 던져 버리는 것이다. 삼십년 넘게 시어머니와 남편을 지켜보면서 깨달은 사실이었다.

창녀는 될 수 없다, 경희는 누구에겐가 말을 하듯이 힘주어 중얼거린다. 겹겹이 옷을 껴입고 있어 질식하는 한이 있더라도, 한껏 멋을 부린 유한 마담으로 있어야 했다.

“초라한 것은 죽어도 용서할 수 없어.”

경희는 거실 한쪽에 세워져 있는 결혼 사진으로 시선을 돌렸다.

가족도 참석하지 않은 채 쓸쓸하게 교회에서 올린 결혼식이었다. 시가 쪽의 반대 때문이었다. 시부모님도 참석하지 않는 식장에 갈 수 없다며 친정 어머니까지 올 수 없었던 결혼식이었다.

향긋한 커피향이 내내 뒤를 쫓아다니고 있다는 사실을 문득 깨달았다.

경희는 잔에 가득 커피를 채웠다.

커피향이 향긋하다. 그 향긋함이 다소 마음을 편안하게 해주었다. 경희는 두 손으로 커피잔을 소중하게 감싸며 커피 한모금을 입에 물었다. 온몸으로 퍼지는 따뜻한 기운이 너무 좋았다.

세상은 참 이상했다. 모든 것을 다 잃었다고 여기는 순간, 기다린 것처럼 아주 작은 것들이 다가오는 것이었다. 그것들은 마치 귀한 보물이라도 된 양 어딘가에 숨어 있다가 큰것들이 모두 사라진 그 자리에 반짝 별처럼 나타나는 것이었다.

그렇게 나타난 작은 것들은 너무도 소중하고 귀하기만 했다.

아이들의 웃음 소리, 똑똑 떨어지는 맑은 수돗물 소리, 어디선가 바람 소리처럼 들려오는 피아노의 음률, 그리고 커피 한 모금.

먹 향기만 맡으면 행복하다고 생각했던 시절이 있었지만, 그것들을 모두 버린 뒤, 그리고 술만 취하면 폭력을 휘두르는 남편을 바라보고 살면서 남몰래 우울증에 시달렸던 적이 있었다.

하지만 어느 날 문득 주변을 보았을 때, 경희는 혼자 탄성을 질렀다. 혼자라고 생각했는데 작고 소중한 것들이 들꽃처럼 주위에 널려 있었던 것이다.

그 모든 것들은 경희의 마음을 한결 따뜻하게 해주었다. 제아무리 고달퍼도 저런 아름다운 것들만 곁에 있어 준다면 그대로 견딜 만할 것 같았다.

그런데 이제 그 소중한 것들마저 사라지려 하고 있는 것이다.

아껴 커피를 마시며 경희는 훤히 보이는 공원을 아주 오랫동안 굽어보았다.

이곳에 처음 이사왔을 때는 정말 허허벌판이었다. 호진이 고등학교 3학년 때였으니까 벌써 12년이 흘렀다. 쌍둥이 호연과 규리가 고2였다.

그 12년 사이에 공원은 남모르게 쑥쑥 자라는 나무들처럼 조금씩 변해 저만큼 반듯한 공원으로 변해버렸다.

처음에는 사람의 손길이 전혀 닿지 않은 곳이었다.

그게 좋았었다. 봄이면 모를 심는 허리 구부정한 노인을 만날 수 있었고, 여름이면 잠자리, 메뚜기를 잡으러 뛰어 다니는 꼬마 아이들을 만날 수 있었고, 가을이면 하얗게 자태를 자랑하는 억새풀이 방죽 주변을 빛나게 해주었다.

그리고 겨울에는 무엇이 있었던가. 흰눈, 그리고 빈 나뭇가지를 날아 다니는 새, 얼음이 얼지 않은 물 위에서 먹이를 찾는 물오리의 모습, 그런 것들이 있었으리라. 모처럼 만에 얻은 행복처럼 내다보이는 모든 것들이 아름답기만 했었다.

아직 남편은 사법고시에 매달리고 있었고 시댁에서 보내주는 빠듯한 생활비로 삼남매 키우랴, 입맛 까다로운 남편 하루 밥 세 끼 챙기랴 허리 한 번 펼 수 없는 나날이었지만 그 한가함이 너무도 좋기만 했었다.

왜 그렇게 사는 것에만 최선을 다했는지, 친구 한 명 사귀지 못했다. 학교 다닐 때 사귀었던 친구들도 모두 연락을 끊고 지냈고 어쩌다 이웃 여자들과 시장을 가거나 모여 커피를 마시는 것 정도가 전부였다. 하지만 불행하다는 생각은 한번도 하지 않았었다.

그러나 이제 모두 변해 버린 것이다.

남편은 오래 전에 시험을 포기하고, 친구가 경영하던 회사에 들어가 일하다가 그 회사를 인수했고 고등학교, 중학교를 다녔던 삼남매는 이미 경희 손길이 닿지 않을 만큼 어른이 되어 버렸다.

　다시 전화 벨이 울었다. 누굴까, 경희는 잠깐 망설인다.

　행복하다고 생각하며 살 적엔 전화 벨 하나도 벗이 되어주기에 충분했다.

　하지만 불행의 늪에서 허우적거릴 때 걸려오는 전화는 그저 무서울 따름이었다. 어떤 전화건 다 그랬다.

　"경희구나."

　시어머니였다. 경희는 자신도 모르게 안도의 한숨을 내쉬었다. 적어도 남편의 부정과 연관된 전화가 아니라는 것만으로도 안심이었다.

　"예, 어머니."

　경희는 가슴을 쓸어내리며 대답을 했다.

　하지만 아무리 며느리를 친딸처럼 경희구나, 불러 주어도 시어머니는 여전히 부담스러운 사람이었다.

　"내일 병원에 가자. 몸이 너무 무겁다."

　"예, 그래요, 어머니."

　경희는 무조건 대답부터 하고 달력을 살핀다.

　내일은 병원 예약 날이 아니었다. 하지만 시어머니는 조금만 몸이 불편해도 경희를 앞세우고 병원으로 향했다.

　결혼할 때, 죽어도 허락할 수 없다며 길길이 날뛰었던 시어머니였다.

　그러나 지금은 아니었다. 어딘가에 갈 일만 있어도 경희를 불렀고, 집안의 궂은 일은 모두 경희의 몫이었다.

　경희가 운전을 배운 것도 따지고 보면 시어머니 잔심부름을 하기 위해서였다. 하루가 멀다 하고 경희를 찾는 시어머니를 위해서라도 운전을 하지 않으면 안 되었던 것이다.

　여자가 나서서 뭔가를 하는 것을 무엇보다 싫어하는 남편도 경희가 운전을 배우겠다고 하자 침묵으로 대답을 대신했었다.

"너는 정말 일 하나는 잘하는구나. 어쩌면 그렇게 힘이 좋냐?"

시어머니는 꾀 한번 안 부리고 뒷수발을 드는 경희를 두고 입버릇처럼 그렇게 말하고는 했다. 얼마든지 칭찬으로 들어줄 수 있는 말이었다. 그렇지만 시어머니 입에서 나온 그 말은 절대 칭찬이 될 수 없었다.

"그래, 배운 것 없고, 가진 것 없는 사람은 힘이라도 있어야지. 사람하고 그릇은 다 쓰임새가 있게 마련이란다."

그 뜻이었다.

남편이 기어이 사법고시를 그만두고 사업으로 눈을 돌릴 수밖에 없었던 것도 모두 경희 탓이라고 여기는 양반이었다.

남편이 시어머니 도움을 받아 인수한 회사가 직원의 농간으로 모든 것을 다 날려야 했을 때도 시어머니는 모두 경희의 박복한 팔자 탓으로 돌렸다.

"네 시아버지 비록 첩살이 하시느라 나는 안중에도 없었지만 날 그래도 죽을 때까지 조강지처로 여겼던 양반이다. 베갯머리 송사 이길 재간 없을 텐데도 네 시아버지 다른 건 몰라도 나한테 돈복 많은 것은 알고 계셨던 거야. 사업하는 남자일수록 아내 돈복이 든든한 빽인데……."

경희 머리카락을 잘라 허수아비로 만든 짚인형 가슴에 넣고 태워야 남편 불운이 끝난다며 뭉텅 머리카락을 잘랐던 일, 경희를 무당집으로 데려가 액운 없애는 굿을 한다며 사흘 동안 물 한 모금 못 마시게 했던 일, 모두 지독한 고문이었다.

하지만 참으로 이상한 일은, 그런 시집살이를 당하면서도 한편으로는 시어머니를 이해할 수 있었다는 것이다.

"내가 혁민이만 아녔어도 당장 안 살고 싶은 날이 일년이면 삼백육십오일이었다. 네 시아버지란 사람, 사람만 좋았지 계집질 솜씨만 뺀다면 아무짝에도 쓸모가 없는 양반이었다. 오죽하면 만신네가 마누라 엉덩짝에 깔려 있는 돈복 덕에 산다고 했을까. 결혼해 오년이 넘도록 자식 하나 없다고 시어머니는 구박이지, 기다린 사람처럼 덜컥 씨앗을 데리고 집으로 들어오더라. 나는 웃목에서 자고 그 양반은 씨앗 품고 아랫목에서 자는데, 내 억장 무너지는 소리에 구들장이 주저앉을 지경이더구나. 아무리 참아도 눈만 뜨면 눈물이요, 입만 벌리면 한숨이니 하루도 못 살겠더라. 혀를 깨물고 죽으려고 애도 썼고 독사한테 물려 죽을 작정으로 풀밭 위에 하루 종일 앉아 있기도 하고……."

씨앗들에게 집 지어주고 생활비 대주느라 재산은 곶감 빼먹듯 하나 둘 사라지고, 결국 시어머니는 서울로 옮겨 와 장사를 시작했던 것이다.

"항아리에 석유를 사 이고 집집마다 다니면서 팔았다. 여자 팔자 중에 장사치 팔자가 제일 상스럽다고 들으면서 자란 내가 머리에 물동이 대신 석유동이 이고 다닐 때 그 기분이 오죽했겠냐. 어떤 집에 가서는 개한테 뒤꿈치를 물리기도 하고, 어느 때는 어떤 녀석이 던진 돌이 항아리를 깨서 철철 쏟아지는 석유를 치맛자락으로 쓸어담으며 엉엉 울기도 하고, 정말 한스러웠다. 그러거나 말거나 네 시아버지란 사람은 여전히 한량놀음에 해 저무는 줄 몰랐고, 심지어는 노름에까지 손을 대더구나. 한번은 집을 나간 지 두 달이 됐는데, 다 죽게 됐다고 사람을 보냈더라. 놀라 부랴부랴 달려갔더니, 노름판에서 도끼자루 썩는 줄 모르고 그림 공부하고 있더구나. 더 어처구니가 없는 것은 애 업고 찾아간 나를 판돈으로 넘기고 줄행랑을 쳤지 뭐냐. 노름꾼 손가락 자르면 발가락에 화투 끼고 한다더니, 이제 팔 재산이 없으니까 마누라까지 판 위인을 서방으로 믿고 산 내가 어찌나 억울하고 분하던지, 사흘 밤 낮을 어린 혁민이 등에 달고 울어댔지 뭐냐. 젊으나 젊은 것이 어찌나 섧게 울어댔는지 그게 불쌍해 보였던 모양이다. 날 판돈으로 받은 남자가 돌아가라고 놔주지 뭐냐."

참으로 한스럽게 산 삶이었다.

여전히 남편은 손님처럼 가끔씩만 집을 드나들었고, 결국에는 남편의 죽음조차도 석삼년이 지나서야 전해들었다고 한다.

"혁민이만 아녔다면 어떻게 살았을까, 지금도 눈앞이 깜깜할 지경이다. 다행히 하는 일마다 돈이 호박처럼 굴러들어왔고 혁민이도 남 자식 열 부럽지 않게 공부 잘해, 말 잘 들어, 그거 하나 바라보고 살았다."

시어머니가 경희에게 가슴을 터놓고 이야기를 했다면 바로 당신이 겪은 시집살이 이야기였다.

시집살이 당해 본 사람이 시집살이 시킨다는 말이 맞는 모양이었다. 시어머니는 한번도 당신이 며느리한테 시집살이를 시키고 있다는 생각을 하지 않으셨다.

"며느리가 서방 노름 판돈으로 넘어갔다 구사일생으로 돌아왔는데도 시어머니는 계집년이 며칠씩 집 비우고 온전할 줄 알았더냐고 내 머리채를 어찌나 휘어잡던지, 내 삼단 같은 머리카락이 왜 이렇게 듬성듬성 뿌리 뽑힌 나무 같아졌는지 아냐? 그래, 그 양반이 하루가 멀다 하고 머리채 휘어잡는 바람에 어느 때는 가운데 머리가 휑하니 뚫려 있을 지경이었다. 내가 시어머니 얼굴을 제대로 본 게 언제였는지 아냐? 돌아가시고 염을 할 때 처음 봤다. 새하얀 백지장 같은 얼굴이 왜 그렇게 무섭게만 보이던지 당장이라도 벌떡 일어나 이년! 고함을 지를 것만 같아 속곳에 오줌을 질질 싸고 말았다."

그렇게 말할 때마다 시어머니는 정말 얼굴이 새하얗게 질려 있었다.

"죽는 것은 무섭지 않은데 나 죽으면 그 양반이 저승길 수문장으로 서 있을 것만 같아서 무섭다."

그런 말을 들을 때마다 이상하게 마음이 홀가분했다. 그런 미움과 증오의 세월은 이제 시어머니에서 끝나야 된다는 생각밖에 없었다.

친정 어머니가 한스럽게 살았고, 시어머니 또한 한스럽게 살았지만 그 한의 세월은 이제 그만 끝나야 옳았다.

세상에는 성격이나 생김생김만 유전되는 것이 아니었다. 미움이나 증오까지도 유전되었다. 만약에 시어머니 가슴에 독버섯처럼 자리차지를 하고 있는 그 질곡의 세월을 경희가 이어받는다면 그것들은 이 세상 끝나는 날까지 사라지지 않고 자식들에게 이어지고, 손주들에게까지 이어질 것만 같았다.

그런 생각들이 시어머니를 더 이상 원망하지 않게 해주었을지도 몰랐다.

뻐꾹대며 시계 우는 소리가 들려왔다. 벌써 여섯 시였다. 규리가 돌아올 시간이었다.

재작년 갑자기 다니던 회사에 사표를 내고 파리로 떠났다 돌아온 뒤로 규리는 일에만 매달려 살았다.

디자인을 해서 이탈리아로 보내는 일을 따낸 뒤로는 회사에서 퇴근해 돌아오면 얼굴 한번 디밀지 않고 방안에만 틀어박혀 지냈다. 잠을 자는지 마는지 어쩌다 새벽에 나와 보아도 여전히 불이 켜져 있었지만 출근 시간이면 아무렇지 않은 얼굴로 집을 나섰다.

"못된 것……."

경희는 규리의 작은 얼굴을 떠올리며 중얼거린다.

　그 애가 왜 찬우와 헤어졌는지, 지금도 이해할 수 없었다. 다만 못난 에미 탓은 아닐까, 혼자 속앓이를 할 뿐이었다.

　생일을 지낸 며칠 후 규리는 편지 한 장만을 남긴 채 파리로 떠나버렸다.

　'이유가 있다면 제 안에 있습니다. 그게 뭔지 알면 돌아올게요.'

　단 두 마디 편지를 남기고 파리로 떠났던 그 애는 석달 후에 다시 돌아왔다. 하지만 돌아온 뒤 규리는 마치 일에 넋을 팔아버린 사람처럼 한눈 한번 팔지 않았다.

　찬우가 몇 번 연락을 해왔지만 그 애는 싸늘한 표정으로 그런 모든 과거를 잘라내 버렸다.

　그런 딸을 보면서도 경희는 아무 말도 하지 못했다. 말하지 않아도 불행하기 짝이 없는 제 어미 탓일 것만 같았기 때문이었다.

　경희는 아직도 현관 앞에 그대로 놓여 있는 신문을 집어다 탁자 위에 올려 놓았다.

　집안이 흩어져 있으면 마치 헝클어진 경희 자신의 가슴속을 훤히 드러내고 있는 것만 같아 이 시간이면 정신없이 집안을 치우는 것은 오랜 습관이 되고 말았다.

　자식들에게 엄마의 흐트러진 모습을 보일 수는 없었다. 그 애들 앞에서만은 의연하고 싶었고 늘 다정한 얼굴로 대해주고 싶었다. 그건 경희가 죽더라도 이 집에 그냥 머물러 살아야 하는 가장 큰 이유였다. 어떤 상황이건.

　다시 핸드폰을 통해 들었던 남편의 된 호흡 소리가 뒷덜미를 나꿔챘다.

　상념에 빠져 있느라 현관 벨 소리도 못 듣고 있었나 보다.

　문 닫히는 소리에 경희는 화들짝 놀라 문 쪽을 바라보았다.

"엄마!"

경희는 비명처럼 소릴 질렀다. 친정 어머니가 무거운 보따리를 잔뜩 인 채 현관에 서 있었다.

"아이고, 힘들다. 왜 이렇게 높은 데서 살아. 에미 등골 빠지게."

또 8층까지 걸어 올라온 모양이었다. 하루 이틀도 아닌데 와락 짜증이 솟구친다.

"제발 이러지 좀 말라니까 왜 그래요, 엄마!"

다른 사람은 별 탈 없이 잘도 사는데 경희 혼자서만 구비구비 모진 세월을 견뎌야만 하는 이유도 모두 어머니 탓만 같았다. 어머니는 자식들에게 희생하는 모습만 보여주었을 뿐이었다. 언제 한번 자식들 앞에서 당신 요구를 당당하게 주장한 적도 없었고, 하다못해 구운 생선살 한 번 당신 입에 넣은 적이 없었다.

삼십 년 넘게 살았건만 아직도 어머니는 당신 사위 얼굴 맞대는 것조차 어려워하셨다. 뭐가 그렇게 미안한지 말끝마다 미안하네, 입버릇처럼 말하고는 하셨다.

사위 앞에서 기 한 번 제대로 펴지 못한 장모를 어떤 사위가 어려워할 것인가. 설령 어머니는 지금 남편의 부정을 직접 본다고 해도 말 한마디 못할 성격이었다. 내 딸자식 책임지라고, 너 죽고 나 죽자고 험한 말 한마디 못할 양반이었다. 여전히 딸 가진 죄인 자처하면서 눈물이나 뿌리고 말 것이다.

"전화를 하든가, 누굴 기다렸다가 엘리베이터 타고 올라올 것이지 왜 걸어와요?"

경희는 보따리를 받으며 짜증을 냈다.

"어디 걸어오고 싶어서 걸어왔다냐? 무식해서 어떻게 하는지 모르니까 걸어 올라왔지."

　무식이 무슨 훈장인 줄 아느냐고, 입술까지 튀어나온 말을 간신히 눌러 참으면서 경희는 주섬주섬 보따리를 챙겨 안으로 들고 들어간다. 젊은 사람이 들기에도 꽤 무거운 보따리였다. 이걸 이고 버스를 타고 오르내리고 8층까지 걸어 올라왔다니, 화가 나다 못해 눈물이 솟구쳤다.

　"김치하고 오이 소박이다. 오이가 좋길래 좀 사다 했더니 보기보단 맛이 덜한 것 같더라. 임서방이 오이 좋아하잖어."

　딸자식 반찬 솜씨 없다고 타박이라도 받을세라 한달이면 두어 번 김치며 잡다한 밑반찬을 싸들고 와서는 숨도 미처 고르지 못하고 횡하니 되돌아가는 어머니였다. 당신이야 자식한테 그렇게라도 사랑을 베풀고 싶어서 그러실 테지만 경희로서는 가슴에 호렴을 뿌려대는 것만큼이나 고통스러운 일이었다.

　"그런데 네 얼굴이 왜 그렇게 반쪽이냐? 어디 아픈 거여?"

　어머니는 반찬통을 냉장고에 넣다 말고 경희 안색을 유심히 살폈다.

　"어디 아프면 약 사다 먹고……. 또 허리가 아파서 그래?"

　"아녜요. 이제 허리는 다 나았어요. 전화라도 하지 그랬어요? 마중 나갔으면 고생 덜했잖아."

　경희는 어머니 얼굴을 바로 대하지 못하고 간신히 말을 잇는다. 피붙이였다. 감기만 들어도 꿈자리 사납더라고 전화, 돌아가신 아버지만 꿈에 보여도 무슨 일 없냐고 전화, 그런 어머니였다.

　어머니 얼굴을 마주하면 어머니는 경희의 가슴을 모조리 눈치 채고 말 것만 같았다.

　"이깟 김치 들고 오면서 무슨 벼슬이라고 전화 하고 말고 해."

　"다음에는 들고 오지 마세요."

　경희는 단호하게 잘라 말한다. 그러나 어머니는 언제나 그렇듯이 대수롭지 않게 경희 말을 받았다.

"너한테 칭찬받자고 김치 담가 오는 것 아니니까 신경 쓸 것 없다. 에미 기운 있을 때 김치라도 해다 주는 게 얼마나 다행한 일이냐."

"……."

"네가 고마워할 일이 아니야. 내가 고마웠으면 고마웠지."

"……."

솟구치던 뜨거운 기운은 어느새 입술에 닿아 있었다.

"임서방이 밖에서 먹고 오는 날이 많아요. 이런 것 해 와도 엄마만 힘들어요. 애들도 매일 늦게 들어오는데……."

"아침이라도 든든하게 먹고 가게 해라. 그저 남자는 먹는 게 든든해야 힘도 잘 쓴다."

"……."

"나는 임서방이 돈 벌어다 주니까 얼마나 고마운지 모르겠다. 한푼 못 벌 때 시집에서 타 쓴 생각 해봐라. 얼마나 기특하고 고마운 일이냐."

"……."

"잔소리 할 일 있어도 한 번 꿀꺽 침 삼키고 참아라. 그저 집안이 편안해야 남자 일도 잘 되는 법이야."

"……."

"나는 네가 아들 둘에다 딸까지 낳고 시집 식구들한테 대접받으면서 살고 있다는 것만으로도 그저 감사하고 고마울 뿐이다. 점쟁이 말이 네가 늦복이 있다더니 그 말이 맞구나. 요즘 나는 네 아버지가 너무 고맙다. 살아 생전에는 그렇게도 내 속만 끓여놓던 사람이 그래도 피붙이라고 당신 자식들을 애면글면 잘 보살펴주지 뭐냐."

어머니는 요즘 부쩍 아버지에 대한 이야기를 많이 끄집어내고 있었다.

미움과 설움만 어머니 가슴에 한가득 남겨놓고 떠난 아버지였다. 자라면서는 어머니가 아버지에 대한 말씀을 한 번도 하지 않는 까닭을 경희는 너무도 잘 이해할 수 있었다. 어머니는 아버지 때문에 너무도 한스럽게 산 사람이었다.

경희가 기억하는 아버지와 어머니 모습은 두 가지밖에 없었다. 백사며 구렁이를 구해 와 푹 고아서 죽어도 먹기 싫다는 아버지 앞에 앉아 "이게 참 맛나요. 이것만 먹으면 다 낫는답디다." 애걸하다시피하던 어머니 모습과 잦은 기침을 쏟으며 붓을 들고 뭔가를 쓰는 아버지 모습이었다.

타고난 약골이었던 아버지는 가장이 짊어져야 할 책임보다 당신 건강 하나 지키느라 전전긍긍하다 일찌감치 저세상으로 간 분이셨다.

일년이면 몇 번씩 강원도며 섬으로 갔다 돌아오는 어머니 손에는 그 무서운 구렁이며 백사가 우글거리는 보따리가 들려 있고는 했다.

지금도 기억나는 것은 그렇게 구해 온 백사가 집안에서 사라져 버린 것이었다.

"어쩌면 좋으냐. 어쩌면 좋으냐."

어머니는 얼굴이 하얗게 질려 온 집안을 헤집으며 뱀을 찾았다. 어머니가 정작 두려워한 것은 그 뱀이 식구들에게 해를 끼칠지 모른다는 것 때문이 아니었다.

"백사가 사람 키를 넘으면 그 사람이 죽는다고 했다."

어머니는 그 백사가 느닷없이 나타나 아버지 키를 넘을까 봐 조마조마 했던 것이다.

　그 뱀을 다시 찾았는지 어쨌는지, 그것은 기억에 없었다. 어머니 예감대로 그 해 아버지는 시름시름 앓기 시작했고, 그리고 저세상으로 흔적없이 떠나버리셨다.

　그렇게 세상을 등진 남편 대신에 자식 넷을 키우고 사느라 이날까지 허리 한 번 펴지 못하고 산 어머니셨다. 젊어서는 죽더라도 아버지 곁에는 안 묻히겠다고 하던 분이 요즘에는 은근히 합장할 땅을 장만하고 싶어하는 눈치였다.

　나도 어머니만큼 세상을 살면 가슴속에 있는 증오나 미움도 모두 지워낼 수 있을까. 그리고 까마득하게 잊혀진 추억을 되살리며 남편을 용서할 수 있을까.

　경희는 혼자 도리질을 했다. 아무리 세월이 흐르고 무덤 속으로 갈 날이 가까워지더라도 가슴에 멍으로 남은 상처는 지워내지 못하리라.

　어머니는 보따리를 주섬주섬 챙기며 몸을 일으킨다.

　“벌써 가시게요?”

　“그럼 자고 가랴? 친정 식구 드나드는 것 표시 나서 좋을 일 하나 없다.”

　“엄마는 올케한테도 그렇게 해요? 올케 친정 식구가 오면 그렇게 못마땅해요?”

　생각에도 없는 말을 내뱉고 말았다.

　“그런 소리 마라. 어떻게 네 올케하고 네 처지가 똑같냐? 네 올케가 어떻게 너하고 신세가 똑같아?”

　“오셨으니까 저녁이라도 잡수시고 가세요.”

　경희는 어머니 손자락을 붙들었다. 하지만 어머니는 큰일날 소리라도 들은 사람처럼 손사래를 치며 서둘러 현관으로 내달렸다.

　“그런 소리 아예 마라. 밥이야 집에 가서 먹으면 됐지.”

“제발…….”

경희는 자신도 모르게 신음처럼 그런 말을 내뱉었지만 어머니는 그 소리를 듣지 못했다.

오늘만이라도 어머니가 곁에 있어준다면 한결 마음이 가라앉을 것 같았다. 어머니 품에 안겨서 실컷 눈물이라도 흘리고 나면 그런 대로 가슴이 후련해질 것 같았다.

2

바깥 바람은 더 차가웠다. 경희는 머플러로 목을 감싸며 자동차가 세워져 있는 곳으로 걸어간다.

남편을 만나 뭐라고 할 것인가. 아직 아무런 마련도 없었다. 다만 남편을 만나야 한다는 생각밖에 없었다. 칡뿌리에 간신히 매달려 있는 것처럼.

남편을 만나기만 하면 모든 일이 순조롭게 풀릴 것만 같았다. 또한 그가 입을 열어, 나 사랑에 빠졌어, 그런 말을 내뱉기 전에 경희 스스로 뭔가를 해야만 할 것 같았다. 누구에겐가 도움을 청하고 싶었지만 거짓말처럼 떠오르는 사람이 아무도 없었다. 문득 성호, 그 사람이 떠올랐지만 경희는 서둘러 그 사람의 얼굴을 지워냈다.

이제 누구의 도움을 받을 만큼 간단한 문제도 아니었다. 경희가 찾아가 진심으로 그에게 말해야 할 것이다. 제발 돌아오라고. 아직도 나를 사랑하지 않느냐고.

남편은 누구보다 강직한 성격을 지닌 사람이었다. 자신이 해야 될 일이 무엇인지 누구보다 잘 알고 있는 사람이었다. 지금은 돌아오고 싶어도 못 돌아올 수도 있었다.

결혼할 적에 남편이 보여주었던 고집을 경희는 한번도 의심한 적이 없었다. 그는 진심으로 경희를 사랑하였기 때문에 시어머니의 고래 힘줄 같은 고집을 꺾었던 것이다. 지금 당장 남편이 어떻게 변하고, 세상이 어떻게 변했건 그가 경희를 선택했던 것은 영원한 진실이었다.

그건 세상 모든 여자들이 희망처럼 바라는 진정한 사랑이었다. 돈, 가족, 명예, 모두 버리고 한 여자만을 선택하겠다는 그 고집을 사랑말고 뭐라고 표현할 수 있단 말인가.

하지만 지금 그는 다른 사랑에 빠져 있는 것이다. 그가 얼마나 지독한 죄책감에 시달리고 있을까, 진실로 그를 사랑한다면 하루라도 빨리 그 늪에서 남편을 구해주어야 옳았다.

그런 모든 행동이 그의 의지로 이뤄진 것이라고 믿지 않았다. 마치 철없는 어린것이 어떤 뜻하지 않은 꾐에 빠져 나쁜 길로 빠져든 것처럼 그도 그런 상황에 빠져 있는 것뿐이었다.

경희가 할 수 있는 일이란 그가 더 이상 거리에서 방황하지 않도록 용서를 해주는 것이었다. 그러면 그는 다시 예전의 모습으로 돌아갈 것이다.

"기다려줘, 여보."

경희는 간절하게 말했다.

핸들을 붙든 손이 떨리고 있었다. 마치 그를 처음 만났을 때, 눈길을 어디에 둘지 몰라 허둥댔던 것처럼.

부잣집 아들에 촉망받는 장학생이라는 것만으로도 그는 여학생들의 인기를 독차지하기에 손색이 없었다. 큰 키에 준수한 외모, 그는 어디를 가든 눈에 띄는 존재였다.

하지만 정작 경희가 그와 만나게 된 계기는 아주 우연한 일 때문이었다.

학교 앞 레스토랑에서 아르바이트를 하고 있던 경희에게 그가 먼저 말을 건네왔던 것이다. 친구들과 어울려 술과 저녁을 먹었는데, 지갑을 잃어버린 모양이었다.

"내일 갖다 줄 수 있어요. 외상 되죠?"

참으로 건방진 말투였다.

그는 경희가 자신을 당연히 알고 있으려니 여긴 듯했다. 하지만 아르바이트로 학비를 벌어야 하는 경희에게 그는 낯선 남학생일 뿐이었다.

"누구죠?"

대뜸 그렇게 물을 수밖에 없었다.

이번에는 그쪽에서 당황해 했다.

"난 그쪽을 알고 있는데. 무역학과잖아요?"

그는 분명한 어조로 물었다.

다음날, 그는 키 큰 남학생과 같이 찾아 와 돈을 내밀었다.

"이 자식이 좀 건방지거든요. 우리 학교에서 자기 모르는 간첩도 있냐면서 신기해 하길래 어떤 분인가 보고 싶었습니다. 아참, 저는 오성호이구요, 이 건방진 친구는 임혁민입니다."

둘 다 법학과 3학년이라고 했다. 둘 다 군대를 다녀온 뒤 복학을 했다는 말까지 덧붙였다.

묻지도 않았는데 이것저것 설명하다 말고 성호가 대뜸 물었다.

"정말 우리 학교 학생 맞아요? 몇 학년이에요?"

경희는 대답하지 않았다. 잡담이나 나누고 있을 만큼 한가하지도 않았고, 또 두 사람의 오만이 너무도 싫었던 것이다.

"나는 내가 배우는 교수님하고 제 친구 몇 명밖에는 몰라요. 그리고 저는 2학년이에요. 무슨 과에 다니고 있는지는 알고 있죠?"

뒤따라다니면서 이것저것 물어대는 것이 싫어서 경희는 쌀쌀맞게 말하고 몸을 돌렸다.

그게 계기였다. 두 사람은 그 뒤 경희가 일하는 곳을 자주 찾아왔고, 주로 성호, 그가 떠들었다. 혁민은 가만히 앉아서 음식을 먹거나 주스를 마시는 것이 고작이었다.

하지만 어느 날 마지막 청소까지 끝내고 문을 나섰을 때 경희는 깜짝 놀라고 말았다. 혁민이 문밖에 서 있었던 것이다.

"바래다 줄게요."

그는 거두절미하고 그렇게 말했다. 그리고는 성큼성큼 앞서 걸어가는 것이었다. 주변을 살펴보았지만 성호는 보이지 않았다.

"왜죠?"

경희가 물었지만 이번에는 그가 아무 대답도 하지 않았다.

그러다 한참 후에야 질문의 뜻을 깨달은 사람처럼 입을 열었다.

"여자가 밤중에 혼자 가면 위험해요. 치한만 없어진다고 해도 법에 종사하는 사람들 일거리는 많이 줄어들 걸요."

그리고 걸음을 멈추고서 경희를 쳐다보았다.

"실은 성호 그 친구가 경희 씨를 좋아해요. 꽤 괜찮은 녀석이거든요."

그리고는 그만이었다. 듣기에 따라서 성호의 마음을 전해주기 위해서 그렇게 찾아온 것처럼 말하고 있었지만 전혀 그런 것 같지도 않았다.

그는 정중했다. 경희를 버스 정류장까지 바래다주고는 그대로 돌아섰다. 그러다 마악 떠나려는 버스 유리창을 똑똑 노크하면서 소리쳤다.

"오늘 경희 씨 만나보고서 결정하려고 했는데 아주 결과가 좋았어요."

무슨 말인지 여전히 이해할 수 없었다. 물론 관심도 없었다. 아직 남녀 간의 사랑을 알 만큼 성숙한 편도 아니었고 사랑타령이나 하면서 시간을 보낼 만큼 한가하지도 않았다.

아침이면 새벽장에 나가신 어머니 대신에 아침밥을 지어야 했고, 학교 수업이 끝나면 아르바이트를 하기 위해 재빨리 강의실을 빠져나가야만 했다. 그리고 집에 들어가면 파김치가 되어 그대로 곯아떨어지기 일쑤였다.

하지만 고달프다거나 힘들다는 생각은 하지 않았다. 오빠는 물론이고 남동생조차 포기해야만 했던 대학을 혼자 다니고 있다는 미안함만 가득할 뿐이었다. 어려운 집안 살림에 대학 공부는 아무래도 사치나 다를 바 없었지만 그렇게라도 공부를 하고 싶었다.

그 뒤로도 혁민은 하루도 거르지 않고 경희를 바래다주었다. 하지만 그는 몇 달이 지나도록 경희 손 한번 잡지 않았다. 늘 같은 모습이었다.

한사코 싫다는데도 경희 집 앞까지 바래다주던 날, 그는 신기한 것을 구경하기라도 한 것처럼 비명을 질러댔다.

"여기가 집이에요? 아니, 이런 좁은 데서 그렇게 많은 식구가 살아요?"

좁은 골목으로 들어가 삐그덕대는 대문 너머로 곧바로 마루가 보이고, 방과 부엌이 보이는 그런 집에서 여섯 식구가 산다는 사실이 왜 그렇게 신기했을까, 그는 눈빛을 빛내며 안을 기웃거리기까지 했다.

"작은 방에서는 오빠 식구가 자고, 안방에서는 엄마랑 동생하고 내가 자요.”

가난이 부끄럽다거나 창피하다는 생각을 한 번도 한 적이 없었는데, 조개처럼 작은 집을 보고 신기해 하는 그 앞에서 경희는 얼굴이 빨개져서 아무렇게나 설명을 했다.

“남동생이라면서?”

그는 다시 의아해 하며 경희를 보았다.

“방이 넓거든요.”

“아니, 내 말은 그게 아니고…….”

그는 거기까지 말하고 입을 다물어 버렸다. 그리고 한참 후에 재미있다는 듯이 한 마디 덧붙였다.

“집이 꼭 조개 같구나.”

하지만 그는 가난한 경희의 집안을 문제 삼을 만큼 작은 사람은 아니었다. 아니, 그게 왜 문제가 되어야 하는지를 이해 못하는 사람이 아니라 아예 관심도 없어 보였다.

그가 결혼하자는 말을 끄집어낸 것은 그 해가 끝나고 봄이 한참 기지개를 켤 무렵이었다.

“공부해야 하는데 너 만나러 다니느라 너무 많은 시간을 길거리에 버리고 있어. 이건 지독한 낭비야. 그러니까 같이 살면 그런 문제점이 모두 해결될 수 있잖아.”

그는 공부 외에 다른 어떤 것도 중요한 것이 없는 사람이었다. 예외가 있다면 경희와의 사랑일 뿐이었다. 친구, 돈, 가족, 어떤 것도 중요하게 여기지 않는 사람이라는 것을 이제는 알았기 때문에 그의 결혼 신청이 경희를 행복하게 해주었던 것은 사실이었다. 오로지 공부밖에 모르는 사람의 가슴에 자신이 꽃처럼 피어 있다는 그런 행복감.

경희는 스물한 살이었고, 그는 스물여섯 살이었다.

"어차피 결혼해도 나이는 먹고, 안 해도 나이는 먹어. 같이 살면서 나이를 먹는 것도 좋은 방법일 거야."

그는 단호했다. 그러나 두 사람이 건너야 할 강은 너무도 깊고 험하기만 했다.

외아들이 경희와 사귄다는 것을 알아차린 그의 집에서 서서히 압력이 들어오기 시작했던 것이다.

심지어는 두 사람의 결혼을 반대하기 위해서 그의 어머니가 다량의 수면제를 먹었다는 소식이 날아오기도 했다.

그는 눈 하나 꿈쩍하지 않았다. 마치 거대한 바위처럼 그 자리에 버티고서 경희를 보호해주었던 것이다.

이제 그의 고집을 꺾을 수 있는 사람은 아무도 없었다.

그와 헤어질 각오를 수없이 했다. 부잣집 아들에 고시생이라서 곁에 있다는 소리는 죽어도 듣기 싫었던 것이다. 그리고 무엇보다 부모가 반대하는 결혼은 할 수 없었다. 그건 자존심 문제였다. 일찍 돌아가신 아버지가 경희에게 남겨준 것이란 절대 초라해서는 안 된다는, 자존심이었다. 어떤 경우든 초라한 것은 용서할 수 없었다.

그러나 그를 과감하게 떨쳐낼 만한 용기도 없었다. 벌써 그를 너무도 사랑하고 있었다.

"세상에 흔하고 흔한 게 여잔데 왜 나를 못살게 굴어요?"

그의 집에서 알게 모르게 압력이 들어올 때마다 경희는 혼자 진저리를 쳤다.

"세상에 여자 많은 거야 나도 알지. 하지만 내 여자는 너밖에 없는 걸 어떻게 해?"

그는 지금의 장벽은 머잖아 무너진다며 경희를 안심시켰다. 그러나 그런 말 몇 마디로 견뎌낼 수 있을 만큼 간단한 문제는 한가지도 없었다.

"당장 신세진다고 생각해. 나중에 갚겠어. 설마 나 먹는 거 아까워서 데리고 있을 수 없다는 말은 않겠지?"

어느 날, 그는 가방 하나를 둘러메고 경희 집으로 들어왔다. 조개 같다고 했던 그 작은 집으로.

너무도 어이가 없었지만 경희는 꺼칠해진 그의 얼굴을 보면서 입을 다물고 말았다. 너무도 마음이 아팠던 것이다. 한 여자를 선택하기 위해서 모든 것을 버리겠다는 남자였다. 평생을 수절하다시피하면서 자식 하나만을 믿고 살아 온 친어머니까지 버리고라도 경희를 선택하겠다는 남자 앞에서 경희는 혼자 눈물을 뿌려야만 했다.

그의 느닷없는 행동에 어머니는 몹시 당혹스러워했다.

"그러다 우리 경희 앞길 막히면 어떻게 하려구? 자네가 여기 들어와 살면 쟤 인생은 누가 책임져?"

그러나 혁민은 아무렇지 않았다.

"저는 경희하고 결혼합니다. 누가 뭐라고 해도 결혼합니다."

그리고는 예의 똑똑 부러지는 말투로 말을 이었다.

"저는 경희 외에 다른 여자하고 결혼한다는 생각은 한 번도 한 적이 없습니다. 그런데 어떻게 어머니는 다른 사람과 경희를 결혼시킬 생각을 하실 수 있죠?"

듣기에 따라서 다소 오만해 보일 수도 있는 말이었지만, 그건 진실이었다. 그만큼 그는 경희와의 결혼을 단 한번도 의심하지 않았던 것이다.

다행히 오빠네 식구는 따로 살고 있었다. 하지만 좁기는 마찬가지였다. 동생이 다락으로 옮겨갔고 작은 방은 그가 쓰고 안방은 어머니와 경희가 쓰면서 지내야 했다.

　그는 경희 집에서 얹혀 지내는 것을 조금도 미안해 하지 않았다. 그게 경희를 편하게 해준 것도 사실이었다.

　하지만 입맛은 너무도 까다로웠다. 고기도 하루에 1백 그램 이상은 필수적으로 먹어야 된다고 여겼고, 커피도 너무 뜨거워서는 안 되고, 90도 정도여야 했다. 아침, 점심, 저녁, 반찬은 당연히 달라야 했다. 아침에 먹었던 음식을 점심에 먹는 법은 절대 없었다. 그만큼 입이 까다로운 사람이었다.

　시장에서 작은 야채 가게를 운영하는 어머니 수입으로는 모든 것이 역부족이었다. 경희는 결국 학교를 그만두고 개인 회사에 취직을 해야 했다. 오로지 그의 뒷바라지를 위해서였다.

　그는 공부밖에 몰랐다. 아침부터 저녁까지 책상 앞을 떠날 줄을 몰랐다. 식사를 챙겨주고, 차를 마시게 하고, 하다못해 세수하는 것까지 옆에서 챙겨줘야 할 정도로 공부에 몰두했다.

　그러나 결과는 늘 실패였다.

　"네가 옆에 있는 한 절대 저 애는 고시에 패스 못한단다. 네가 우리 애 장래를 막고 있어. 용하다는 점집, 안 들러본 데가 없다. 네가 정말 우리 애를 사랑한다면 물러서줘야 하는 것 아니냐? 이렇게 말했는데도 고집을 피운다면 너는 나쁜 사람이지."

　직장까지 찾아온 그의 어머니는 눈 한번 깜짝하지 않고 그런 말들을 서슴없이 내뱉었다. 재산이 탐나냐는 말만 하지 않았을 뿐이었다.

　"우리 애는 사주가 좋아서 판검사 정도는 따놓은 당상이라더구나. 나중에는 그보다 더 좋은 벼슬에도 앉을 사람이란다. 그걸 네가 막는다면 말이 안 되는 것 아니냐? 벌써 몇 년이냐? 너만 아녔다면 벌써 패스를 해도 열두 번은 했을 거야. 이건 고시원을 들어갈 수가 있어, 조용한 곳에 가서 마음 편히 공부할 수가 있어, 그런 시장바닥 같은 집에서 틀어박혀 공부를 한들 제대로 될 턱이 없지.”

모두 맞는 말일지도 몰랐다. 제아무리 경희가 뒤를 돌봐준다고 해도 그는 너무도 편안한 생활에 젖어 있었던 사람이었다. 청국장이며 시래기국, 수제비 따위들을 즐겨 먹는 경희 집의 음식은 아직도 그의 입에 맞지 않았다.

약간 통통하던 얼굴은 형편없이 말랐고, 정신 집중이 안 된다며 하소연하는 그를 볼 때마다 경희는 할 말을 잃고는 했다.

“그럼 고시원으로 들어가요. 아니면……”

이제라도 집으로 들어가라는 말은 차마 할 수 없었다. 그럴 경우 그는 몹시 화를 낼 것이 분명했다. 쓸데없는 말을 하고 있다고 여겨서가 아니라, 경희가 자신이 내린 결론에 반대하고 있다는 것 때문이었다.

무엇을 할 수 있을까. 할 수 있는 일이란 아무것도 없었다. 그의 어머니 말대로 떠나는 것밖에는.

회사를 그만두고 무작정 서울을 떠났다. 어머니 앞으로 쪽지 한 장을 남긴 채였다. 그리고 부산으로 내려가 닥치는 대로 일을 했다. 시간이 너무도 거추장스럽기만 했다. 그를 잊을 수 있는 일이라면 어떤 일이든 할 수 있을 것 같았다.

하지만 그 이별은 길 수가 없었다. 그는 아예 공부까지 중단하고 경희를 찾아다니고 있었던 것이다.

경희 앞에 나타난 그는 다짜고짜 손을 휘둘렀다. 맞았다는 아픔보다 울고 있는 그가 경희의 가슴을 더 아프게 했다.

“네가 정말 날 생각한다면 그따위 짓은 할 수가 없어. 내가 너한테 그렇게 하찮은 인간이야!”

그는 제정신이 아니었다. 경희를 찾기 위해 거의 일주일 동안 입에 밥 한 알 넣지 않았던 것이다.

"하늘하고 담판을 지었어. 만약에 너를 찾지 못하게 하면 죽어서라도 가만두지 않겠다고."

눈물이 가득한 그의 눈빛은 분노로 이글거리고 있었다.

"미안해, 미안해, 혁민 씨."

경희는 결국 그의 품에 안겨 울음을 터뜨리고 말았다. 그를 아프게 했다는 것이 너무도 미안했을 뿐이었다.

"너는 내 여자야. 절대 어디든 보내지 않아. 네가 내 옆에 없는 세상은 존재할 가치가 없어."

그는 와락 경희를 껴안고 큰 소리로 울기 시작했다. 정말 어린 아이처럼 울기 시작했다.

"너 찾아다니면서 얼마나 무서웠는지 알어? 호랑이가 널 잡아먹는 꿈까지 꾸었어. 너를 찾을 수만 있다면 내 목숨을 대신 바칠 수도 있다고 하늘에 맹세했단 말야."

그가 그렇게 여린 모습을 보인 것은 처음이었다. 늘 당당했고, 더러 오해를 받을 만큼 자신감 넘치는 사람이었다. 하지만 다시 만난 그는 터무니없을 정도로 나약해져 있었고, 경희를 잃을지도 모른다는 두려움으로 떨고 있었다.

"우리 결혼하자, 당장."

그는 여전히 젖은 눈으로 그렇게 말했다.

"안 된다는 말은 하지 마. 널 내 아내로 만들기 전에는 불안해서 아무것도 할 수가 없어."

그를 위해서라면 어떤 것이든 할 수 있을 것 같았다. 이별만 아니라면.

결혼식은 일주일 후였다. 둘 다 종교를 믿지 않지만, 교회에서 조촐한 식을 치르기로 했다. 모두 성호가 앞장서서 도와주었다.

드레스를 빌리는 일, 교회를 식장으로 잡은 일, 신혼 여행을 강원도로 정하고 고속버스 표를 예매한 일, 모두.

결혼식을 하루 앞둔 날 그의 어머니가 경희를 찾아왔다.

"네가 우리 혁민이하고 결혼하겠다는 속셈이 뭔지 다른 사람은 속일 수 있어도 나는 못 속인다. 그렇게 우리 재산이 탐난다면 내가 한 밑천 떼어줄 수도 있다. 어떻게 할래?"

그의 어머니는 경희 앞에 봉투 하나를 휙 던졌다. 경희는 아무 말 하지 않았다. 이제 누가 뭐라고 해도 흔들릴 수 없었다. 운명이었다.

때로 살면서 유치한 것만큼 진실된 것은 없었다. 유치하고 단순한 것들이 어느 순간 커다란 진실로 존재하는 날이 반드시 찾아오고는 했다. 어른들이 아랫사람에게 하는 말이 특히 그랬다. 운명, 팔자, 노력, 예의, 효도…….

젊은 사람들이 유치한 그 단어의 의미를 거역하려고 기를 쓰는 것은 어쩌면 자신들도 머잖아 감옥 같은 그 말 속에 갇히고 말리라는 예감 때문이었다. 다른 사람들이 모두 그러하듯이.

그렇게 경희 또한 혁민이 자신의 운명이라는 것을 알아버렸던 것이다.

"너 참 무서운 아이다. 배운 것 없고, 가진 것 없는 사람들이 신분 상승을 하자면 그렇게 하기도 하는 모양이더라. 허나 네 뜻대로 되진 않을 것이야."

그의 어머니는 끝까지 말을 아끼지 않았다. 하얀 얼굴에 화장기가 연하게 배여 있어 누가 보아도 고운 모습이었다. 그렇게 고운 얼굴을 한 사람이 함부로 내뱉는 말은 더 차갑기만 했다.

유난히 추운 겨울이었다. 결혼식장인 교회는 너무도 을씨년스럽기만 했다. 수백 명이 앉을 수 있는 넓은 실내에 열 명도 되지 않는 하객이 추위를 피해 서로 옹송거리고 앉아 있었다.

왜 그렇게 춥던지 경희는 웨딩드레스 자락이 들썩거릴 정도로 떨고 있는 자신을 가라앉히느라고 키 큰 목사의 말을 한 마디도 기억할 수 없었다.

경희는 울지 않았다. 이 세상에서 가장 사랑하는 남자의 아내가 되는 날 울어서는 안 될 것 같아서였다. 울면 혹시라도 그의 곁에 있어야 하는 날이 슬퍼질까 봐 두려웠다. 오히려 찾아와 준 친구들이 경희 목을 두 팔로 껴안고 말없이 눈물을 뿌렸다. 그렇게 드레스 앞섶에 눈물을 적시는 친구들을 경희는 가만히 다독거려 주었다.

"울지 마. 울지 마……. 괜찮아."

조용히 중얼거렸다. 그러나 친구들 울음 소리는 그치질 않았다.

"불쌍해서 어떡하니."

친구들은 기어이 경희가 가장 두려워하는 말을 흘리고 말았다.

"내가 왜 불쌍해?"

방긋 웃어 보였지만 눈가로 몰려드는 뜨거움을 감출 수가 없었다.

식이 끝나고, 친구들과 어울리다 일부러 늦게 집으로 돌아갔다. 신혼 여행은 생략한 채로였다. 성호가 끊어준 고속버스 표가 있었지만 혁민이 한사코 가지 않겠다고 했던 것이다.

"시험에 합격한 뒤에 우리 둘이서 해외로 여행 가자. 결혼식은 어쩔 수 없었지만 신혼 여행까지 초라하게 치르고 싶진 않아."

경희도 그의 말을 따랐다. 돈을 한푼이라도 아끼는 일이 우선 급하기도 했다.

어머니는 아무렇지 않은 얼굴로 두 사람을 맞았지만 자꾸만 비켜가는 시선에는 물기가 가득 고여 있었다. 물기 가득한 어머니 얼굴을 보는 순간 경희는 기어이 눈물을 쏟고 말았다.

"엄마, 미안해. 내가 잘못했어. 내가 잘못했어, 엄마."

어린것처럼 어머니 가슴에 얼굴을 묻고 엉엉 울고 말았다. 너무도 두려웠던 것이다. 다른 사람은 쉽게 사랑하고 맺어지던 결혼이 경희에게만은 아니었다. 세상에서 가장 무섭고 두려운 것이 되어 숨조차 쉴 수 없었다.

혁민의 부모님이 참석하지 않는 결혼식에 어머니를 오게 할 수는 없었다. 하지만 경희는 이미 알고 있었다. 어머니가 몰래 와서 경희의 결혼식을 지켜보았다는 것을. 마루 밑에 벗어 놓은 어머니의 신발에는 교회 마당의 붉은 흙이 잔뜩 묻어 있었다.

결혼식 날의 그 두려움은 차츰 습관으로 굳어가기 시작했다. 뭐든 자신있게 덤비기보다는 우선 겁부터 내기 일쑤였다. 아무리 안 그러려고 애를 써도 시가 쪽에 환영받지 못한 결혼 생활을 하고 있다는 죄책감을 떨쳐버릴 수가 없었던 것이다.

아무것도 변하지 않는 나날이 다시 지속되었다. 정말 변하는 것이 아무것도 없었다.

혁민은 해마다 시험에 응시했지만 결과는 늘 똑같았고, 어머니는 여전히 그의 까다로운 입맛에 전전긍긍했다.

하지만 자식 이기는 부모 없다는 말 그대로 호진이 태어난 이후부터 시어머니는 서서히 경희를 받아들이기 시작했다. 처음에는 경희가 찾아가도 대문조차 열어주지 않았지만 차츰 모른 척 내버려두기 시작했던 것이다.

경희가 할 수 있는 일이란 일주일이면 서너 번씩 찾아가 힘든 줄 모르고 부엌일을 해내는 것밖에 없었다. 아이를 등에 업고 일을 하다 보면 아이가 등에서 빠져나간 것도 모를 지경이었다. 왜 그렇게 일만 했을까, 지금 생각하면 이해할 수가 없었다.

경희가 가면 가정부 아주머니도 꼭 집을 비우고 없었다.

"이불에서 묵은 냄새가 나는구나."

"커튼은 적어도 한 달에 한 번은 빨아야 하는데, 언제 빨았는지 기억도 없다."

"솥이며 냄비가 저게 뭐냐, 그래. 반짝반짝 윤이 나야 밥맛도 좋고 반찬 맛도 좋지. 저 솥에다 밥 해먹고, 저 냄비에 국 끓여 먹었다가는 병 걸려 죽겠다."

시어머니는 빨아서 한번도 안 쓴 것 같은 이불까지 내놓았다. 더러는 집안에 먼지가 수북하다며 그 넓은 집을 대청소하게 했다.

사람이 사람을 부리는 데 그처럼 인색할 수 있다는 것이 놀라웠다. 경희가 무거운 짐을 들다 그대로 넘어져 엉덩방아를 찧어도 손 하나 거들지 않았다.

그러나 더 경희를 경악하게 하는 것은 남편이 나타났을 때였다. 시어머니는 전혀 다른 행동을 보이고는 했다.

"얘, 그만 해라. 오늘 못하면 내일 할 수도 있잖아. 아무리 힘 좋다고 해도 너무 무리하면 몸 축난다. 너는 일 욕심이 왜 그렇게 많니? 다른 사람이 보면 너 데려다 머슴 부리듯 한다고 할 게 아니냐."

다가와 경희 손에 들린 빨래나 빗자루까지 빼앗는 시어머니를 보면서 남편은 아무렇지 않게 말하고는 했다.

"다 했는데요, 뭘."

딴에는 경희를 며느리로 받아준 데 대한 흐뭇함이었을 것이다. 경희는 아무 말도 하지 않았다. 간신히 찾은 자리였다. 입을 열어 남편 앞에서 어쩌고저쩌고 불평을 한다고 해도 나아질 것은 아무 것도 없었다. 오히려 역효과만 날 것이다.

쌍둥이가 태어나던 해, 시어머니는 선물이라며 집을 한 채 사주었다.

그것말고 변한 것은 아직 아무것도 없었지만, 그래도 경희는 행복했다. 까다로운 그의 입맛을 위해 아침 점심 저녁을 짓고, 시어머니의 인정을 받아냈다는 것만으로도 위안이 되었다.

자식들이 자라 철들기 전에 뭐든 다 제대로 해결되기를 바랐다. 자식들이 철이 들어 제 에미가 모진 시집살이나 하고 사는 꼴을 본다면 얼마나 가슴이 아플까, 그 생각만 했던 것이다.

그런 대로 그는 자상한 남자였다. 손아귀에 적당히 힘을 주고 경희의 어깨며 허리를 주물러 줄 때도 있었고 생일이면 노란 프리지어를 사다 준 적도 있었다. 살면서 그에게 받은 선물이란 그런 것이 전부였다. 오히려 선물을 자주 받아보았다면 남편의 그 선물이 그렇게 눈물겹지는 않았을 것이다. 경희는 그 꽃을 받아들고 자신이 세상에서 제일 행복한 여자라고 믿었다.

"조금만 참아. 조금만 참으면 우리 경희 엄청 호강시켜 주면서 살 테니까."

꽃보다 더 아름다운 말로 경희를 감격시킬 때마다 말없이 고개만 끄덕였을 뿐이었다. 그가 호강시켜 주지 않더라도, 그의 곁에 영원히 있을 수만 있다면 충분히 행복할 자신이 있었다. 세상에 태어나 처음으로 사랑한 사람, 그리고 마지막까지 사랑할 사람이었다.

친구들을 만나러 나간 적도 없었고, 그 흔한 쇼핑 한 번 하지 않았지만 하루 해가 짧았다. 친정에 들르는 일도 쉽지 않았다.

왜 그랬을까, 친정 아버지 기일조차 참석하지 못하며 지내야 했다. 하필 아버지 제삿날이 그의 시험과 거의 맞물려 있는 탓이기는 했지만 그가 친정과 왕래하는 것을 그다지 좋아하지 않은 것 때문이었다.

"나중에 우리 힘으로 돈 벌어서 그때 찾아 뵙자. 지금은 집에서 타다 쓰는 처지에 장모님이라고 마음 편하겠어? 내가 시험에 붙은 것도 아닌데, 처남들 보기도 민망하고."

서운했지만, 친정 어머니까지 그의 말을 거들었다.

"네가 편하게 살려면 여긴 오지 마라. 있는 집 아니냐. 그런 집에서 없는 집 며느리 받아들이기가 어디 쉬웠을까. 네가 그 집 귀신이 되자면 싫어하시는 일은 절대 해선 안 돼."

그 뒤, 어머니는 김치를 핑계삼아 찾아오시는 것이 고작이었다. 딸자식이 보고 싶으면 김치 떨어질 날만 손꼽아 기다렸다가 머리에 보따리를 이고 찾아오셨던 것이다.

"엄마, 미안해."

경희가 할 수 있는 말이란 그것밖에 없었다.

딸자식 때문에 늘 살얼음판 위를 걷듯 하는 어머니 얼굴을 똑바로 볼 수가 없었다.

"그런 소리 마라. 여자 팔자는 그런 거여. 네가 우리집하고 맞는 집으로 시집가서 오며가며 살 수 있다면야 더 바랄 것이 없겠지만 어쩌겠냐. 그것도 다 팔잔데. 내가 너무 과분한 사위를 욕심낸 죄값이고."

친정 어머니가 경희 곁에서 오래 묵을 수 있었던 때는 아이들이 태어났을 때였다. 경희 산바라지를 해주기 위해 와 계셨던 것이다.

어머니는 아침부터 저녁까지 손 한번 쉬지 않고 일만 했다. 마치 일을 하지 않으면 그 집에 있을 이유가 없기라도 한 사람 같았다.

"네 옆에서 이렇게 있는 것만도 어디냐. 나는 아무렇지 않아. 에미 걱정은 말고 그저 잘 먹고 잘 자고 그래. 그래야 젖이 잘 나오지.”

　없다는 것이, 가난하다는 것이 그렇게 사람을 비겁하게 할 수도 있었다.

　살아 온 환경이 다르면 어쩔 수 없는 것일까, 경희가 아무리 편하게 지내시라고 말해도 소용이 없었다.

　“나는 아무렇지 않아. 사람은 누울 자리 보고 다리 뻗어야 욕을 안 먹는다.”

　혁민이 택시라도 잡아줄라치면 한 정류장 가다 그냥 내려 버스를 타고 집으로 가시는 것 같았다. 어디 그뿐인가, 용돈이라도 한 푼 드리면 기겁을 하고 내빼셨다.

　“내가 못 보태주는 것도 미안한 일인데, 내가 이 돈을 받아다 고기 반찬을 사먹겠냐, 보약을 먹겠냐. 나는 싫다, 싫어. 나 줄 돈 있거든 시부모님한테 곰국이라도 한 번 더 고아다 드려.”

　그런 식이었다.

　“도대체 엄마는 왜 그래! 왜 그렇게 청승을 떨고 사느냔 말야!”

　너무도 화가 나 감정을 이기지 못하고 화를 낸 적이 있었다. 그러나 어머니는 아무렇지 않았다.

　“이것아, 송충이는 솔잎을 먹고 살아야 하는 법이야. 뱁새가 황새 걸음 쫓아갔다가는 가랭이가 찢어지는 것이 세상 이치야.”

　어머니는 거기까지 말을 하고 입을 다물었다. 그러나 경희는 어머니가 무슨 말을 하려 했는지 다 알 수 있었다. 경희의 삶이 너무도 불안했던 것이다. 어머니 말대로 송충이는 솔잎을 먹고 살아야 했을지도 몰랐다.

　그나마 그런 왕래조차도 할 수 없는 일이 터지고 말았다. 남동생이 술에 취해서 남편에게 행패를 부렸던 것이다.

　“매형? 네가 내 매형이야! 매형이라고 나한테 술 한 잔을 사줘

봤어, 밥 한 끼를 사줘봤어. 내 친구 매형들 너 같은 종자는 한 명도 없더라. 용돈 없으면 용돈도 타 쓰고 술값 없으면 술 한 잔 사달라고 응석도 피우고. 그런데 우리 매형이란 작자는 어떻지? 이건 상전도 보통 상전이 아니야. 지금이 무슨 이조 시대라도 되는 줄 알아? 어떻게 우리집 식구를 종 취급하듯 하냐고. 매형이 데리고 사는 여자가 누구야? 우리 누나야, 누나! 우리 엄마 딸이라고! 그런데 아버지 제삿날이라고 한 번 오길 해, 명절이라고 들르기를 해. 물론 다 우리 못난 누나 탓이겠지만, 이게 어떻게 한 식구라고 할 수 있어? 우리집이 그렇게 천한 아랫것으로 보였으면 왜 누나하고 결혼은 했냐고? 누나 그렇게 시집 보내놓고 우리 엄마 단 하루도 다리 뻗고 산 적이 없어. 우리 엄마, 아버지 제삿날 우리들이 조금만 늦게 들어와도 불호령이 떨어지는 양반이야. 그런데 매형하고 누나는 어떻게 했지? 시험 때문이라고? 아니, 단 하루, 아니 저녁 한나절이면 되는데 제사에 참석하는 게 그렇게 대단한 숙제야?"

모두 맞는 말이었다. 그러나 혁민은 굳게 입을 다물어 버렸다. 그 말이 옳다 그르다, 그런 말조차 하지 않았다. 어머니만 어쩔 줄 몰라 쩔쩔 맸을 뿐이었다.

"귀담아 듣지 말게. 저 녀석이 술이 과했던 모양이야. 즈이 아버지도 술주정을 모르는데…… 내가 잘못 키워 그렇네. 내가 이렇게 사과할 테니 화 풀게."

그 뒤로 어머니는 혁민이 있는 시간이면 절대 오시지 않았다. 미리 전화를 해보고 없다고 하면 도둑고양이처럼 서둘러 다녀가시고는 했다.

그렇게 처량맞은 모습밖에 보여주지 못하는 어머니를 뵐 때마다 경희는 혼자 눈물을 뿌려야만 했다. 조금만 참으면 이런 어둠

속에서 헤어나 밝은 빛을 만나리라고 기대했을까.

"엄마, 조금만 기다려. 조금만."

도망치듯 멀어지는 어머니의 뒷모습을 보면서 경희는 혼잣말을 중얼거리고는 했다.

생각해 보면 혁민을 만난 뒤부터 경희의 삶은 늘 오늘에 있지 않고 내일에 있었던 듯만 싶었다. 오늘이 너무도 고통스럽기 때문에 그랬을까. 분명한 것은 기다림만큼 좋은 친구는 없었다.

그러나 그 기다림의 끝은 좋은 결과도 있었지만, 정반대의 결과도 많았다. 마치 맞지 않은 반지를 억지로 끼려다 깬 꿈처럼 자포자기의 상황이 기다리고 있을 때도 있었다.

그의 공부가 그랬다. 결혼한 지 십 년이 되던 해, 그는 중대한 결심을 경희 앞에 털어놓았다.

"더 이상은 하지 않겠어. 시험 기간이 되면 몽유병자처럼 원서를 사들고 어슬렁대겠지만, 이제는 끝이야, 끝!"

그가 말한 '끝'이란 단어가 왜 그렇게 생경스러웠는지 모르겠다. 이상하게도 머리카락이 곤두설 만큼 낯설었던 것이다. 마치 이제껏 남의 옷을 빌려 입고 있었는데 이제는 벗어줘야 하는 듯한 그런 기분, 그 기분은 아주 오랫동안 경희를 놔주질 않았다.

그 해, 성호는 무사히 시험에 합격을 했다. 남편이 더 이상 시험에 매달리지 않겠다고 한 까닭도 성호의 합격과 무관하지 않다는 것을 깨달은 것은 한참 후였다.

"흥, 그 자식 거들먹거리는 꼴을 보느니 내가 차라리 포기하고 말겠어. 그 구멍가겟집 자식 덕분에 경사났지. 그렇다고 동네 잔치를 다 해? 무식한 것들은 깡그리 잡아다 시궁창에 처넣어야 한다니까!"

술에 취한 남편은 누구랄 것도 없이 소리를 질러댔다.

성호가 몇 번 전화를 걸어왔지만 남편은 단호하게 거절했다.

"그 자식 거들먹거리는 꼴을 나더러 보란 말이야? 운이 좋아서 합격했지만 그따위로 날뛰다가는 하루아침에 낙동강 오리알 신세 될 수도 있다는 걸 왜 모르는 거야!"

남편은 처음으로 난폭한 모습을 보여주었다. 며칠 동안 끊임없이 술을 마셔댔다. 아이들이 무서워서 울고불고 야단이 났는데도 아랑곳하지 않고 살림을 모조리 부수기까지 했다.

"다 꺼져! 다 꺼지란 말야! 나를 도와주지는 못할망정 방해하는 것들은 다 죽이고 말 거야!"

무엇이 그를 그토록 난폭하게 만들었을까. 그는 울면서 정신 차리라고 매달리는 경희를 향해 주먹을 날렸다.

"재수없는 년! 곁에 있으면 다 된 밥도 죽이 된다더니, 네년 때문에 되는 일이 없었어!"

그의 입에서 그런 무서운 말이 튀어나오리라고는 꿈에도 생각 못한 일이었다. 눈앞이 깜깜했다. 어떻게 다른 사람도 아닌 나한테 그런 말을 할 수 있단 말인가, 경희는 넋을 놓고 그를 바라보았다.

그는 사사건건 시비를 걸었다. 식탁에 물이 없다고, 거실에 신문지가 널려 있다고, 아이들이 자신을 피한다고, 경희가 붓글씨를 쓴다고…….

그는 경희가 하는 일 모두를 다 눈에 거슬려 했다. 전화가 걸려왔는데 아무 말도 없이 끊겼다며 억지 소리를 하기도 했다.

"성호 그 자식이 아직도 네 년을 좋아하고 있어. 도대체 나 모르게 몇 번이나 만났길래 전화까지 해서 슬그머니 끊는 거지? 그 자식하고 어떤 관계까지 간 거야?"

결혼을 한 뒤로 어쩌다 한 번씩 그를 만난 것이 전부였다. 그는 밤중에 술 한잔 얻어먹으러 왔다며 불쑥 찾아오고는 했다. 전화 한 통 미리 하는 일 없이 불쑥 남의 집에 쳐들어오는 것을 남편은 너무도 싫어했다. 그러나 그는 아랑곳하지 않았다.

"이렇게라도 하지 않으면 어떻게 경희 씨를 만날 수 있겠어요. 제가 아직도 경희 씨를 좋아한다고 저 자식 눈에 불을 켜고 질투를 하잖아요. 보세요, 저 눈에 불 켜진 걸."

누가 들어도 농담이었다. 그러나 경희는 혼자서 덜컹덜컹 가슴 무너지는 소리를 들어야만 했다. 남편은 농담을 모르는 사람이었다. 그런 사람이 성호의 그런 말을 마음 편하게 들었을 리가 없었던 것이다.

그 예감대로 시험을 포기한 뒤 남편은 술만 취하면 그 문제로 경희를 괴롭혔다. 아무리 왜 억지 소리를 하느냐고 따져도 소용이 없었다.

"홍, 아니 땐 굴뚝에 연기 나랴?"

그렇게 말하며 무섭게 경희를 노려보는 그의 눈속에서는 살기가 번득이고는 했다. 무엇 때문에 그가 그렇게 변해야만 했는지, 경희는 두려움에 떨면서 지냈다.

아이들은 모두 남편을 피했다. 멀쩡하게 놀다가도 남편 소리만 나면 숨을 죽이고 이불 속으로 숨었다. 특히 호진은 더 했다. 남편과 마주앉아 밥을 먹은 날이면 어김없이 급체를 하고는 했다. 남편은 그런 호진을 더 무섭게 닦달했고, 호진은 더욱더 남편을 피하려 들었다.

"자식들이 왜 저 모양이야? 제 애비조차 몰라 볼 만큼 싸가지없는 자식들이란 말야! 도대체 자식들을 어떻게 키웠길래 저 모양이냐구!"

그의 손찌검을 이겨내는 일보다 자식들 가슴에 상처받을 일이 더 아득하기만 했다. 규리는 자다 말고 가위에 눌려 헉헉거리고, 호연은 학교가 끝나도 집에 돌아올 생각을 하지 않고 밖에서만 방황했다.

다행히 남편은 다시 정신을 차렸고, 곧바로 친구가 운영하는 회사로 들어갔다. 그리고 얼마 후에는 시어머니의 도움을 받아 그 회사를 인수했다. 그 친구가 남편에게 사기당했다면서 고소한 사건이 발생하기는 했지만 남편은 법에 대한 미련을 모두 버리고 그 회사에 매달렸다.

친정 어머니는 차라리 그게 속 편했던 모양이다. 누구보다 제일 많이 기뻐했다.

"그래, 그래. 내가 벌어 써야지, 남이 준 돈 받아 쓰는 것만큼 불편할 데가 어딨겠냐. 시부모님한테 생활비 타 쓰고 살 때 내 애간장이 다 녹는 것 같더니만…… 살다보면 좋은 일도 있다더니 그 말이 맞구나. 사업에 성공하면 판검사가 부러울까."

어머니는 당신 사위가 돈을 번다는 것을 그렇게 고마워했던 것이다. 딸자식 고생이 이제 다 끝났다면서.

그러나 그는 사회에 대한 경험이 너무 없는 사람이었다.

사업을 인수받은 일 년 뒤, 부하 직원의 농간으로 모두 사기를 당하고 말았던 것이다. 유산으로 물려받은 재산은 모두 경매로 넘어가고, 밑바닥에서부터 다시 시작해야만 할 지경에 이르고 말았다. 더 이상 시어머니한테 손을 내밀 처지도 못되었다.

성호의 도움을 받아 간신히 감옥 신세는 면했지만 남편은 그 뒤 무섭게 변해버렸다. 자신이 알고 있는 모든 실력을 발휘해서 사업을 일으켰다. 그는 법을 전공한 사람이었다. 법을 이용해 이익을 챙기는 것만은 누구 못지않은 실력을 발휘했던 것이다.

"남에게 당하고 산다는 것이 얼마나 비겁한 꼴인지 알어?"

　많은 원망의 소리가 화살처럼 날아왔지만 그는 눈 하나 꿈쩍하지 않았다. 덕분에 사업은 날로 번창했다. 미친 듯이 일에 매달려 사는 그를 보면서 경희는 아무 말도 할 수 없었다. 경희 자신이 모르고 있었던 면을 볼 때마다 하얗게 질릴 뿐이었다.

　이제 그에게서 자상하고 따뜻한 면은 두 번 다시 구경할 수 없었다. 그는 사업을 위해 무섭게 변해 있었고, 자신의 이익에 손해되는 일이 발생하면 앞뒤 가리지 않고 처리했다.

　다행히 일이 순조롭게 풀리기 시작하자 남편은 다시 이성을 되찾았다. 가끔 식구들을 데리고 나가 외식을 시켜주기도 했고, 경희를 위해서 백화점 상품권을 구해다 주기도 했다.

　남편이 다시 제자리로 돌아왔다는 것만 뺀다면 여전히 변한 것은 없었다. 그는 여전히 처가를 좋아하지 않았고, 어머니가 김치나 밑반찬 따위를 싸들고 찾아와도 반기지 않았다.

　이제는 경희도 왜 처가에 가질 않느냐고 묻지 않았다. 어머니 말대로였다. 너무도 다른 환경에서 산 사람끼리 어울려 살기란 쉬운 일이 결코 아니라는 것을 경희 스스로 배우고 익혔던 것이다.

　세상살이라는 게 어느 것 하나 공짜가 없었고, 만만한 것이 없었다. 모두 대가를 치러야만 했고 열 개의 씨앗을 뿌리면 겨우 두어 개 정도의 열매를 거둘 수 있는 것이 세상살이였다. 그나마도 그런 노력을 게을리하면 제아무리 작은 불행이라도 눈덩이만큼 커다래져서 뒤통수를 쳤다.

　이제는 시어머니 시집살이도 그만해졌고, 남편의 일도 제자리를 잡아가는 것이 고마울 뿐이었다. 정말 최선을 다해서 살았다는 생각이었다. 그렇기 때문에 그렇게 얻어진 것들이 그저 고맙고 대견할 수밖에 없었으리라.

　아이들도 무럭무럭 잘 자라주었다. 유난히 남편을 많이 닮은 호진은 좀 차가운 성격이기는 하지만 늘 경희에게 든든한 힘이 되어주었고, 둘째아들 호연은 쳐다보기만 해도 기분이 좋은 아들이었다. 또 규리는 더러 눈에 거슬리게 이성적이기는 해도 가장 경희를 많이 이해해줄 줄 아는 딸이었다.

해마다 시험 기간이 돌아오면 여전히 뭔가 모르게 눈치 보이는 일이 벌어지기는 했지만 남편은 그런 대로 충실한 가장 역을 해내고 있었다. 적어도 올 여름까지는.

그러나 어느 날부터인가 남편은 차츰차츰 경희로부터 멀어지고 있었다. 아니, 가정의 울타리에서 벗어나고 있었다.

"집이 멀어서 그래. 차를 끌고 다니는 것이 아니라 모시고 다니는 것 같다니까. 보통 길이 막히질 않아."

"길거리에 시간 버리면서 매일 올 필요 없을 것 같애. 일주일에 한 번씩만 들어오든가 해야지."

"집에 들어와도 누구 하나 반겨주는 자식도 없고, 이거야 어디 하숙생 같아서 집에 들어올 맛이 나야 말이지."

그런 식으로 조금씩 말을 바꿔가기 시작했던 것이다. 그러나 경희는 한번도 남편을 의심하지 않았다. 적어도 자신의 모든 것을 버리고 한 여자를 선택했던 사람이라면 죽는 날까지 변함이 없을 거라고 믿었던 것이다.

그런데 지금 남편은 다른 여자를 사랑하고 있는 것이다. 모든 것을 버리고 선택했던 여자를 버리고서 말이다.

남편 회사 건물이 저기 보이고 있었다. 회색빛의 아담한 5층 건물이었다.

건물 앞에 차를 세우고 경희는 한동안 심호흡을 해보았다. 혼자서 여기까지 찾아왔다는 것도 놀라웠지만, 결혼 이후 이렇게 긴 거리를 혼자 온 것도 처음 같았다.

"참 바보처럼 살았구나."

경희는 고개를 들어 하늘을 올려다보았다. 그렇게 하늘을 올려다보았을 뿐인데, 어디선가 탁한 소리가 들려왔다. 너는 더 이상 갈 곳이 없어, 문득 이명처럼 그 소리가 귀청을 울려댔다.

방향을 알 수 없는 거리에서 들려오는 성당 종소리였다.

종소리는 얼어 있는 시멘트 바닥 위를 땡글땡글 굴러다니다가 바람처럼 사라져버렸다.

세상이 더없이 투명해 보였다. 하지만 그 투명성은 끝이 보이지 않는 블랙홀 같았다. 너무도 깊고 어두워서 차라리 투명해 보인 것일까. 아무리 발을 휘저어도, 팔을 휘저어도 끝내 걸리는 것이 아무것도 없는 곳.

"이젠 새 한 마리 날지 않겠네."

경희는 혼잣말로 중얼거렸다. 뭔가 눈앞으로 희뜩 날리는 게 있었다. 검불이었다. 그러나 경희는 그 검불이 서서히 눈으로 변하는 것을 미동도 하지 않고 바라보고 있었다.

이상도 해라, 눈은 그렇게 뭔가 희뜩 날리는 것으로 시작되고는 했다. 그 날리는 것이 검불이 될 수도 있고, 종이 부스러기일 때도 있었다. 어쨌든 그렇게 뭔가 희뜩, 눈앞을 스쳐가고 나면 기다린 것처럼 눈이 내리고는 했다.

회사를 마주 보고 있는 여관에서 여자 한 명이 걸어가고 있었다. 닭털 같은 옷을 입고, 허벅지까지 드러나 보이는 맨다리였다. 손에는 보온병을 싼 보자기가 들려 있었다.

이른 아침에 여관에서 나오는 여자의 모습을 경희는 오랫동안 노려보았다. 그리고 그 여자가 완전히 시야에서 멀어질 무렵에야 천천히 회사 건물을 향해 발짝을 떼어놓았다.

3

남편은 경희가 그렇게 찾아오기를 기다린 사람 같았다.

"그 말 하자고 여기까지 왔단 말이야?"

그렇게 묻는 그의 목소리는 너무도 담담했다.

"네, 그래요."

경희는 애써 감정을 누그러뜨리며 남편 얼굴을 쳐다보았다. 여전히 남편은 말쑥한 모습이었다. 머리카락 한 올 흐트러져 있지 않았다.

아주 오랜 세월, 한번도 그 사랑을 의심해 본 적이 없었던 남자가 바로 앞에 앉아 있었다. 단 한번도 그 사랑을 의심하지 않게 해주었던 사람이.

이즈막 그를 향해 무차별하게 쏘아댄 의심의 화살이 민망해질 만큼 그는 편안한 얼굴이었다.

"뭘 확인하고 싶지?"

그렇게 묻는 그의 입가로 얇은 미소가 번졌던 것 같았다. 그 미소가 왜 그렇게 가슴을 철렁 무너지게 했는지 모를 일이었다.

그리고 그 다음엔 무엇이 있었던가. 그의 입이 아니라, 그의 얇은 미소가 계속 말을 이었으리라.

아무것도 기억할 수 없었다.

여자, 사랑, 이혼······.

그런 단어들만이 하루살이처럼 귓가에 머물렀다가 사라질 따름이었다. 그 말들은 오로지 경희와 남편을 위해 세상에 존재했던 듯만 싶었다.

남편은 경희가 다 알고 있는 사실을 증명이라도 하는 사람처럼 한 여자를 사랑하고 있다고 또렷하게 대답했던 것이다.

"나를 사랑하지 않았나요?"

힘들게 던진 질문이 어리석게도 그랬다. 그의 마음을 되돌리기 위해 안간힘을 쓰는 사람처럼.

"사랑은······."

그가 뚝뚝 끊어 말을 했다.

"세상에 하나밖에 존재하지 않는 줄 알았어. 적어도 그 여잘 만나기 전에는."

그렇지만 이제는 그렇지 않아, 그는 그렇게 말하고 있었다.

"내가 억울하다고 말하면 이해하겠어? 세상에 북극성처럼 사랑은 하나밖에 없는 줄 알았는데 아녔어. 널려 있었어. 모두 다 알고 있는 사실을 나만 모르고 있었던 거야."

"나는······ 북극성이 아니에요. 경희예요. 당신을 만나서 당신과 결혼했고, 당신 아이들을 낳은 경희예요."

가장 복잡해진 순간에 인간이 그렇게 단순해질 수 있다는 것이 믿지기 않았다. 그렇게라도 아내라는 것을, 아이들의 어머니라는 것을 그에게 인식시켜주고 싶었을까.

"잊어버렸어요? 세상에 널리고 널린 게 여잔데 왜 하필이면 나냐고 물었던 적이 있어요. 기억 안 나요?"

경희는 분노 때문에 탁해진 음성을 감추느라 애써 숨을 죽이며 그렇게 물었다.

"안 잊었어."

"그런데요?"

"난 여자를 말하지 않았어. 사랑을 말했어. 세상에 사랑이란 게 그렇게 흔하다는 것을 알았다면…….."

그가 입을 다물었다. 경희는 두 귀를 막고 싶었다.

그가 다시 숨찬 소리를 내뱉었다.

"그렇게 힘든 시작을 절대 하지 않았겠지."

그는 거짓말을 하고 있었다. 설령 다른 여자를 사랑하게 되었더라도, 그것은 세상에 있는 또 다른 사랑을 발견해서가 아니었다. 남편은 그렇게 단순하거나 어리석은 사람이 절대 아니었다. 그렇다면 무엇 때문인가.

"그래서 어쩌자는 거죠? 이제 와서 나더러 어쩌라는 거죠?"

무엇을 확인하기 위해 그런 질문을 던졌는지 모를 일이었다. 그러나 스스로도 이해되지 않는 말들을 함부로 지껄이는 사이, 둘의 대화는 이제 마지막 마침표만 찍으며 남남으로 영원히 갈라서야 하는 순간이 이마 앞으로 다가와 있었다.

입술이 바작바작 타들어가는 것 같았다.

"당신더러 뭘 어떻게 하라는 말은 하지 않았어. 어쨌거나 당신한테 최선을 다해 사랑을 쏟았던 것처럼 그렇게 사랑을 쏟을 여자가 새로 생겼다는 게 중요해. 그게 도덕적으로 윤리적으로 비난받아 마땅한 일이라고 해도 상관하지 않아. 내게 중요한 건 그 여잘 사랑한다는 거야.”

　그다운 말이었다. 그가 경희를 사랑했을 때도 저런 마음이었으리라. 부모, 친구, 주변에서 제아무리 반대를 해도 나는 그 여잘 사랑해, 그 말밖에 하지 않았으리라. 그건 지구가 도는 것만큼이나 명백한 진실이라고 믿고 있었을 테니까.

　등짝으로 살얼음이 내리는 것 같았다. 그러나 그 자리를 떠날 용기가 나지 않아 경희는 용을 쓰고 자리를 지켰다.

　“그럼 당신은 그 여자하고 사귀다가도 다른 여자가 나타나면 또 버리겠다는 말인가요?”

　버리거나 말거나, 그건 절대 중요한 일이 아니었다. 그러나 경희는 늪에 빠져 허우적대는 사람처럼 서둘러 묻고 말았다.

　“그건 알 수 없어. 우리의 미래가 여기일 줄 전혀 몰랐던 것처럼 그 여자와의 미래도 예측할 수 없어. 분명한 것은 지금 당장일 뿐이야. 지금 당장!”

　“왜 그렇게 막돼 먹은 사람처럼 굴어요! 당신은 법을 공부한 사람이에요. 법이 뭐죠? 당신이 생명처럼 공부했던 그 법이란 게 마누라 함부로 버리라고 쓰여 있던가요?”

　악을 써댔다. 그러나 그는 여전히 차분한 표정이었다. 눈길 한 번 흔들리지 않았다.

　“말했지? 억울하다고. 세상에서 내가 할 수 있는 일이란 게 법을 다루는 것밖에 없을 줄 알았어. 난 다른 어떤 것도 할 수 없고 오로지 법을 주물럭거리면서 살아야 하는 줄 알았어. 마치 당신이 이 세상의 최초의 여자였고 마지막 여자라고 믿었던 것처럼 말야. 그런데 아녔어. 회사는 날로 번창해 가고 있어. 진작 내가 법 공부 따윈 집어치우고 이 길로 들어서지 않은 것을 애달퍼할 정도지. 똑같애, 그 여자 일도. 당신 말고 내가 사랑할 수 있는 여자가 세상에 또 존재한다는 것이 이렇게 황당할 수가 없고 화가 날 수가 없어. 여지껏 사는 동안 바보같이 계속 사기만 당한 기분이야. 알겠어?"

"그렇게 그 여잘 사랑해요?"

경희는 가슴을 손바닥으로 쓸어내리며 물었다. 마지막 질문처럼.

"사랑해."

"나를 사랑했던 그만큼요?"

"……그래, 그만큼."

"아녜요. 당신은 그렇게 쉽게 누굴 사랑할 줄 아는 사람이 절대 아녜요! 거짓말을 하고 있는 거라구요! 다른 사람은 몰라도 나는 당신이 어떤 사람인지 너무도 잘 알고 있어요!"

"천만에! 나는 그 여잘 사랑해!"

그는 조금도 숨기지 않았다. 새로 여자가 생겼다는 것이 미안한 것이 아니라, 그걸 이제서야 말해주는 것을 미안해 하는 사람 같았다.

옛날, 경희 자신을 사랑했던 그만큼 그 여자를 사랑한다는 말이 점점 무섭게 귀를 울려댔다. 그 자리에 그냥 앉아 있다면 그 소리는 어느 틈에 칼이 되어 경희 가슴을 난도질하고 말 것만 같았다.

비틀거리지 않으려고 안간힘을 쓰며 몸을 일으켰다. 이건 악몽이었다. 하룻밤만 자고 나면 다시 맑은 아침이 올 것이고, 그러면 여전히 경희 곁에 있는 남편을 만날 수 있을 것이다. 이게 꿈이라면 당연히 깨어나야 옳았다.

벤자민을 붙든 채로 몸을 돌렸다. 그러나 경희가 아무리 몸을 놀려도 움직이지 않는 사물들이 너무도 낯설기만 했다. 눈앞에 놓인 모든 것들이 그대로 바위로 굳어버리고 있었다.

정신을 잃었던 모양이었다.

깨어났을 때는 차디찬 병실이었다. 차가운 기운이 병실 가득 어슬렁대고 있었다.

손등에는 링거 주사가 꽂혀 있었다. 아직도 꿈은 계속되고 있는 것일까. 경희는 차가운 병실 천장을 한동안 올려다보았다.

그는 보이지 않았다. 그게 차라리 다행스러웠다. 차라리 혼자 있어야 이 악몽에서 빨리 헤어날 수 있을 것이다.

간호사도 부르지 않고 주사 바늘을 빼냈다. 그리고 가방을 열어 거울을 꺼냈다. 헝클어진 머리를 매만지고, 그리고 옷을 챙겨 입었다.

얼마나 정신을 잃고 있었길래, 밖은 어느새 눈밭이었다. 너무도 새하얀 눈밭이 발밑으로 깔려 있었다.

시계를 보았다.

벌써 정오가 다 되어가고 있었다.

"어쩌면 좋아."

경희는 허둥지둥 전화 부스로 뛰어갔다. 오늘 시어머니와 병원에 가기로 되어 있었던 것이다.

"어딜 간 거니? 아무리 전화해도 안 받고. 언제 도착할 수 있냐?"

시어머니는 경희 음성을 확인하기 바쁘게 버럭 고함부터 질러댔다.

"금방 갈게요. 준비하고 계세요."

경희는 부랴부랴 전화를 끊는다.

외로움에 떨다 못내 설움에 겨워 꺽꺽 우는 꿈을 꾸었던 것 같았다. 그러나 눈앞에 펼쳐지는 모든 것들이 갑자기 경이롭게 느껴지기 시작했다. 마치 실컷 울고 나면 마음이 안정되듯.

새하얀 눈, 즐거운 비명을 지르며 눈장난을 하는 젊은이들, 영문도 모른 채 눈밭을 뛰어다니는 개, 그리고 하얀 이불을 포근하게 둘러쓴 나뭇가지들. 이제 두렵고 외롭게만 하던 모든 것들이 조용히 사라져 버리고 주변은 마치 어둠 속에서 등불을 켜놓은 것처럼 변해 있었다.

사람들의 환한 웃음 소리, 씩씩한 자동차 경적 소리, 어디론가 바삐 걸어가는 발짝 소리, 아이에게 눈미끄럼을 태우는 남자도 보였다.

남편이 어떤 말을 하고, 어떤 행동을 하건 지금 당장은 아무 걱정도 하지 말자고 자신을 타일렀다. 내일 어떻게 될지 모를 일이지만 아직은 아무 걱정할 필요가 없다고.

"어딜 갔었니?"

헐레벌떡 안으로 뛰어들어가자 시어머니는 외출 차림으로 현관을 서성거리고 있었다.

"길이 많이 막혔어요, 어머니. 오래 기다리셨어요?"

"말해 뭐 하니? 아침부터 이제나 저제나. 세상에, 지금이 몇 시야?"

시어머니는 화난 표정을 풀지 않았다.

"회사에 다녀왔어요. 서류를 놓고 갔다고 가져다 달랬거든요."

"회사? 혁민이 회사 말이니?"

"예. 금방 끝날 줄 알았는데 시간이 좀 걸렸네요."

"전화는 됐다 어디에 쓸래? 얼른 나가자."

시어머니는 더 이상 물어오지 않았다. 문득 우린 서로를 미워하고, 사랑하면서 지낼 수 있는 범위 안에서 살아가고 있구나, 그런 생각이 들었다. 더도 덜도 아닌 그 범위 안에서.

그토록 끔찍할 만큼 미워했던 시어머니가 이제 마음을 열고 경희를 받아준 것도, 그리고 부모까지 버려 가면서 한 여자를 선택했던 혁민이 이제 다른 여자를 사랑하게 되었다며 경희를 미워하는 것도.

나와 상관없는 일이라면 끼여들지 말자, 경희는 차 시동을 걸며 다시 한 번 자신을 타이른다. 이제부터 철저하게 혁민과 관계되는 일이라면 아는 척해서는 안 되리라. 그의 감정을 간섭하고 끼여들면서 무모한 책임까지 질 아무런 이유가 없었다. 그는 경희와 전혀 상관없는 세상을 기웃거리고 있는 것이다. 그 세상 구경이 끝날 때까지 기다리는 것밖에 도리가 없으리라.

추방, 경희는 혼잣말로 중얼거렸다. 어쩌면 내가 몹시 떨고 있을지 모른다. 그 동안 몸 담았던 공간에서, 살 맞대고 산 사람들로부터 추방당하는 것이 두려워서 말이다. 여기까지 애써 왔는데 이제 와서 헌신짝처럼 추방을 당할까 봐 눈 감고 귀 막고 입 다물자고 하는 것은 아닐까, 핸들을 붙잡은 손끝이 가늘게 떨리고 있었다.

"내가 아무래도 온전치가 않은 것 같다. 왜 그렇게 소화도 안 되고, 뭘 먹고 나면 기분이 나쁘니?"

시어머니는 차가 골목을 다 빠져나가도록 침묵을 지키고 있다가 무거운 음성으로 물어왔다. 아닌 게 아니라 몸이 많이 안 좋은 것 같았다. 아무리 몸이 아파도 늘 목소리는 카랑카랑했는데, 간혹 탁한 쉿소리가 흘러나오곤 했다.

그리고 또 다른 증세가 있었다. 손에 뭘 들고서도 하루 종일 찾고는 했다. 또한 방금 했던 말도 그런 적 없다고 하실 때가 많았다. 엊그제는 경희가 분명히 다녀왔는데, 저녁 무렵 전화를 해서 벼락 같은 소리로 고함을 질러댔다.

"너는 시에미가 죽었는지 살았는지 궁금하지도 않니? 어떻게 코빼기도 안 보이냐?"

아침 나절에 다녀왔다고 아무리 설명을 해도 이제 거짓말까지 한다며 더 화를 내셨다.

하긴 연세가 몇인가. 그 정도면 건강한 편이셨다.

"나 혹시 암이 아니니?"

"염려 마세요. 암은 아무런 증세도 느끼지 못한다고 해요. 저희 친정 아버지도 위암으로 돌아가셨는데, 정말 진행될 때까지 감쪽같이 모르셨다고 해요."

편안하게 대꾸했지만 길이 미끄러워서 자꾸만 손아귀에 힘이 들어갔다. 워낙 부잣집들만 사는 골목이라 그런지 아이들이 보이지 않았다. 보이지 않은 아이들 때문에 문득 집 걱정이 됐다. 애들이 어떻게 하고 있을까.

이제 다 자라서 경희가 걱정해줘야 할 아이는 한 명도 없는데도 마치 어린것들을 집에 두고 이렇게 나와 있는 것만 같아 마음이 조급했다.

"집에 전화해보셨다구요?"

"그래. 애들도 없고, 답답해서 혼났다."

"눈싸움 하러 나갔나?"

경희는 혼잣말처럼 중얼거렸다. 이젠 눈이 와도 눈싸움 따위에 관심이 전혀 없는 나이로 자랐는데도 경희는 불현듯 그 애들이 지금 눈밭에 나가 뒹굴고 있는 환영에 빠져들었다.

"애들 나이가 몇인데 눈싸움을 하니?"

"그러게요. 호연이는 지금도 눈만 오면 눈싸움 하러 나가자고 얼마나 조르는지 몰라요."

경희는 아무렇게나 둘러댄다. 그러나 그 대답은 시어머니가 아니라 바로 자신에게 읊조린 소리였다.

　이혼. 앞으로 남편과 경희 자신이 선택해야 하는 문제가 바로 그 이혼이었다. 이혼을 하느냐, 하지 말아야 하느냐, 하는.

　그런 불길한 생각을 애써 지워내려 내내 아이들을 떠올리고 있었던 것이다.

　병원에 도착해 접수를 끝냈을 때는 벌써 3시가 다 되어가고 있었다. 아침부터 아무것도 먹지 않았다는 사실을 비로소 떠올렸지만, 배가 고프다는 생각은 들지 않았다. 뭔가 뱃속에 가득 들어 있는 것만 같았다.

　"괜찮겠지?"

　시어머니는 기다리는 동안 내내 불안한 표정이었다.

　"그럼요. 어머니는 건강한 편이세요. 걱정 마세요."

　경희는 시어머니의 손을 잡아주었다. 벌써 일흔이 훨씬 넘은 나이인데도 매끄러운 피부였다. 하지만 측은하다는 생각이 왜 들었을까. 나이 열다섯에 시집 와서 아들 하나 낳아놓고 평생 첩살이에 노름에 눈 먼 남편 곁을 지켰던 여인이었다. 경희한테 참 모질게도 굴었지만 이제는 원망이나 미움은 없었다. 그저 불쌍하다는 생각밖에는 없었다.

　정해진 순서대로 진찰을 받고 엑스 레이를 찍고, 간단한 약을 받을 때까지 시어머니 얼굴은 두려움으로 잔뜩 움츠려 있었다. 어린아이 같았다. 말없이 진찰을 하는 의사 때문에도 더 긴장되는 모양이었다.

　"애, 분명히 뭔가 있다. 그러니까 이것저것 검사를 받으라고 하지. 멀쩡하다면 왜 내시경까지 찍어야 한다고 하겠어?"

　시어머니는 두려운 표정으로 경희를 보았다.

　"염려 마세요. 건강한 사람도 검사를 받을 필요가 있거든요."

　"그래, 정말 그랬으면 좋겠다. 나는 아직 죽으면 안 돼."

“……”

병원을 나서니 차가운 바람이 날카롭게 옷섶으로 파고들었다. 다시 눈발이 희뜩거렸다. 경희는 시어머니의 옷을 단단히 여며주었다. 그래도 시어머니는 떨고 있었다. 엑스 레이를 찍으면서 몸 안으로 스며들었던 한기가 미처 빠져나가지 못한 모양이었다.

“뭘 좀 드실래요?”

“아니, 싫다. 식당 음식은 조미료를 많이 써서 니맛도 내맛도 아니야. 난 그런 음식 딱 질색이다.”

“일식집으로 가면 괜찮아요, 어머니. 신사동에 있는 그 횟집 음식은 입맛에 맞다고 하셨잖아요.”

그렇게 말해놓고 경희는 잠깐 아연해진다. 내가 그런 말을 할 줄 알 만큼 변했구나, 그런 생각이 들었던 것이다.

라면, 떡볶이, 오뎅, 자장면, 그런 것이 가장 친밀했었는데, 이제는 고급 일식집을 알고, 어딜 가야 스테이크가 연하고 맛있는지, 별이 다섯 개 붙은 커피는 어디에 있는지 모두 꿰고 있었다. 주로 시어머니를 따라 다닌 곳이긴 하지만, 아직도 경희에게는 낯선 공간일 따름이었다.

“오늘은 그냥 가자. 너 비빔밥 잘하지?”

“빈속에 자극성 있는 음식은 안 돼요. 전복죽 쑤어 드릴까요?”

“그래, 그래. 그게 좋겠다. 내가 왜 그 생각을 못했을까.”

시어머니는 어린애처럼 즐거워했다.

“저번에 네가 쑤어준 죽이 얼마나 맛있었는지 두고두고 생각나더라.”

“그러셨어요? 오늘도 그렇게 맛있게 쑤어드릴게요.”

처음에는 경희가 아무리 애써 음식을 해놓아도 시어머니는 거들떠보지도 않는 것 같았다. 이것저것 트집 잡느라 수저조차 들지 않았다. 그러나 시간이 지날수록 가정부 아줌마가 들려주는 이야기는 전혀 달랐다.

"새댁이 가고 나면 슬그머니 부엌에 나오셔서 냉장고 문 열고 이것저것 꺼내놓고 맛을 보신다니까. 그리고 혼자 고개를 끄덕끄덕하시고는 해."

그런 까다로운 시어머니 입맛을 맞추기 위해 별다르게 노력한 것은 없었다. 손맛도 물려받는 것일까, 친정 어머니의 음식 솜씨를 배워 이것저것 할 줄 아는 정도였다.

외식을 했다가도 시어머니가 유독 좋아하는 음식이 있으면 그냥 넘어가지 않았다. 그 맛을 기억했다가 집에 돌아와 연습을 해보거나 요리 학원을 기웃거려서라도 솜씨를 발휘하고는 했던 것이다.

어떤 방식으로든 혁민이 있는 세상으로 스며들려고 노력했다. 그렇게 노력하는 것이 그를 위하는 일이고, 그를 편하게 해주는 것이라고 여겼기 때문이었다.

한 여자를 선택하기 위해 너무 많은 것을 치러야 했던 남편이었다. 그걸 보상해주기 위해서라도 할 수 있는 일이란 뭐든지 할 각오가 되어 있었다. 그렇게 살았던 세월이었다.

아무 냄새도 나지 않는데, 집에 도착하기 바쁘게 시어머니는 목욕부터 하겠다고 했다.

"몸에서 소독내가 난다."

그러면서 겨드랑이며 가슴에 코를 대고 킁킁거렸다. 경희는 얼른 욕조에 물을 받았다. 그리고 굵은 소금 한 바가지를 퍼다 물에 섞었다.

"피로할 땐 소금 목욕이 굉장히 효과적이라네요."

"그래, 나도 그런 말을 들었어."

시어머니는 금방 기분이 좋아져서 소녀처럼 떠들었다. 그런 모습이 너무 아름다웠다. 꾸밈없는 모습이었다. 누구나 허울을 벗고, 진심으로 대하게 되면 그렇듯 아름다운 것이다.

"정말 맛있다."

목욕을 끝내고 식탁에 앉은 시어머니는 대접에 담긴 전복죽을 맛보며 감탄을 했다.

"조금만 드세요. 한꺼번에 잡수시면 위에 부담이 가요."

"얘, 두 그릇도 더 먹을 수 있겠다."

시어머니는 다소 호들갑스럽게 떠들었다. 그 모습이 퍽 편안해 보였다.

경희도 마음이 편안했다. 남편과 어떤 일이 있었고, 그가 다른 여자를 사랑한다고 했던 말까지 까맣게 잊고 있었던 것이다. 아니, 잊으려 애쓰고 있었다.

내일 무슨 일이 벌어지더라도 오늘부터 미리 겁내지는 말자, 경희는 자신을 다독였다.

"얘, 우리 다음 주에 제주도 콘도에 다녀오자. 아니, 그럴 것 없이 애들 데리고 다녀오자."

그렇게 말해놓고 당장 떠날 것처럼 시어머니는 눈을 빛냈다. 경희는 말없이 그 모습을 바라보았다.

"얘, 이렇게 살기 좋은데 나 빨리 죽으면 어떻게 하니?"

수저를 놀리다 말고, 시어머니는 금방 시무룩한 표정으로 경희를 보았다.

"그런 말씀을 뭐하러 하세요. 어머닌 충분히 백수까지 누리실 수 있어요."

"그래도 어쩐지 기분이 안 좋다."

어쩌면 정말 그럴지도 모른다는 생각이 뇌리를 스쳤다. 요즘 들어 시어머니 얼굴은 눈에 띨 만큼 수척해져 있었다. 눈빛도 예전처럼 맑지 못했다. 뿌옇게 안개가 끼어 있었다.

헤어드라이기로 머리를 말리고, 단정하게 빗어 위로 올려 핀을 꽂을 동안 시어머니는 미동도 하지 않았다. 말 잘 듣는 아이처럼 경희한테 몸을 맡기고 편안하게 앉아 있을 뿐이었다.

누구에겐가 군림하려 했던 사람일수록 자신에게 따뜻하게 대해주는 사람을 만나면 더 쉽게 마음을 주게 마련이다.

"정말 예쁘세요, 어머니."

경희는 시어머니 손에 손거울을 들려주었다.

"예뻐 봤자 파파 할머니지."

"저는 젊은 처녀애들 예쁘다는 생각은 별로 해본 적이 없는데 어머니처럼 곱게 늙으신 분들을 보면 왜 그렇게 이쁘죠? 정말 이쁘다는 소리가 저절로 나와요."

"꽃도 싱싱한 장미가 예쁘지, 꼬부라진 할미꽃이 예쁘겠니?"

시어머니는 그렇게 말하면서도 싫지 않은 표정이었다.

"애, 집에 가지 말고, 아범한테 전화해서 애들 데리고 이리로 와서 저녁 같이 먹고 가면 안 되겠니? 아범하고 애들 얼굴 본 게 언젠지 기억도 없다."

"……"

경희는 놀리던 손을 멈추고, 잠깐 말을 잃는다.

문득 거실에 걸려 있는 작은 액자를 보았다. 혁민이 애들을 무릎에 앉히고 뭔가 이야기를 하는 사진이었다. 아주 오래 전에 찍었던 사진이었다. 삼남매 모두 거기 있는데 경희만 빠져 있었다.

4

지독한 악몽에 시달렸던 것 같다. 침대에 잠깐 누워 있었던 것 같은데 잠이 들었나 보다. 온몸이 땀으로 흠뻑 젖어 있었다.

숨이 가빴다. 마치 거대한 힘에 서서히 포박되는 듯한 기분 때문에 가슴에 손을 얹고 헉헉거렸다.

일어나 문을 열고 밖으로 나가려다 깜짝 놀라 벽에 바짝 붙어서고 말았다. 현관문이 열리는 소리를 들었던 것이다.

남편이었다. 남편은 안방 문을 열고 나오는 경희를 보고 잠깐 아연한 표정을 지었다.

"다녀오셨어요?"

호진이 문을 열고 나와 인사를 했다. 규리와 호연은 아직 돌아오지 않았다.

"음, 그래."

그는 건성 대답을 보내고 다른 날과 조금도 다르지 않은 표정으로 화장실로 들어갔다.

집에 들어오면 제일 먼저 손부터 닦는 것은 그의 버릇이었다.

집에 있을 때도 시시때때 화장실에 들어가 손을 닦고는 했다. 경희나 애들이 외출했다가 돌아와 그냥 할 일을 하면 몹시 못마땅해 하고는 했다.

"손에 얼마나 많은 병균이 묻었는데 그 손으로 음식을 주무를 생각을 하지?"

손을 닦는 일 말고도 베갯잇도 사흘에 한 번은 갈아야 했다. 머리 기름때가 묻은 것을 도저히 베고 잘 수 없다는 것이다. 콜타르가 묻어 있는 것 같다는 말을 할 정도였다.

물 쏟아지는 소리는 한동안 멈추질 않았다. 눈앞으로 손을 다 씻고 우두커니 서 있는 남편의 모습이 그려졌다. 그는 지금 경희와 부딪치는 시간을 조금이라도 줄이고 있는 것이다.

이제부터 노골적인 학대가 시작될 것이다.

경희 스스로 걸어가 모든 것을 확인하길 기다렸던 것처럼, 이제는 더 이상 숨기지 않고 떳떳하게 다른 여자를 사랑하고 있다는 것을 증명해 보일 것이다.

큰 실수였다. 그를 찾아가 다른 여자를 사랑하느냐고 물었던 것이.

그와 이혼할 생각이 추호도 없었다면 그가 돌아올 때까지 기다렸어야 했다. 적어도 그는 먼저 입을 열어 나, 다른 여자를 사랑하기 시작했어, 말하지는 않았을 것이다. 경희 입에서 다른 여자를 확인하는 말이 나오도록 최대한 노력은 했을망정. 그는 충분히 그럴 수 있는 사람이었다.

그의 치밀한 덫에 치이는 짓은 하지 말았어야 했다는 생각이 뒤통수를 쳤다. 정말 큰 실수였다. 그의 가슴에 반딧불처럼 사랑이 남아 있으리라고 믿었던 자신이 너무도 어리석을 뿐이었다.

좀전의 갑갑증이 사라지고 다시 오한이 쏟아졌다. 그가 거실을 거쳐 안방으로 들어가고 있었다.

"저녁은요?"

경희는 될 수 있으면 감정을 드러내지 않으려 노력하며 물었다. 그러면서 그의 외투와 양복을 받으려고 등 뒤로 돌아섰다. 그러나 그는 거칠게 몸을 돌리며 옷을 벗어 침대 위로 던졌다.

내가 사라져 주길 바랐나요? 내가 사라지면 당신은 천하를 얻은 만큼 행복해질 줄 아나요?

그런 말이 저절로 입가에서 맴돌았지만 간신히 참아냈다. 그 앞에서는 어떤 사소한 것이든 감정을 먼저 드러내서는 안 되었다. 제아무리 화가 나는 일이 있더라도 변함없는 모습으로 감정을 죽이는 것이 가장 좋은 방법이었다. 또 한번 그의 치밀한 계략에 넘어간다면 영원히 회복될 수 없는 치명적인 상황을 맞게 될 것이다. 경희는 아직도 그 엄청난 사태를 파악하지 못하는 자신이 너무도 측은하기만 했다.

남편 몸에서는 여전히 그 낯선 향수 냄새가 풍겼다. 그 냄새를 맡지 않기 위해 잠깐 숨을 멈추었다. 그렇게 숨을 멈춘 채로 부엌으로 옮겨갔다.

도마 위에 놓인 칼을 치우면서 경희는 떨리는 손을 간신히 억제했다. 떨리는 손으로 냉동실 문을 열고 옥도미를 꺼낸다. 남편이 유난히 좋아해 몇 마리 사다두고 아껴서 상에 올렸던 생선이었다.

수돗물을 세게 틀어놓고 도미를 녹였다. 그러나 도미 위로 쏟아지는 것은 수돗물이 아니라, 눈물이었다. 눈물이 꽁꽁 언 도미 몸뚱이 위로 뚝뚝 떨어져 내리고 있었다.

그러나 이제는 어렴풋이 느낄 수 있었다. 눈물로 녹일 수 있는 남편의 가슴은 어디에도 없다는 것을. 이제 어떤 상황이든 혼자 맞서 싸워야 된다는 외로움이 등줄기를 훑었다.

이제 생각해 보면, 그가 경희 자신을 선택하기 위해 모든 것을 버렸을 때부터 까닭없는 불안은 시작되고 있었다. 머잖아 다른 사람들이 경희 자신 때문에 받은 그만큼의 고통을 자신이 받게 되리라는 불안감.

경희는 말없이 그의 옆얼굴을 쳐다보았다. 마치 더러운 오물 덩어리가 집안 가득 채워지고 있는 것만 같아 진저리가 쳐졌다.

"저녁…… 다 됐어요."

경희는 간신히 입을 열어 말을 끄집어냈다. 그는 밀랍 인형 같은 얼굴로 식탁으로 옮겨 앉았다. 그리고 밥 한 공기를 다 먹어치웠다. 옥도미는 손도 대지 않았다.

혹시라도 호진이 무섭게 가라앉은 이 분위기를 눈치챌까봐 허겁지겁 텔레비전 버튼을 눌렀다. 연속극인지, 영화인지 두 명의 남녀가 티격태격하는 장면이 쏟아져 나왔다.

"나를 사랑하지 않나요?"

여자가 묻고 있었다.

"우리 사랑은 우리가 같이 살아 온 세월 동안 모두 마모되었어. 닳아버리고 없어."

남자가 차갑게 말하고 있었다.

"나는 아직도 당신을 사랑해요."

여자 음성은 너무도 간절했다.

"천만에. 당신 이기심과 두려움이 이 상황을 인정하려 하지 않는 것뿐이야. 비겁하게도."

"비겁하다고 해도 좋아요. 나는 당신이 필요해요."

여자는 일어서는 남자 옷자락을 붙들며 간절하게 말했다. 하지만 남자는 여자를 매몰차게 떼어내고, 넘어진 여자 손에는 어느 틈에 칼이 들려 있었다.

경희는 다시 스위치를 껐다.

"……."

"……."

두 사람 사이로 침묵이 흘렀다. 아니 두 사람이 침묵하는 것이 아니라 집안의 모든 것들이 그렇게 굳게 입을 다물고 깊은 침묵 속으로 침몰해 가고 있었다.

숨이 막혀 경희는 서둘러 커피 물을 올렸다. 백화점에서 사온 블루마운틴 커피가 봉투도 뜯지 않은 채 놓여 있었다. 커피를 사다 놓은 지가 언제였더라, 경희는 커피를 코에 대고 향을 맡아 보았다. 남편은 커피 하나에도 신경을 쓰는 사람이었다. 어쩌다 봉지 커피를 사기도 하지만 1백 그램씩 사다 보름을 넘겨서는 안 되었다. 여러 가지 원두가 섞인 블렌드 커피보다는 스트레이트를 즐겨 마셨다. 또한 커피 필터도 표백이 안 된 것이어야 했다. 2분 이내에 커피를 걸러내야 맛과 향이 제대로 살고 물도 팔팔 끓인 뒤 90도 정도에서 커피를 추출해야 한다, 모두 남편의 입맛에 맞추기 위해 배운 솜씨였다.

커피잔을 미리 따뜻하게 해두기 위해 뜨거운 물을 채웠다가 쏟아내면서 경희는 가볍게 한숨을 내쉬었다.

남편의 버릇, 습관, 입맛을 위해 손길 하나, 행동 하나, 모두 길들여져 있었다. 그런데 이제 남편은 떠나려 하는 것이다. 경희뿐만 아니라 익숙해져 있는 모든 것들로부터.

텔레비전 속의 여자 주인공도 사랑이 떠나가는 것이 두려워 그렇게 매달린 것이 아닐 것이다. 남자를 위해 길들여진 자신의 모든 것들이 이제 쓸모없게 된 것이 견딜 수 없었을 것이다.

그가 말없이 커피를 마시는 동안 경희는 깊게 심호흡을 한번 했다. 그리고 천천히 입을 열었다.

"호연이가 유학을 떠나고 싶은 모양인데, 어떻게 하죠? 규리는 작업실을 따로 갖고 싶은 모양이구요."

"……."

남편은 언제부턴가 자식들 일에는 아예 관심조차 없는 사람 같았다. 호진이 느닷없이 학교를 때려치우고 글을 쓰겠다고 선언한 뒤부터였을 것이다. 마치 데리고 들어온 자식 취급하듯 했다.

"자식들이면 당연히 부모 말을 들어야 해. 그런데 어떻게 제 멋대로 학교를 때려치울 수가 있지?"

남편은 학교를 때려치운 호진에 대한 분노보다 법 공부를 하지 않겠다고 선언한 것에 대해 더 크게 분노하고 있었다.

어느 부모나 자기가 못한 일을 자식이라도 해주기를 바란다지만 남편이 호진에게 거는 기대는 대단했다. 그렇지만 호진은 재수를 해서까지 가까스로 들어간 법대를 아무 미련 없이 내팽개치고 말았던 것이다. 그리고 보란 듯이 남편이 제일 싫어한다고 말한 그 문학이라는 것을 선택해 버렸다.

"호진이 애인 알죠? 숙경이 말예요. 그 애가 다음 주에 놀러오겠다고 하던데 어떻게 할까요? 그 애는 호진이를 좋아하는 것 같은데 호진이는 아무 표현도 안해요. 싫어하는 것 같지도 않고. 어른들이 나서서 두 애들 결혼을 서둘러야 할 것 같은데, 어떻게 생각해요?"

경희는 무겁게 내려앉는 침묵이 두려워 조심스럽게 호진의 이야기를 끄집어냈다. 그러나 여전히 남편은 대답이 없었다.

물론 무슨 대답을 듣자고 던진 질문은 아니었다. 아무리 나를 버리고 싶어해도 이 집에서 내 몫, 내가 해야 될 일이 이렇게 많다는 것을 말해주고 싶었다. 그러나 그렇게 말하면서도 어깨를 떨게 하는 무서운 슬픔 때문에 자꾸만 마른 침을 삼켜야만 했다.
당신이 날 버리고 싶어해도 나는 갈 곳이 없어요…….
영혼 저 깊은 곳에서 당장이라도 그런 소리가 터져나올 것만 같았다.
경희는 진열장 위에 놓인 화병을 보았다. 한 무더기의 백합이 시들어가고 있었다. 일주일 전에 사다 꽂아 놓은 것인데 그렇게 아름답고 깨끗하기만 하던 꽃이 어느새 시들어 추한 몰골로 꽂혀 있었다.
경희는 화병을 들고 욕실로 들어간다. 화병에 꽃이 꽂혀 있다는 것도 잊은 채 지낸 며칠이었다. 물이 썩었는지 화병에서 빼낸 꽃은 냄새가 아주 고약했다.
아직 덜 시든 것들만 골라 깨끗한 물에 다시 담가 놓았다. 그러다 멀거니 넋을 놓고 꽃을 바라보았다. 아무 향기도 남아 있지 않은 꽃. 이제 모양만 꽃일 따름이었다. 문득 곱고 깨끗한 피부의 젊고 아름다운 남편의 여자가 눈앞으로 그려졌다.
"얼굴은 물론이고 몸매도 여자 하기 나름이야. 나는 얼굴이나 몸매를 함부로 만들어 놓은 여자는 용서할 수 없어. 그건 무기라구, 무기."
간혹 친구들과 술이라도 한잔 걸친 날이면 남편은 농담처럼 그런 말을 던졌다.
경희는 고개를 들고 거울을 들여다보았다. 초라한 몰골의 한 여자가 거기 서 있었다. 눈에 띌 만큼 얼굴이 말라 있었다. 뾰족한 턱이 유난히 눈에 거슬렸다. 어쩌면 남편은 이렇게 초라하게 마른 아내가 아니라 좀더 탄력있고 아름다운 아내를 원했을지도 몰랐다.

다시금 핸드폰을 통해 들었던 거친 호흡 소리가 들려왔다.

살아온 환경 탓일까, 다른 것은 아까운 줄 모르겠는데 옷은 정말 아까워서 사 입을 수가 없었다.

기껏 백화점에 갔다가도 남편 옷이나 아이들 옷을 사들고 돌아오는 것이 고작이었다.

친정에 갔다가 올케들이 살이 쪄서 못 입겠다고 내놓은 옷이 있으면 가져다 이리저리 만져 집에서라도 입었다. 어머니가 남의 한복을 지어주는 삯바느질 일을 할 때 옆에서 거든 실력이 있어 어떤 옷이든 마음에 맞게 고쳐 입을 수가 있었던 것이다.

신혼 초에는 돈이 없었기 때문에 돈이 생기면 남편 책이라도 한 권 더 사고, 보약이라도 한 첩 해먹이려 했고, 형편이 풀린 뒤에도 별로 달라진 것이 없었다. 책 한 권 더 사고, 식구들 먹을 반찬이라도 한 가지 더 사는 것이 여전히 마음 편했다. 정말 아무리 노력해도 안 되는 일 중 하나가 몸 치장하는 옷사기였다.

어려서부터 옷을 사입기 보다는 남의 옷을 얻어 입거나, 어머니가 자투리 천으로 만들어준 옷만 입었기 때문인지 나이 들어서도 새 옷보다는 차라리 쓸만한데도 못 입고 버린 남의 옷을 입는 것이 훨씬 마음 편했다.

"돈을 벌 줄만 알아서는 안 되고, 쓸 줄도 알아야 한다더니, 그 말이 맞구나. 너는 어째 옷 하나 사 입는 것도 그렇게 서툴기만 하냐?"

시어머니는 그런 경희를 끝내 이해하지 못했다. 그리고는 백화점에 데리고 가 값비싼 옷을 사주고는 했다.

"다른 사람이 보면 내가 너를 하인 취급하는 줄 알겠다. 옷 하나 제대로 못 입고 살 만큼 혁민이가 능력 없는 사람은 아니다."

시어머니는 경희가 초라한 옷을 입고 다녀서 화가 난 것이 아니었다. 다른 사람에게 당신이 모진 시어머니로 보여지는 것이 끔찍하게 싫었던 것이고, 어디 나무랄 데 없이 고급 옷만 입은 당신 곁에 초라한 입성의 며느리가 서 있는 것만으로 끔찍했던 것이다.

시어머니를 만날 때만은 고급 옷으로 차려 입으려 노력했다. 하지만 시어머니는 그런 것까지 트집을 잡았다.

"너는 어떻게 된 애가 내가 사 준 옷밖에 입을 줄 모르니? 나는 네 옷만 쳐다보면 멀미가 난다. 듣기 좋은 꽃노래도 한자리 반이랬어. 너 죽을 때도 그 옷으로 수의하겠다고 하겠구나. 어디 한번 들어보자. 너 꼭 그 옷만 입고 오는 이유가 뭐니? 나더러 또 사 내놓으라는 뜻이니? 그러니?"

나이보다 훨씬 젊은 목소리, 젊은 사람의 말투를 사용할 줄 아는 시어머니 곁에서 경희는 언제나 고양이 앞의 쥐처럼 벌벌 떨어야만 했다.

시간을 들여 오랫동안 그릇을 닦고, 행주를 삶고 부엌 바닥을 두 번씩이나 걸레질했다. 또다시 머리에 휘발유를 붓고 불을 당긴 것처럼 열이 솟구쳤다. 이가 시리도록 찬물을 벌컥대며 마셔댔지만 한번 치솟은 열기는 가라앉지 않았다.

안방문은 굳게 닫혀 있었다. 그렇다고 아이들 방으로 들어갈 수가 없어 경희는 소파에 털썩 주저앉는다. 하루의 피곤이 커다란 바위처럼 머리 위로 쏟아졌다.

시어머니한테 전화를 할 생각으로 송수화기를 집어들었다. 같이 외출한 뒤나 시댁을 다녀온 뒤에는 반드시 잘 들어왔다는 전화를 드리고는 했는데 오늘은 깜박했던 것이다.

송수화기를 집어들고 번호 단추를 누르려다 경희는 움찔 놀라고 만다. 남편의 목소리가 흘러나오고 있었던 것이다. 남편은 누군가와 전화를 하고 있었다.

가슴이 쿵쿵대며 무섭게 뛰었다. 하지만 경희는 자신도 모르게 송수화기를 귀에 바짝 붙였다.

"밥은 먹었고?"

남편의 음성이었다.

"아니, 아직 안 먹었어."

그렇게 대답하는 소리는 분명히 여자였다.

"왜?"

"늘 파라오랑 같이 먹다 혼자 먹어야 된다고 생각하니까 입맛부터 떨어지는 거 있지. 파라오는 먹었어?"

그 여자는 남편에게 파라오라는 호칭을 자연스럽게 쓰고 있었다. 그리고 목소리만 들어도 거의 아버지 뻘이 될 텐데, 거침없이 반말을 하고 있었다.

"그런다고 안 먹으면 어떻게 해. 먹기 싫더라도 먹어야지."

"싫단 말야. 오늘 같이 먹으려고 생선회 떠다 놨는데, 저걸 어떻게 해."

여자는 투정을 부리고 있었다. 공이 통통 튀듯 발랄한 음성이었다.

"음, 그럼 이렇게 해. 혼자 먹을 수 있을 만큼만 먹고 나머지는 냉장고에 넣어 둬. 내일 저녁에 그걸로 매운탕을 끓이면 되겠네."

"어머, 그럼 되겠다. 파라오 말대로 할게. 왜 그 생각을 못했지?"

여자는 환호성을 질러댔다. 남편의 웃음 소리가 들려왔다.

남편은 너무도 자상했다. 살아오는 동안 경희는 들어본 적이 없는 소리였다. 말이 없는 편은 아니었지만 남편은 늘 명령투의 말을 경희에게 건넸을 뿐, 저렇듯 자상하고 사랑이 넘치는 소리는 단 한 번도 들려준 적이 없었다.

"커피가 너무 진해. 조금 연하게 하도록 해."

"하루에 사람이 섭취해야 하는 단백질은 3백 그램이 넘어. 그 정도는 늘 필수적으로 지키도록 하라고."

"공기가 너무 탁하면 감기에 걸릴 위험이 커. 자주 창문을 열어 환기를 시키도록 해."

그런 식이었다. 그런데 지금 남편은 나무랄 데 없이 자상한 음성으로 말하고 있는 것이다. 딸 같은 젊은 여자한테 말이다. 자식들이 알까 무서웠다.

"근데 정말 오늘은 안 올 거야?"

여자는 콧소리를 내며 물었다. 가슴보다 손이 덜덜 떨리고 있었지만 경희는 간신히 가쁜 숨을 몰아쉬었다.

"응, 오늘은 혼자 자. 내일 아침 출근하기 전에 일찍 들르지."

"싫은데. 이제 혼자 자는 건 정말 지겹단 말이야."

"알았어, 알았어. 앞으로는 절대 혼자 자는 일은 없도록 해줄 테니까 오늘만 참아 봐. 술은 마시면 안 돼. 알았지?"

한 남자가 한 여자를 사랑하는 데 있어서 세상은 얼마나 단순하고 유치한 일인지, 경희는 치솟는 분노를 가까스로 다스렸다. 아내와 자식까지 버려가면서 선택하고 싶은 사랑이 세상에 존재할 수 있다는 것이 너무도 놀라울 뿐이었다.

세상에는 수많은 불륜이 있었다. 남편 바람기 때문에 이혼을 한다고 아우성인 여자도 있었고, 예전에 살던 옆집의 아낙은 어린 자식들을 놔둔 채 어느 날 느닷없이 집을 나가 영원히 돌아오지 않았다.

모두 있을 수 있는 일이었다. 인간의 일이니까.

그러나 경희와는 무관한 일이라고 여겼었다. 다른 사람 모두 바람기 때문에 가정을 깨고 아내와 자식까지 내팽개치는 일이 있더라도 남편만은 절대 그럴 수 없다고 믿었다. 다른 사람 모두 그래도…….

경희에게 가정은 오아시스였다. 아주 긴 사막을 걸어와 비로소 만날 수 있었던 오아시스.

그러나 지금 남편은 그토록 어렵게 만난 오아시스를 더럽히려 하는 것이다. 다시는 물을 마실 수 없도록. 오로지 낯선 한 여자를 선택하기 위해서 말이다.

남편과 여자와의 전화 통화는 한동안 계속되었다.

"나 사랑해?"

여자가 묻고 있었다.

"그래, 사랑한다."

남편의 대답은 너무도 자연스러웠다.

거기까지 듣다 말고 경희는 소스라치게 놀라 송수화기를 내려 놓았다. 남편은 절대 전화를 오래 하는 성격이 아니었다. 또한 거실에서 송수화기를 들고 있으면 잡음이 들리거나 소리가 약해졌을 것이다. 그렇다면 남편은 경희가 전화를 엿듣고 있다는 것을 알고 있는 것이다. 방음 장치가 되어 있는 것도 아니고 얼마든지 거실로까지 자신의 목소리가 흘러나올 수 있다는 것을 모를 사람도 아니었다.

갑자기 집안이 너무도 좁다는 생각이 들었다. 너무도 좁아서 자신의 몸뚱이 하나 숨길 곳이 없었다. 불현듯, 좀전에 보았던 텔레비전의 장면이 떠올랐다. 그리고 옥도미를 다듬었던 부엌 칼이 눈앞을 어지럽혔다. 막다른 길에 내몰린 쥐가 이럴까.

경희는 그 자리를 피해 호진의 방으로 들어갔다.

호진은 이어폰을 꽂은 채 노트북 키보드를 두드리고 있었다.

무슨 일이건 한번 빠져들면 옆에서 벼락을 쳐도 모르는 애였다.

다른 때는 그런 모습까지도 경희를 든든하게 해주었지만 지금은 아니었다. 경희는 질리는 기분이 되어 한동안 호진의 뒷모습을 지켜보았다.

"왜요?"

호진은 경희를 발견하고 귀에서 이어폰을 빼냈다.

"뭐 하니?"

경희는 애써 감정을 다스렸다.

"왜요? 어디 불편하세요?"

"아, 아니야. 몸이 조금 안 좋아."

경희는 간신히 대답했다.

"그럼 얼른 들어가 주무세요."

남편과 다른 면이었다. 아무리 힘들다고 해도 남편은 들어가 쉬라는 말을 할 줄 모르는 사람이었다. 그러나 저 애는 지금 피곤에 지친 제 어미 걱정을 해주고 있는 것이다.

경희는 지푸라기를 잡는 심정으로 호진을 바라보았다. 저 애라도 나서서 남편 바람기를 잠재울 수 있기를 간절히 바랐다. 아무리 엄한 성격이지만 그래도 자식 어려운 것은 알 것 아닌가.

하지만 경희는 이내 고개를 가로젓고 말았다. 남편은 아이들이 자신의 부정을 알게 된다면 더더욱 가만 있을 것 같지 않았다. 그 사실까지도 이용할 것만 같았다.

또 한편으로는 자식들이 제 부모의 부정을 알고 얼마나 마음 아플까, 생각만 해도 억장이 무너졌다. 자식들이 살 날은 너무도 길었다. 그 길고 험한 길을 걸어가야 하는 자식들인데 부모를 미워하고 증오하면서 어떻게 살랴.

그럴 수만 있다면 모든 일이 다 수습될 때까지 자식 누구도 눈치채게 해서는 안 될 일이었다.

"숙경이하고는 잘 돼 가니?"

경희는 떨어져 있는 옷가지를 옷걸이에 걸며 담담하게 물었다.

"네."

언제나처럼 쉽게 대답하고 있었지만 아무런 의미도 담겨 있지 않은 대답이었다.

"너는 왜 숙경이한테 관심이 없니? 나는 좋던데."

"……."

"자상하고 명랑하고. 요즘 세상에 그런 참한 성격을 가진 아가씨 쉽지 않다. 그리고 오매불망 너밖에 모르잖아. 요즘도 그런 애가 있다는 것이 신기할 정도구나, 나는."

"……."

"놀러온다고 전화 왔던데, 알고 있니?"

"오지 말라고 했어요."

호진은 짧게 대답했다.

"왜?"

"저 바쁘거든요."

"너 보러 온다는 말 아니잖아."

"아무튼 안 올 거예요."

경희는 너무도 단호한 호진의 말투에 잠깐 할말을 잃고 만다. 호진과 숙경은 어려서부터 친구였다. 우연이었는지 중학교만 뺀다면 둘은 대학교까지 같이 다녔다.

호진이 법대 시험을 치렀다가 낙방한 뒤 일년 재수를 했을 때도 숙경은 호진 곁을 떠나지 않았다.

그리고 군대를 가고, 제대를 한 후에도 그 애는 호진의 곁에서 그림자처럼 머물고 있었다. 그러나 이상하게도 호진은 그 애를 그다지 달가워하지 않는 눈치였다. 그렇다고 대놓고 노골적으로 미워하는 것도 아니고.

무릎을 맞대고 앉아 호진의 속내를 알아내려 몇 번 시도해 보았지만 그 애 입에서 들을 수 있는 말이란 아무것도 없었다.

딱 한 번 반가운 소식을 전하기라도 한 것처럼 이런 말을 한 적은 있었다.

"숙경이 선 봐요."

마치 제 일이라도 되는 양 상기된 표정으로 그런 말을 하는 것이었다.

"그 애 이모가 중매를 서나 봐요. 꽤 괜찮은 남자래요. 집안도 빵빵하고. 아마 시집 가면 당분간은 캐나다로 나가 살아야 할 거예요. 그 남자가 캐나다 지사에 근무하고 있거든요."

그 애가 숙경에 대해 그렇게 즐거운 표정으로 이야기하기는 그때가 처음이었다.

어이가 없었다. 어떻게 그렇게 오랜 세월을 그림자처럼 따라다니던 여자를 다른 사람에게 흔쾌히 보내줄 마음을 품을 수 있는지, 도무지 이해할 수 없었던 것이다. 섬뜩한 느낌까지 들 정도였다. 너무도 화가 나서 버럭 화를 내고 말았다.

"너는 무슨 애가 그렇게 차갑니? 설령 그 애가 다른 남자한테 시집간다고 하자. 그 애가 평생 마음 편하게 살 수 있을 것 같니? 너밖에 모르던 애야. 그런 애가 다른 남자한테 시집 가서 잘 먹고 잘 살 것 같애? 너 여자 가슴에 그렇게 못질 하는 것 인간이 할 짓이 아니다."

그 뒤 어떻게 되었는지는 확인할 수 없었다. 규리를 시켜 넌지시 물어보았지만 속시원한 대답은 여전히 들을 수 없었다.

"아마 그 선보는 자리에 안 나갔나 봐. 집안에서는 난리가 났고."

눈길 한번 주지 않는 남자 곁에서 애면글면 속 끓이느니 차라리 다른 남자 만나서 행복하게 사는 것이 낫겠다는 생각도 하긴 했지만 선조차 보지 않았다는 말을 듣고 보니 더 마음이 무거웠다.

아무리 피내림이라지만 남편의 차가운 면만 고스란히 닮은 듯한 호진을 더 보고 있을 수가 없었다.

경희는 더 이상 그 자리에 있지 못하고 문을 나섰다.

안방 문이 열려 있었다. 베란다 문이 열려 있고 밖을 내다보고 있는 남편이 보였다. 그 뒷모습이 다시 경희 마음을 무겁게 만들었다.

경희는 안방으로 들어갔다. 끝까지 안방 문이 안 열리면 도리없이 아이들 방에서 자거나 소파에서 자야 하겠지만 그래서는 안 될 것 같았다.

호락호락 자기 뜻대로 되는 일은 한 가지도 없을 것임을 확인시켜 줘야 했다.

또한 경희가 제 발로 찾아와 자신의 사랑을 확인해주길 기다렸던 것처럼, 경희가 전화를 엿듣기를 바랐던 것처럼 그의 치밀한 계략에 빠져들어서는 안 될 일이었다. 지금부터라도.

"나는 아무것도 모르고 있어. 잠을 자고 일어나면 모든 것들은 꿈이 될 거야. 그래 나는 지금 정말 악몽을 꾸고 있을 뿐이야."

경희는 그렇게 중얼거리며 침대 위에 몸을 눕혔다. 남편에게 아무 일도 일어나지 않았던 그때로 돌아가길 바라는 것은 아니었다. 더도 말고, 스스로 제 발로 걸어가 남편의 부정을 확인하기 이전까지로만 돌아가도 좋을 것 같았다.

하루 종일 아무것도 먹지 않은 탓에 침대에 등을 붙이기 무섭게 몸이 땅 저 밑으로 푹 꺼져버리는 듯만 싶었다. 이제는 영원히 일어나지도 못하고 한 점 먼지처럼 사라져버릴 것 같았다.

 뜨거운 물기가 볼을 타고 베갯잇을 적셨다. 울어서는 안 될 것이다. 남편에게 부은 눈을 보여줘서는 안 되었다. 절대로.
 쏟아지려는 오열을 손으로 틀어막고 참았다.
 발소리가 들려왔다. 경희는 모로 누우며 숨을 죽였다. 방문이 잠깐 열렸다가 거친 소리를 내며 닫히고 있었다.
 찬바람이 와락 경희의 몸 위로 쏟아졌다.

5

그 여자는 남편의 회사 근처에서 작은 술집을 하고 있었다고 한
다.

"저도 최근에야 알았습니다. 직접 나서서 말씀드릴 수도 없는
노릇이고, 혼자서 애만 태우고 있었던 중입니다."

성호는 경희의 출현을 몹시 당혹스러워했다.

"저는 왜 그 친구가 저를 그 여자한테 소개시켰는지 지금도 이
해할 수가 없어요. 그 친구는 절대 허튼 짓을 할 성격이 아니거든
요."

"……."

"내가 자기 부정을 알아서 좋을 일이 한 가지도 없을 텐데 말입
니다."

"……."

경희는 아무 말도 하지 않고 그의 다음 말을 기다렸다.

"어느 날 전화를 해서 한번 만나자고 하더군요. 오랜만이라 반갑게 약속 장소로 갔습니다."

"……."

경희는 담담하게 그의 말을 들을 수 있었다. 모든 각본은 이미 다 짜여진 상태였다. 그리고 이제는 그 짜여진 각본에 의해 움직이는 일만 남아 있었다. 남편은 의도적으로 성호를 그 여자에게 소개시켰던 것이다. 적어도 지금까지 벌어진 일들을 종합해 본다면 충분히 그럴 수 있는 사람이었다.

"그 여자하고 결혼할 예정이라고 하더군요. 미친 자식!"

성호는 고개를 돌리며 주먹으로 책상을 내리쳤다. 그는 이제 아무것도 숨기려 하지 않았다. 경희도 차라리 그게 좋았다. 이제는 눈 가리고 아웅할 만큼 일이 간단하지 않았다. 어떤 결론이 되건 하루라도 빨리 가닥을 잡아야만 했다.

"저는 누구보다 그 자식을 잘 알고 있다고 믿었습니다. 어려서부터 같은 동네에서 자랐기 때문에 눈빛만 봐도 무슨 생각을 하는지 눈치챌 수 있었어요. 그런데 정말 이해할 수가 없습니다."

"그 사람은…… 성호 씨를 일부러 그 자리에 출현시켰을 겁니다."

경희는 가까스로 입을 열었다. 앞으로의 각본이 어떻게 되어 있는지 알 수 없었지만 적어도 저 사람이 피해를 보는 일은 없어야 할 것 같았다. 누구보다 경희를 염려해 주는 사람이었다. 그렇기 때문에 남편은 더더욱 그를 그 여자 앞에 불러들였을 것이다.

무엇 때문인가.

"허파에 바람기가 조금이라도 들었다면 어떤 남자건 간혹 딴 데 눈을 팔 수도 있거든요. 하지만 그 자식이 그렇게 변하리라고는 꿈에도 생각 못했습니다. 나이가 젊은 것도 아니고, 늦게 배운 도둑질이 어쩐다더니……."

성호는 세 개비째 줄담배를 피워댔다. 담배 필터를 쥐고 있는 손가락이 가늘에 떨리고 있었다.

"만일을 위해서 그 여자 뒷조사를 한번 했습니다. 그 여잔 정말 지능적으로 접근을 했어요. 혁민이도 처음에는 그런 세계에 있는 여자의 흔한 서비스 정도로밖에 받아들이지 않았던 것 같습니다."

"……."

"경희 씨 예감대로 그 자식은 저를 시한폭탄으로 사용하기 위해 그 자리에 불러들였을 것입니다. 경희 씨가 하루라도 빨리 자신의 부정을 눈치채게 말입니다."

"……."

"무서운 자식입니다. 지금 경희 씨한테 할 이야기가 아니지만 저는 그 일 이후에 그 자식을 친구로 생각하지 않고 있습니다. 다른 남자 모두 바람을 피워도 그 자식은 안 그럴 줄 알았어요. 그런데……."

"……."

"그 자식…… 죽는 날까지 경희 씨밖에 모를 줄 알았어요. 술집에 가서 여자들이 옆에 앉아도 손 한 번 안 잡던 놈이었거든요. 오죽하면 성결벽증 환자라고 놀렸을까요."

"……."

"처음에는 화가 나서 견딜 수가 없었는데 조금씩 이해할 것도 같았습니다. 삶에서는 실패한 친구거든요. 죽어라 노력했는데도 번번이 시험에서 낙방하고. 정말 자신이야말로 대한민국 최고라고 믿던 놈이 그 꿈을 다 버리고 사업에 뛰어들 때 저도 마음이 아팠습니다."

무슨 말을 하고 있는 것일까, 경희는 그의 시선을 피하고 만다.

경희도 얼마 전까지는 그렇게 생각했었다. 술만 마시면 인사불성이 되어 횡포를 부리는 것도 이루지 못한 꿈에 대한 불만인 줄 알았다.

하지만 요즘은 아니었다. 남편은 마치 선천적으로 이어받은 병을 앓듯 속수무책인 행동을 저지르고 있었던 것이다. 그는 가족끼리 나눠야 하는 사랑에 대해서도 너무 서툰 사람이었다. 다만 열등의식을 감추기 위해 남에게 지지 않으려 기를 쓰고 살았을 뿐이었다.

"어쩌면 그 실패한 부분을 지금 다시 그런 식으로 찾으려 하는지도 몰라요. 이 나이 되니까 알겠어요. 왜 오십대 남자들이 흔들린다는 말을 하는지."

"……"

"저도 어떻게 해야 될지 모르겠습니다. 불안한 것은 혹시라도 그 친구가 알고 있는 온갖 능력을 다 동원해서 경희 씨를 괴롭힐까 봐 걱정입니다."

그는 진심으로 경희를 염려하고 있었다.

그는 혁민이 어떻게 해서 회사를 일으켰는지 잘 알고 있었다.

경희는 자리에서 일어서며 벗어놓았던 코트를 팔에 걸었다.

"경희 씨?"

그가 등뒤에서 경희를 불렀다. 하지만 경희는 그를 보지 않았다. 벌써 눈속을 가득 채우고 있는 물기를 그에게 보일 수는 없었다.

"죄송합니다."

그가 잠깐 경희 어깨에 손을 얹었다 내려놓았다. 누이에게 하듯.

그 다독거림이 너무도 거대했다. 그 자리에 풀썩 무너지고 말 것만 같았다.

엊그제 내린 폭설은 세상을 온통 하얀 벽지로 도배를 해버렸지만 하루하루 시간이 지날수록 손때 묻은 얼룩으로 남아 있었다.

무엇을 알기 위해 여기까지 찾아왔을까, 가슴이 답답했다.

남편을 손에 넣기 위해 일부러 공장 근처에 술집을 낸 것 같다는 성호의 말이 아니더라도 그 여자는 절대 물러설 것 같지 않았다. 더 중요한 것은 남편 스스로 그 여자를 버리지 않을 것이라는 사실이었다.

뽀드득거리는 발걸음 소리를 내며 그가 뒤따라왔다.

"제가 먼저 찾아가 말씀드리고 싶었지만……."

그는 잠깐 말을 끊었다. 차 앞이었다.

"앞으로 단단히 각오를 하셔야 할 것입니다."

그의 입에서 남편의 불륜을 법적으로 심판받도록 하겠다는 말이 나올까 봐 경희는 서둘러 차 안으로 몸을 밀어넣었다.

"제가 경희 씨 곁에 있을 테니까 너무 염려하지 마십시오."

"……."

경희는 대꾸 없이 시동을 걸었다.

경희만큼이나 남편을 잘 아는 친구였다. 그는 알고 있는 것이다. 남편은 그 여자를 선택하기 위해서라면 무슨 일이든 다할 것이라는 것을. 그것은 처음 경희를 선택하기 위해 부모까지 다 버렸던 것과 조금도 다를 바 없었다.

그리고 또 있었다. 그는 누구보다 결벽증이 심한 성격이었다. 그렇다면 자신의 행동을 정당화하기 위해서라도 그 여자를 버리지 않을 것이다. 자신의 행동이 절대 그냥 스쳐가는 바람이 아니라 진정한 사랑이라는 것을 증명해 보이기 위해서 말이다.

만약 그가 그 여자를 버리게 되는 상황이 된다면 그건 스스로 부도덕한 바람기를 인정하는 셈이 되어 버린다. 그건 그 성격으로 보아 절대 용납할 수 없는 문제였다.

자신의 행위를 정당화시키고, 합리화시킬 수 있는 방법이란 경희와 아이들을 버리고 그 여자를 선택하는 것 외엔 아무것도 없는 것이다.

"드릴 말씀은 아닙니다만, 그 자식 꾀에 넘어가지 않는 게 좋을 것 같습니다. 이혼할 생각이 없으시다면 말입니다. 차라리 이럴 경우 모른 척하는 것이 백번 옳아요. 배신감 때문에 힘이 들더라도 말입니다. 그 놈은 절대 제 입으로 먼저 말하지는 않을 거예요. 어떤 방법으로든 눈치채게 해서 경희 씨 입으로 이혼하자는 말을 내뱉게 만들 겁니다."

"……그럼 저더러 바위처럼 묵묵히 견디라는 말씀인가요?"

경희는 가까스로 물었다. 그건 있을 수 없었다. 그가 원하는 일이 무엇이건 모른 척, 무심한 척 하기는 견딜 수 없는 노릇이었다. 그럴 만한 기운도 없었다. 악을 쓰고, 소리를 지르며 길길이 날뛸 수 있는 기운은 많았다. 하지만 모른 척, 무심한 척 고개를 돌려버릴 수 있는 그런 기운은 한 방울도 남아 있지 않았다.

"지금은 아니에요. 아는 척하면 경희 씨만 당하고 맙니다. 가정을 깨실 작정인가요?"

"……"

다시 침묵이 흘렀다. 그리고 먼저 입을 연 것은 경희였다.

"그 사람은 가정이 싫증나면 언제든 버릴 수 있는 악세사리라고 여기진 않아요. 여기까지 오느라 얼마나 고통스러웠는지 누구보다 잘 아는 사람입니다. 아마 제가 이혼을 요구한다고 해도 아까워서라도 안할 거예요. 그 사람은 제것에 대한 애착이 유달리 강한 성격인 거 아시잖아요."

경희는 힘주어 말했다. 그러나 그 말은 성호에게 하는 말이 아니라 경희 자신에게 타이르는 말이었다. 남편은 절대 이혼 따위를 요구하지는 않을 것이다……. 다른 사람은 몰라도 자식들에게까지 체면 떨어지는 짓은 하지 않을 것이다…….

경희는 간신히 후진을 하고 그 자리를 빠져나왔다. 모퉁이를 다 빠져나오도록 그는 꼼짝 않고 선 채 이쪽을 쳐다보고 있었다.

남편 친구지만 경희에게도 남다른 사람이었다. 늘 어려울 때마다 곁에서 격려를 해주었고, 곤경에 빠져 있을 때 정신적으로 도와준 것도 그 사람이었다.

그런 생각들이 여기까지 오게 했는지도 몰랐다. 너무도 무섭고 외로워서 견딜 수가 없었던 것이다. 누군가 위로의 말이라도 건네줄 사람이 필요했던 것이다.

오로지 남편 하나만을 위해 살았던 세월이었다. 친구들 모임에 한 번 나간 일 없었고, 그가 원하지 않는 것 같아 친정 아버지 제사조차 참석하지 못하고 산 세월이었다.

모두 그렇게 사는 경희를 비난했다. 그렇게 해봤자 다 소용없다고 충고했다. 하지만 경희는 그런 말을 한번도 귀담아 듣지 않았다. 그릇마다 쓰임새가 다 다르듯이, 사람도 환경에 따라 맞춰 살아야 된다고 믿었다. 또한 진실로 사랑하는 사람들끼리 모여 산다면 그런 것은 따지지 않아도 된다고 여겼었다. 사랑하는 사람들끼리는 손해 볼 것도 아까울 것도 없다고 믿었으니까. 한편으로는 그런 사소한 것까지 따지고 챙기는 그들이 측은할 따름이었다.

세상에는 중요한 것이 그다지 많지 않았다. 언제부터 그런 생각을 하고 살았는지는 모르겠다. 어쨌건 희망, 환상, 그런 것은 세상에 존재하지 않는다고 여겼다. 그런데 그런 충고를 해주는 친구들은 아직도 말 탄 왕자님을 기다리는 처녀들처럼 쓸 데 없는 환상과 희망을 품고 있기 때문에 남편까지도 의심하고 있다고 여겼던 것이다.

그런만큼 자신의 눈앞에 놓인 것이 소중하고 아름다웠다. 작은 풀 하나, 들꽃 하나, 바람 한 줄기, 햇살 한 올, 모두 소중했다.

가족은 더더욱 소중했다. 그것을 대신할 만한 것은 세상에 존재하지 않았다. 그렇게 소중한 것을 지키기 위해서라면 자신의 것은 얼마든지 희생되어도 괜찮다고 여기며 살았던 것이다.

모두 친정 어머니의 영향 탓이었다. 어린 사남매를 놔두고 혈혈단신 저세상으로 떠난 아버지 대신 어머니는 할 수 있는 일이라면 뭐든 해냈다. 낮이면 학교 앞에서 번데기나 풀빵을 팔았고, 밤이면 어둔 불빛 아래에서 졸린 눈을 부비며 삯바느질을 했다. 시어머니도 죽도록 고생했다고 하지만 어머니 고생도 그 못지 않았다.

남들이 억척스럽다는 말을 해도 어머니는 아랑곳하지 않았다.

"내가 내 자식 데리고 살려면 화냥짓 말고는 다 해야지 무슨 소리여."

어머니는 늘 그렇게 말하고는 했던 것이다. 복권을 사서 일확천금을 바라는 사람을 어머니는 가장 미워했다.

"그 돈으로 라면이라도 하나 사서 삶아 먹으면 살로라도 가지."

사남매 모두 허황된 꿈 품지 않고 제 몫 찾아서 살 수 있었던 것도 모두 그런 어머니의 생활 태도 덕분이었다.

경희는 집으로 가려던 것을 포기하고 친정 쪽으로 차를 돌렸다.

너무도 어머니가 그리웠다. 어머니 품에 안겨 원 없이 눈물이라도 펑펑 쏟고 나면 가슴에 바위처럼 얹혀 있는 고통을 고스란히 덜어낼 수 있을 것 같았다.

어머니는 돌바기 조카를 업고 마당을 서성이며 나직나직 노래를 부르고 있었다.

"자장 자장 우리 아기 잘도 잔다. 우리 아기……."

경희는 대문가에 선 채로 어머니 노랫소리를 들었다. 아주 오랫동안 귀에 익은 노래였다.

예전이나 지금이나 조금도 다를 바 없이 초라한 집이었다. 수도가 있고 겨우 자전거 한 대 세울 수 있을 만큼 작은 공간의 마당이 있을 뿐이었다. 대문을 들어서면 곧바로 마루가 보이고 부엌과 안방이 보였다. 창고로 쓰던 공간을 욕실로 바꾼 것도 불과 몇 년 전의 일이었다.

작고 초라한 집이지만 여기 사는 동안 참으로 편안한 세월이었다. 누굴 미워한 일도 없었고, 내 것이 아닌 것에 욕심을 낸 적도 없었고. 그저 주어진 대로 열심히 살면 그것으로 행복했고 만족한 삶이었다.

하지만 나는 지금 어떻게 변한 건가. 경희는 칠이 벗겨진 대문을 멍하니 응시하며 자신에게 물었다.

아르바이트에 시달려 코피를 쏟아가며 공부를 해야 했던 궁색함도 면했고, 어머니가 자투리 천으로 지어준 옷 대신에 백화점에서 산 값비싼 옷을 입고 있었지만 지금의 이 몰골은 너무도 초라하기만 했다.

그러나 다시 이곳으로 돌아오고 싶다는 생각은 들지 않았다. 초라한 삶이 싫어서가 아니었다. 이제는 이곳을 떠나 너무 먼 곳으로 옮겨 앉았다는 생각 때문이었다.

설령 남편과 이혼을 한다고 해도 이제 이곳은 올 곳이 못되었다. 어머니가 계시고, 형제들이 사는 곳이기 때문에 더더욱 올 수 없었다. 다른 사람도 아닌 부모 형제들 가슴에 못질을 할 수는 없었다.

그런 생각들이 다시 경희를 아득하게 했다. 이 넓은 세상에 갈 곳이 없다는 사실이 두렵기만 했다.

메마른 골목을 휩쓸고 다니던 바람이 머리카락을 함부로 휘저어 놓고 있었다.

차에 올라 시동을 걸려고 애쓰다 말고 경희는 핸들에 고개를 묻고 말았다. 참았던 눈물이 한꺼번에 쏟아지고 있었다. 아무리 이를 악물고 참으려 해도 한번 쏟아지기 시작한 눈물은 걷잡을 수가 없었다.

어깨를 떨며 꺽꺽 소리내어 한동안 울었다. 아무 생각 없이 쏟아지는 눈물을 그대로 내버려둔 채 흐느껴 울었다.

한참 그렇게 울다 손수건을 꺼내 얼굴이며 손등을 닦았다. 그리고 서두르지 않고 시동을 걸었다. 몸속에 침잠되어 있던 무거운 노폐물을 쏟아내기라도 한 듯 마음이 한결 홀가분했다.

아무것도 모른 채 당할 수는 없었다. 성호의 말이 아니더라도 남편의 치밀한 계략에 그냥 당할 수는 없는 노릇이었다. 아이들을 위해서라도 그래서는 안 되었다. 한 여자 때문에 모든 것을 다 포기하려 드는 남편 옆에서 소중한 것들을 지킬 수 있는 것은 오로지 경희 자신밖에 없었다. 마치 청상이나 진배없었던 어머니가 사남매를 모진 고생 속에서도 올곧게 키워냈던 것처럼.

그런 생각들이 경희를 기운나게 했다. 아직 자신이 할 일이 남았다는 것이, 세상 어딘가에 자신을 놓아둘 공간이 있다는 사실이 천만다행일 뿐이었다.

이보다 더 나쁜 일은 있을 수 없을 것이다. 그렇다면 이 고난만 무사히 넘긴다면 남은 세상은 그런 대로 견딜 만할 것이다. 그래, 그렇다면 가보자, 경희는 이를 악물었다.

아침에 집을 나설 때와 달리 그런 대로 가벼운 마음으로 돌아올 수 있었다.

복잡하고 정신이 없는 일일수록 단순하게 생각하는 것은 경희의 버릇이었다. 오히려 작은 일 앞에서는 치밀하고 계획적인 편이지만 머리 아플 정도로 심각한 일 앞에서는 가장 단순하고 멍청하게 처신해버리는 것이 훨씬 견디기 쉬웠다. 까다롭기 짝이 없는 남편과 모진 시어머니 시집살이를 견뎌내면서 터득한 지혜였다.

"다녀오셨어요?"

엘리베이터 문이 열리는 소리를 들었던가 보다. 현관 문이 열리고 규리가 얼굴을 내밀었다.

"엄마 오는 걸 어떻게 알았어?"

경희는 명랑하게 물었다. 될 수 있으면 아이들에게 집안의 그늘을 느끼지 못하게 하는 것이 옳을 것이다. 저 아이들 또한 호랑이같은 아버지 때문에 잃은 것이 많은 자식들이었다 .

'자식들 가슴 다치지 않도록 슬기롭게 헤쳐나갈 수 있게 도와주십시오.'

경희는 마음속으로 간절하게 기도를 올렸다. 이제부터 해야 될 일이 첩첩산중인데 무능하게 딴청만 부리고 있었다니, 경희는 자신을 나무랐다.

"엄마가 집에 오려고 시동 걸 때부터 알았지. 우리 엄마 어디까지 왔나. 당당 멀었다. 우리 엄마 어디까지 왔니. 사거리까지 왔다. 우리 엄마 어디까지 왔니. 아파트 입구까지 왔다. 후훗."

규리는 어렸을 적에 경희가 들려준 가락까지 읊어대며 명랑하게 떠들었다. 그게 보기 좋아서 경희는 규리를 향해 빙그레 웃어주었다.

"거짓말. 내가 베란다에서 내다보고 있다가 엄마 온다고 말했잖아."

호연이었다. 늘 밤늦게 돌아오는 아이인데, 오늘은 어쩐 일로 일찍 돌아와 있었다.

"네가 어쩐 일이냐? 아침에 집 나가면 오밤중에나 돌아오는 아이가."

경희는 수다스럽게 떠들었다. 다른 자식보다 호연이만 보면 신기할 만큼 기분이 좋았다. 열 손가락 물어 안 아픈 손가락 없다는 말이 있지만, 자식마다 좋아하는 한 부분이 있게 마련이었다. 큰자식이 든든하다면 딸은 그야말로 친구처럼 편해서 좋았고, 호연은 어딘지 모르게 마음 흐뭇해서 좋았다.

표현은 하지 않았지만, 다른 자식들이 집을 떠날 일이 있으면 잘 다녀와라, 별 걱정 없이 대답해 줄 수 있었다. 하지만 호연이 MT를 간다거나 극기 훈련을 떠난다고 하면 그렇게 안절부절 못할 수가 없었다. 공연히 날갯죽지 잃은 새처럼 당혹스럽기만 했다.

큰자식, 딸에게는 아무래도 챙겨야 할 구석이 많았다. 호진이나 규리가 돌아올 시간이면 흐트러져 있다가도 벌떡 일어나게 되는데, 호연은 아니었다. 들어오면 엄마 물 한 컵 갖다 줄 수 있니? 어깨 좀 주물러다오, 편안하게 말할 수 있는 아들이었다. 경희에게 호연은 속깊은 친구 같은 존재였던 것이다.

"엄마, 애 사고쳤다나 봐."

규리가 재빠르게 종알거렸다.

사고? 경희는 깜짝 놀라 호연의 얼굴을 보았다. 여태 싸움 한번 할 줄 모르던 애가 사고라니, 공연히 가슴부터 철렁했다. 규리 입을 틀어막으려다 실패한 호연은 멋쩍은 웃음을 흘리며 경희 팔을 붙들었다.

"별것 아녜요."

별것 아니라고 하면서도 호연은 몹시 곤란한 표정을 감추지 못하고 있었다. 초등학교 다니면서 학교 화장실 출입을 끔찍하게도 싫어해 꾹 참고 집에까지 달려오다 기어이 옷에 오줌을 싸버리곤 하던 일만 뺀다면 자라는 동안 속 한번 안 썩힌 아이였다.

"너 솔직히 말해. 조금도 숨기지 말고."

경희는 다소 엄한 표정을 지으며 물었다.

"이래서 여자 입은 믿을 것이 못 된다고 했지?"

호연은 그렇게 말하다 말고 경희 얼굴을 보는 순간 엄마만 빼구요 헤헤, 어린애처럼 웃어댔다. 아무래도 작은 일이 아닌 모양이었다.

경희는 호연 입에서 무슨 말이 나올 때까지 참을성 있게 입을 다물었다. 삼남매 모두 엄마가 입을 꼭 다물고 있을 때 가장 많이 화가 나 있다는 것을 알기 때문에 호연은 이내 정색을 하고 입을 열었다.

"우리 과 어떤 남자애가 여자애를 굉장히 괴롭히잖아요. 짜식 나이도 어린 놈이 까불잖아요. 엄마도 스토킹이라는 말 들어보셨죠? 돌아다니면서 저 애는 내 거야. 손 대기만 하면 교수라도 가만두지 않겠어, 이따위로 떠들고 다니구요."

"그래서?"

경희는 호연의 말을 자르고 빠르게 물었다.

"그런데 그 여자애는 그 자식을 끔찍해 한단 말예요. 학교까지 때려치우려고 할 정도로요."

"그래서?"

더 들어 보지 않아도 사태는 뻔했다. 의협심이 유난히 강한 아이였다. 힘없는 아이가 매를 맞는다며 선생님한테도 대들었다가 경희가 두어 번 학교에 불려간 일도 있으니까.

"손 좀 봐줬어요. 그 여자애 괴롭히지 말라고."

　외가 쪽을 닮아서인지 유난히 덩지가 좋은 아이였다. 오죽하면 고등학교에 입학하자 그 큰 몸집 때문에 불량스러운 아이들의 타겟이 되었을까. 소위 말하는 깡패 집단에서 자꾸 저 애를 넘겨다보아서 경희 간이 콩알만해진 일도 있었다.

　"어떻게 손봐 줬는지 그걸 설명해야지."

　규리가 참견하고 나섰다.

　호진이 화장실에서 나오면서 한마디 거들었다.

　"걱정 마세요. 별 일 아녜요. 그런 자식은 손 좀 봐줘야 해요. 호연이가 잘한 일이에요."

　언제나 제 동생 편인 호진은 경희에게 웃음까지 지어 보이며 그렇게 말했다. 아무리 그렇게 말해도 마음이 놓이질 않았다. 혹시라도 주먹 싸움이라도 벌어졌다면 그 남자애가 다쳤을지도 모르는 일이었다.

　"대학원생도 싸우니? 빨랑 말하지 않고 뭐 해?"

　경희는 가슴이 떨려 얼굴이 벌개져서 소리를 쳤지만 삼남매는 아무렇지 않은 얼굴이었다. 엄마는 절대 무서워하지 않는 아이들이었지만 솔직히 오늘만은 화가 났다. 마치 제 엄마를 갖고 노는 것만 같았던 것이다.

　"코피 좀 터뜨려 줬대요. 그 여자애 주변에서 얼씬거리면 콩밥 먹여 줄 테니까 그리 알라고 하면서."

　호진의 말이었다.

　"기가 막혀서. 솔직히 말해. 어디까지 손봐 줬어?"

　경희는 더 큰 목소리로 다그쳤다. 그때서야 호연은 움찔했다.

　"주먹으로 얼굴 세 대 때려줬어요."

　"그 쇳덩어리 같은 주먹으로?"

　경희는 어이없어 하며 물었다. 어쩌다 그 애의 주먹이 몸을 스치면 얼마나 아픈지, 어느 때는 눈물이 찔끔 날 지경이었다. 감정으로 날린 주먹질이 고작 코피나 터뜨리고 말 정도는 아닐 것이다.

"다친 데는 없대요. 걱정마세요."

또 호진이 나섰다.

"너한테 안 물었어!"

경희는 신경질적으로 소리치고는 다시 호연 곁으로 바짝 다가앉았다.

"정말 코피만 내고 말았어?"

"정말이에요. 겁만 준 건데요, 뭐."

대학 졸업하고 대기업에 취직하더니 딱 일년 다니다 그만둔 뒤 느닷없이 대학원 시험을 치른 아이였다. 그리고 곁눈 한번 안 팔고 공부밖에 모르던 아이가 주먹질을 했다니까 도무지 믿어지질 않았다.

"호연이가 잘한 거예요. 그 여자애 엄마는 얼마나 가슴 조이고 살았겠어요. 그 여자애 정말 학교 그만둔다고 했대요."

규리가 두둔하고 나섰다.

"너는 오빠한테 호연이가 뭐냐?"

경희는 공연한 일에 발칵 화를 내고 말았다. 쌍둥이라서 어려서부터 저 아쉬울 때만 오빠라고 부르고 다른 때는 호연아, 호연아 불러댔지만 오늘만은 곱게 들어줄 수가 없었다.

"엄마 왜 그래?"

규리가 신경질적인 표정으로 따져 물었다.

"네 나이 몇이야? 서른이야, 서른. 시집 가서 시집 식구 듣는 데서 오빠한테 호연아 호연아, 똥개 부르듯이 해봐라. 너 가정 교육 퍽 잘 받았다고 허시겠다. 네 오빠가 똥개야?"

말도 안 되는 시비였지만 한 번 터진 울화는 멈춰지질 않았다. 아이들 앞에서 어떤 일이라도 감정 표현을 하지 않는 편이었는데 오늘은 풍선 터지듯이 한꺼번에 터지고 있었던 것이다. 모두 제 아버지를 닮아 함부로 자란 것만 같아 끔찍하기까지 했다.

자식들 나이만 먹었지, 아직도 가르치고 깨우쳐 줘야 될 일이 태산인데 이혼이나 요구하는 남편에 대한 분노였다. 부모가 자식들을 위해 좋은 일만 보여 줘도 제대로 자랄지 말지, 걱정인데, 어떻게 그럴 수가 있단 말인가.

"화 푸세요, 제가 저 자식 반쯤 죽여놓고 다시는 주먹질 안하게 할 테니까 참으세요."

호진이 능청을 떨며 경희를 안방으로 밀었다. 그 능청스러운 말투 때문에라도 다른 때 같으면 실없이 웃고 말았을 테지만 오늘은 안 되었다. 기어이 한마디 하고 말았다.

"늬들 얼른 결혼해. 나이가 몇이니? 다른 사람 같으면 나도 지금 며느리 보고 사위 봤을 나이야. 너는 서른 하나가 적은 나이니? 너 때문에 쌍둥이까지 똥차 되고 있잖아!"

"예예, 가겠습니다요, 어마마마. 내, 내일 당장 장가갈 테니까 염려 붙들어 매십시오."

호진이 다시 허풍을 떨었다. 도대체가 엄마를 쇠똥만큼도 안 무서워하는 자식들이었다. 아무리 소리를 질러도 눈 하나 깜짝 하지 않았다.

뭔가 우당탕 부서지는 소리가 들려왔다. 소리는 위에서 들려오고 있었다. 또 9층 부부가 싸우는 모양이었다.

"또 시작이네."

호진이 이맛살을 찌푸렸다.

"꼭 저렇게 살아야 하나."

규리가 맞장구를 쳤다.

열흘이 멀다 하고 싸우는 사람들이었다. 너무 지독하게 싸워서 간혹 인터폰으로 항의를 받기도 하는 모양인데, 그래도 아랑곳않고 9층 부부는 무슨 행사라도 치르는 사람들처럼 부부싸움을 해댔다.

그러나 더 신기한 것은 그렇게 죽기 살기로 싸우고 난 다음날이었다. 두 사람은 언제 그랬냐 싶게 팔짱을 끼고 테니스장으로 향하고는 했다.

두 사람의 부부 싸움 때문에 마음이 심란해져 있던 이웃들은 다정하게 걸어가는 둘을 보면서 어이없는 웃음을 터뜨릴 수밖에 없었다. 그러거나 말거나 둘은 감정을 절대 속이지 않았고 싸우는 소리가 아파트를 꽝꽝 울려대도 아랑곳하지 않았다.

자식들이 걱정스러웠는데 그것도 기우일 뿐이었다. 아직 초등학교에 다니는 그 집 남매는 늘 활달했고, 엘리베이터나 광장에서 만나면 "안녕하세요!" 저 멀리서부터 인사를 보내고는 했다.

어쩌면 그렇게 솔직하게 사는 것이 오히려 좋은 방법인지도 몰랐다. 그래야 가슴에 맺히는 것도 없을 것이고, 나중에 다시금 되작거려야 할 만큼 서운한 것도 없을지 몰랐다.

"나는 엄마처럼 살 자신이 없기 때문에 시집 안 가. 시부모님한테 예예 하고, 남편 하늘처럼 받들고, 자식들 상전으로 모시고⋯⋯. 난 그 짓 못해. 내가 보기엔 저 윗집 부부가 훨씬 인간적으로 사는 것 같애. 그렇지 오빠?"

"열린 입이라고 쉽게 말 내뱉는 것 아니다."

경희는 마저 옷을 벗으며 아무렇게나 내뱉는다.

자식들이 결혼하고는 아예 담쌓고 사는 것이 모두 경희 자신 탓인 것만 같아 조마조마한데, 정작 규리 입에서 그런 말이 나오니까 더 가슴이 아팠다.

"아참 엄마, 할머니댁에 안 갈 거야?"

규리가 옷을 갈아입고 있는 경희를 의아하게 쳐다보았다.

"오늘 제사잖아."

세상에, 경희는 제 가슴을 쳤다. 삼남매가 일찌감치 집에 들어와 있는 까닭을 이제서야 깨달았던 것이다.

경희는 후닥닥 벗어두었던 옷을 집어 입으며 밖으로 뛰어나갔다.

"어쩜 좋으냐. 할머니한테 불벼락 맞겠다."

"엄마는 그렇게도 할머니가 무서우세요?"

규리가 사색이 되어 안절부절 못하는 경희를 쳐다보며 기어이 한 마디 덧붙였다.

"무서운 게 아니라 조심스러울 뿐이야. 너도 나중에 시집가면 알게 돼."

"그래서 안 간다니까."

호진이 운전대를 잡았다. 호연이 제 형 옆에 앉고 경희는 규리와 함께 뒷자리에 앉았다.

마음은 조급했지만 삼남매 모두 데리고 어딜 간다는 것이 여지껏 지옥 같던 기분을 다소 누그러뜨려 주었다.

경희 자신만 굳건하게 자리를 지키고 있으면 남편의 바람도 언젠가는 끝이 날 것이고, 그러면 다시금 예전으로 돌아갈 것이다.

"그런데 왜, 요즘 아버지랑 안 좋으세요?"

규리가 경희 눈치를 살폈다.

"요즘 엄마하고 아버지가 마주 앉아 있는 걸 못 봤어요. 아버진 매일 늦으시잖아요. 엄마도 매일 외출이시고. 어젯밤에도 못 주무셨죠?"

남편은 어젯밤에도 들어오지 않았다. 어설픈 변명의 전화도 없었다. 이제는 그런 전화를 해야 되는 부담감조차 덜어낸 사람처럼 굴고 있었다.

불면에 시달리는 일이 어제 오늘 일도 아닌데 오지 않는 잠을 억지로 잘 필요도 없겠다 싶어 베란다에 나와 오랫동안 앉아 있었더니 규리가 그걸 보았던 모양이다.

“……아버지 요즘 많이 힘들어 하셔. 공연한 일에 나서지 마라.”

경희는 담담하게 말했다. 그러면서 창밖으로 시선을 던졌다.

규리가 말없이 경희 손을 꼭 쥐었다. 그것조차 경희 마음을 무겁게 했다. 어쩌면 삼남매는 모든 것을 알고 있을지도 몰랐다. 말없이 운전대를 잡고 있는 호진이도 그렇고 말 한 마디 없이 앉아 있는 호연이도 모두 다 알고 있는 것만 같았다. 제 아비의 부정이며, 제 어미의 못난 모습까지도.

이혼을 하지 않는다면 앞으로도 어둠 속에서 아주 오랫동안 서성이는 모습을 자식들에게 보여야 할 것이다. 끊임없는 기다림. 그 기다림마저 이제는 버릇이 되었고, 습관이 되어버린 듯했다. 그를 사랑하고 안하고, 그런 이야기가 아니었다. 그와 결혼해 살면서 이날까지 늘 기다림 속에서 서성댔던 것만 같았다. 무엇을 기다리는지도 모른 채.

중간쯤해서부터는 눈발이 날리기 시작했다. 솜처럼 탐스러운 눈발이었다. 도로는 금방 거북이걸음인 자동차로 넘쳤고, 어디서 사고까지 났는지 도대체 움직일 줄을 몰랐다.

예상했던 대로 시어머니는 몹시 화가 나 있었다.

“너 오늘 나하고 병원 가기로 되어 있지 않았냐?”

시어머니는 경희를 보자 날카로워진 눈매로 쳐다보았다.

“정말 죄송해요, 어머니. 제가 딴 데 정신을 쏟았어요. 다시는 이런 일 없도록 하겠습니다. 병원은 어떻게 하셨어요?”

진찰 결과가 오늘이라는 것도 깜빡하고 있었던 것이다.

“내가 자식이 없길 하니 왜 청승맞게 혼자 병원엘 간단 말이냐?”

“……”

“나 데리고 병원 가는 게 그렇게 대단한 유세였냐?”

“……”

“이건 전화가 있길 해, 사람 코빼기가 보이길 해. 속 터져서 지레 죽을 지경이지 뭐냐?”

“……”

“니네 친정 어머니가 그렇게 불편해도 너 이런 식으로 무관심할래? 이래서 딸 가진 부모가 늙어서 떵떵거리고 산다고 하나 보다. 내가 어쩌다 이렇게 천덕꾸러기가 됐니.”

시어머니는 한숨까지 푸욱 내쉬었다.

정신이 없어 매일 드리던 안부 전화조차도 며칠째 생략하고 지냈던 것이다. 경희는 몸둘 바를 몰라 좌불안석이었다.

“저 때문에 그랬어요.”

규리가 나서며 경희를 감쌌다.

“제가 아팠거든요.”

그때서야 시어머니는 눈빛을 풀었다.

“어디가 아팠는데?”

“모르겠어요. 갑자기 춥고 배도 아프고. 엄마는 한숨도 못 잤어요. 한밤중에 구급대가 와서 병원으로 실려갔거든요.”

“……”

경희는 말문을 잃었다. 엄마 때문에 시집 안 간다던 규리의 말이 머릿속을 어지럽혔다.

그런 딸이 고맙다는 생각은 들지 않았다. 갑자기 자신의 처지가 너무도 초라해 견딜 수가 없었다.

"정말 죄송합니다, 어머니. 모두 제 잘못이에요. 다음에는 이런 일 없도록 하겠습니다."

"이젠 괜찮고?"

시어머니는 경희 말을 무시한 채 규리의 안색부터 살폈다.

"예, 괜찮아요."

규리는 태연하게 대답했다. 다행히 시어머니 야단은 거기서 모면할 수 있었다.

일하는 아주머니 모습도 보이지 않았다. 부엌에 들어가 보니 제사를 차리기 위한 아무런 준비도 되어 있질 않았다.

눈앞이 아뜩했다. 서둘러 하면 간신히 자정 전까지 젯상을 차리기는 하겠지만 이만저만 큰일이 아니었다.

정신없이 시장을 보아 왔다. 그리고 손가락이 칼에 베인 줄도 모르고 일을 했다. 규리가 도와주기는 했지만 그래 봤자 잔심부름 정도였다.

산적이며 나물 따위는 큰 걱정이 없었지만 떡이 문제였다. 그렇다고 사다 할 수도 없는 노릇이었다.

쌀을 물에 불리고, 방앗간에 다녀오고, 떡고물을 할 팥을 삶아 알맞게 소금 간을 해놓고 나니 벌써 저녁 시간이 지나 있었다.

무거운 것들은 좀 거들어주기라도 했으면 좋겠는데, 두 아들은 안방에 잡혀 꼼짝 못하고 있었다. 시어머니는 남자들이 부엌에서 얼씬거리는 것을 무엇보다 끔찍해 했던 것이다.

손님들이 들이닥친 것은 저녁 시간이 지나고 나서였다. 남편도 그 시간에 들어왔다. 손님 뒤치다꺼리하랴 저녁상 차리랴 정말 정신이 하나도 없었다.

다른 날보다 한 시간이나 늦어서야 제사를 지낼 수 있었다. 마지막 손님이 대문을 나선 뒤 경희는 부엌 바닥에 털썩 주저앉고 말았다. 몸 속의 물기가 모조리 빠져 나간 것처럼 탈진이 되어 있었다.

"엄마……."

규리가 물컵을 내밀었다. 꿀물이었다.

"애 좀 봐. 이거 할머니 드시는 여왕벌꿀 아니니?"

경희는 한모금 마시다 말고 기겁을 했다.

"제발 청승 좀 그만 떨어요. 엄마가 무슨 식모야? 꿀물 하나도 못 타먹는 식모냐구!"

규리는 사납게 쏘아붙이고는 퉁퉁걸음으로 나가버렸다.

친척들이 다 돌아간 뒤, 시어머니가 경희를 불렀다.

"애썼다."

"……"

그 말이 왜 가슴을 무겁게 했을까. 마치 이 제사가 경희 자신이 지낼 수 있는 마지막 제사라도 된 양 마음이 아팠다. 비록 하녀처럼 일만 해야 되는 제삿날이었지만 소중한 무언가가 이렇게 하나씩 빠져나가는 것만 같아 마음이 울적했다.

시어머니는 경희 앞으로 봉투 하나를 내밀었다.

"옷 사 입으라고 주는 돈이다. 친척들 앞에서 내 낯이 뜨거워서 혼났다."

경희는 그때서야 초라한 자신의 몰골을 내려다보았다. 너무도 엉망이었다. 다른 때도 늘 정신없이 일을 치르기는 했지만 오늘처럼 심신이 엉망일 만큼 헝클어져 있었던 적은 없었다. 앞섶에는 고춧가루가 묻어 있고, 치맛자락에는 음식 찌꺼기가 잔뜩 앉아 있었다.

경희는 소파에 앉은 남편 얼굴을 잠깐 쳐다보았다. 하지만 바위처럼 굳은 그의 얼굴은 미동도 하지 않았다. 계속 서 있기가 뭐해서 잠깐 망설이다 남편 옆에 엉덩이를 내려놓았다.

그 순간이었다. 남편은 마치 몹쓸 것이라도 몸에 닿는 것처럼 흠칫 비켜 앉는 것이 아닌가. 너무도 당혹스러워 경희도 벌떡 자리에서 일어나고 말았다.

시어머니가 의아한 표정으로 두 사람을 쳐다보았다.

"싸웠니?"

그리고는 소리내어 웃었다.

"그래, 늬들이라고 부부싸움 없겠니? 금슬 좋은 부부일수록 부부 싸움이 잦은 법이라고 하더라. 그런다고 그렇게 뚝 떨어져 앉을 건 뭐냐? 너희들 한번도 안 싸우고 산다고 자랑하면 사람들이 나더러 거짓말한다고 했는데, 그래, 싸우면서 정든다더라."

시어머니가 뭐가 즐거운지 호호, 소리내어 웃었다.

"왜 그렇게 서 있지? 앉지 않고."

엉거주춤 서 있는 경희를 보고 시어머니가 다시 말했다.

그러나 경희가 조금 다가앉는 기척을 보이자 남편은 버럭 고함을 질러댔다.

"가까이 앉지 말라니까!"

그의 눈에서는 불꽃이 튀고 있었다.

"불결해!"

그는 입술을 비틀어 그렇게 말했다. 불결해!

남편의 말이 가래침처럼 얼굴로 떨어진 순간 경희는 허겁지겁 자식들 얼굴부터 살폈다.

6

그렇게 곪아 있었을까, 남편과의 불화는 마치 당연한 일처럼 불거지기 시작했다. 남편은 이제 자식들 눈치조차 보지 않았다. 어떻게 그럴 수 있는지, 부모가 돼서 어떻게 그럴 수 있는지, 경희는 비어 있는 남편 베개를 보면서 쏟아지는 슬픔을 견디지 못했다.

남편이 그래도 세상에서 가장 어려워하는 것이 아이들이라고 믿었다. 그 고집불통 성격이 그래도 아이들 생각하는 일만큼은 남 못지 않았기 때문이었다.

하지만 지금은 아니었다. 남편은 다 자란 자식들이 아버지의 부정을 어떻게 보건 아무 상관도 하지 않고 있는 것이다.

그런 그가 너무도 두렵고 무서웠다. 모두 경희의 능력밖의 일만 버티고 있는 것 같았다. 죽음, 끝, 이혼, 그런 무서운 단어밖에 떠오르지 않았다.

그 여자를 만나야 할 것 같았다. 죽어도 싫은 일이지만, 한번은 만나야 될 것 같았다. 하지만 용기가 나질 않았다. 그것마저도 남편이 원하는 일일지도 몰랐다. 경희가 그 여자를 만나 본 뒤 모든 것을 체념하기를.

하지만 더 지체해선 안 될 일이었다. 자식들을 위해서라도 뭔가 빨리 해결이 되어야만 할 것이다.

어제 호진은 지방에 볼 일이 있다면서 집을 나섰다. 일년이면 두어 번씩 훌쩍 여행을 떠났다 돌아오는 일은 이제 습관이 되어 있었지만 이번은 경우가 달라 보였다. 마치 집안의 어둠을 피해 잠시 나가 있기로 한 것 같았다.

"아마 보름쯤 걸릴 거예요."

호진의 말을 들으면서 경희는 왜 그렇게 오래 있느냐고 묻지 않았다.

쌍둥이들도 마찬가지였다. 오늘도 호연은 도서관에서 날을 새겠다고 했고, 규리는 국전에 출품시킬 작품을 준비하느라 친구 작업실에서 자겠다고 했다. 예전 같으면 여자가 어디 집 떠나 잠자리를 하느냐고 호되게 나무랐을 테지만, 그래라, 쉽게 대답해주고 말았다.

초라해질 대로 초라해져 가는 에미 모습을 자식들 앞에 보일 수는 없었다.

그럴 수만 있다면 삼남매 모두 모든 일이 다 해결될 때까지 집에 돌아오지 않길 바랐다. 마치 너저분한 집을 말끔하게 청소해 놓으면 그때서야 들어와 편안하게 쉬는 자식들을 보는 일이 행복했던 것처럼 이번 일도 다 해결된 뒤에 돌아오길 바랐다.

자식들도 두려웠지만 친정 식구들도 염려스럽기는 마찬가지였다. 어머니 얼굴만 떠올리면 가슴이 미어지고는 했다.

어머니는 매일 전화를 걸어오고는 했다.

"별일 없니? 왜 그렇게 꿈자리가 사납니?"

"어젯밤에 설핏 잠이 들었는데 네가 다 죽을 상이 돼서 날 찾아 왔지 뭐냐."

"네 올케가 너한테 무슨 일이 생긴 것 같다고 걱정하던데, 아무 일 없는 거지?"

어머니란 자식 곁에 없어도 늘 모든 것을 느낄 수 있는 것일까, 어머니는 마치 벌어진 일을 모조리 알고 있는 사람처럼 이것저것 걱정을 하셨다.

올케 말로는 요즘 심장이 많이 나빠져서 병원에 다닌다고 했는데, 어머니만 생각하면 마음이 천근만근 무거웠다.

오늘은 그런 대로 맑은 날씨였다.

경희는 언제나처럼 커튼을 들추고 밖을 내다보았다. 내다보이는 공원의 모습은 여전했다. 남자 한 명이 뛰어가고 있었고 작은 개 한 마리가 그 뒤를 헐레벌떡 뛰어가고 있는 모습이 보일 뿐이었다.

전화 벨이 울렸다.

"접니다, 경희 씨."

성호였다. 남편이 없는 시간에 외간 남자가 전화를 걸어왔다는 것이 당혹스러워 경희는 잠깐 호흡을 가다듬었다.

"그 여자한테 가실 생각인가요?"

그가 대뜸 물어왔다. 어떻게 알았을까, 경희는 고개만 끄덕였다. 입을 열어 뭐라 대답할 기운조차 남아 있지 않았다.

"가지 마십시오. 혁민이가 원하는 대로 하지 마세요."

그의 목소리에는 걱정과 염려가 가득 실려 있었다.

어쩌다 밤 늦게 쳐들어와서는 한잔 술에 흥이 나면 베사메무초를 멋들어지게 부를 줄 알던 사람이 오늘은 너무도 침울한 음성으로 말하고 있었다.

"가야 해요."

경희는 가까스로 대답했다.

"……."

"찾아가서 그 여잘 만나야 해요. 우린 같은 여자니까 말이 잘 통할지도 몰라요."

"……."

"천성이 그렇게 나쁜 여잔 아니죠?"

"……."

"그 여자 처녀인가요? 아, 나이가 몇 살이나 됐지요?"

"……."

그는 계속 침묵하고 있었다. 그 침묵이 너무도 무거워 경희는 무슨 말이든 더 해보려 노력했지만, 목울대에 가시처럼 걸린 소리는 한 마디도 입밖으로 새어나오지 못했다.

막다른 골목으로 몰린 것처럼 쩔쩔매기만 하는데, 자신을 헤아려주고 있는 누군가 있다는 것만으로도 큰 위안이었다.

"우리 호진이보다 나이가 더 어린 여잔 아니죠? 나이가 너무 어리면 이야기하기가 어려워지는데. 아무래도 나이가 좀 있는 여자라면 내가 무슨 말을 하는지……."

경희는 거기까지 떠들다 말고 입을 다물었다. 가슴에 쳇기처럼 얹혀 있던 뜨거움이 어느 순간 울음으로 변해 있었던 것이다.

경희는 송수화기를 그대로 내려놓았다. 그리고 안방으로 들어가 화장을 시작했다. 맨얼굴에 스킨로션을 바르고, 에센스도 발랐다.

다시 전화벨이 울었다. 그러나 그대로 내버려두었다. 휴지를 빼

내 눈물을 닦으며 자신에게 말해주었다.

"울지 마, 경희야. 울면 바보야. 울면 네가 지는 거야. 그러니까 죽더라도 울지 마."

전화는 계속 울고 있었다. 그러다 끊겼다.

꼼꼼하게 화장을 했다. 규리가 사다 준 아이섀도가 어디 있을 텐데, 화장대 서랍을 열어 뒤적거릴 때 다시 전화가 울었다.

립스틱 마무리로 화장을 끝내고, 시어머니가 작년 이맘때 사주었던 투피스를 차려입고, 현관에서 신발을 신는 동안에도 전화 벨은 계속 울어댔다.

마음이 엉망이라 차를 끌고 나가서는 안 될 것 같았다. 하지만 거리로 나가 버스나 택시를 타고 갈 일도 아득하기만 했다.

잠깐 망설이다 경희는 자동차 문을 열었다. 그 여자와 만난 뒤, 남편에게든 그 여자에게든 자신의 뒷모습은 보이기 싫었다. 자동차를 끌고 간다면 훨씬 더 당당하게 그 자리를 빠져나올 수 있을 것이다.

그 여자가 어디 사는지는 아직 모르고 있었다. 그러나 걱정하진 않았다. 남편 회사 앞에서 기다리면 될 것이다. 남편은 회사 일이 끝나면 분명히 차를 끌고 그 여자 집으로 갈 것이고, 뒤따르면 되었다.

물론 남편 없는 시간에 그 여자를 만나야 할 것이다. 화장을 하고 옷에까지 신경을 쓰기는 했지만 오늘 당장 그 여자를 만날 생각은 없었다. 일단 집만 알아두고, 내일 남편이 없는 시간을 이용해 찾아갈 생각이었다.

그 여자를 만나 무슨 말을 해야 할 것인지는 아직 생각해 두진 않았다. 어쩌면 가만히 쳐다보다 그대로 나오고 말지도 모른다. 집안에 갇혀만 살아서인지, 누구 앞에 나서서 마음을 표현하는 일이 항상 서툴기만 했다. 그러나 이건 꼭 한 번 거쳐야 할 일이었다. 그래야 어떤 식으로든 정리가 될 것이다. 철없는 자식들을 위해서라도.

간혹 텔레비전이나 영화에서 바람난 남편 때문에 골머리를 앓는 아내들을 볼 때마다 경희는 이해할 수 없었다. 그 여자들 모두 남편의 여자를 찾아가 사생결단을 하며 싸워댔다.

그런다고 해결될 일은 하나도 없어 보이는데 그 여자들은 마치 정해진 수순을 밟기라도 하는 것처럼 모두 그랬다.

찾아가 머리카락을 움켜쥐고, 살림살이를 몽땅 때려부수고, 여자를 마당으로 옷보따리처럼 팽개치며 악악거리고. 여자의 머리카락을 움켜쥐고, 멱살을 흔들고, 얼굴을 할퀴고, 주먹으로 때리고…….

거기까지 생각하다 말고 경희는 혼자 실없이 웃고 말았다. 이날까지 누구와 목청 높여 싸운 기억이 한번도 없는데, 턱도 없는 소리였다.

이런 일을 위해서라도 어머니는 딸자식을 조금 모질고 사납게 키웠어야 했다. 착해 빠지고, 남에게 아, 소리 한 번 못하고 순둥이로 사는 것만 칭찬하지 말았어야 옳았다. 공연히 친정 어머니를 향해 원망이 솟구쳤다.

"네가 손해 본다고 생각하고 살아라."

"덕 하나 베풀면 둘을 얻는 것이 세상살이다."

"네가 베푼 덕 네가 못 받으면 네 자식이라도 받는다."

어려서부터 어머니한테 가장 많이 들어야 했던 잔소리였다. 차라리 강해라, 남에게 지지 마라, 억척스러워라, 그렇게 가르쳤어야 했다.

남편 회사가 보이는 골목길에 차를 주차시켰다. 공연히 가슴이 콩닥거렸다. 남편은 치밀한 사람이었다. 그는 벌써 경희가 이리로 왔다는 것도 다 알고 있을지 몰랐다.

공연히 차를 끌고 왔다는 생각을 떨칠 수가 없었다. 차라리 택시를 이용하는 편이 나았을 것이다. 그러나 택시 운전수에게 이러쿵저러쿵 설명을 해야 하는 상황은 생각만으로도 끔찍했다. 이런 상황에서도 남에게 남편이 우습게 보여지는 것은 전혀 원하지 않았다.

퇴근 시간까지는 아직 삼십 분 정도 남아 있었다. 오던 길에 약국에 들러 청심환을 사 먹기는 했지만 가슴이 미어질 듯 답답하기는 마찬가지였다.

남편처럼 완벽하고 강한 사람을 무슨 힘으로 이길 생각을 하는지, 경희는 다시 가슴을 쓸어내린다. 경희는 차문을 열고 밖으로 나갔다.

눈을 감고 잠깐 쉬고 있는데 누군가 나직이 부르는 소리가 들렸다. 깜짝 놀라 소리나는 방향을 쳐다보았다. 성호였다.

놀라운 일은 아니었다. 전화를 아무리 해도 받지 않자 아마 여기까지 달려왔을 것이다.

그러나 남편 친구라는 사람이 이렇게 신경을 써주는 일이 마음 편할 수는 없는 일이었다.

"전화를 아무리 해도 받질 않으시더군요."

"……"

"이리로 오셨을 것 같아서 와 봤습니다."

"……"

"경희 씨 힘으로 할 수 있는 일이라면 절대 막지 않을 겁니다. 그렇지만……"

"공연히 헛걸음 하신 것 같군요. 저는 그 여잘 한번은 만나야 해요. 그래야······."

경희는 그의 입에서 무슨 말이 나올지 두려워 서둘러 말했다. 그러나 그는 하던 말을 계속했다.

"이혼을 생각하시는 것, 아니죠?'

그가 끊어 물었다.

"······.'

경희는 대답하지 못했다.

이혼······.

법원을 찾아가 이혼 서류에 도장을 찍고 장롱을 열어 내 물건, 남편 물건을 따로 챙기고, 살림살이를 정리하고, 그런 일은 꿈에도 그려본 적이 없었다.

"거길 가게 되면······."

그는 다시 말을 끊었다.

그리고 똑바로 경희를 쳐다보며 덧붙였다.

"마지막이 될지도 모릅니다."

"누가 말인가요?'

그가 무슨 말을 하는지 언뜻 방향을 잡을 수 없어 경희는 그렇게 물었다.

"두 사람은 경희 씨 등장을 기다리고 있어요. 모르겠습니까?'

"······왜죠?'

무슨 뜻인지 모르진 않았다. 그러나 그렇게 물을 수밖에 없었다. 인간의 탈을 쓰고 어떻게 그토록 악랄한 계획을 세울 수 있단 말인가. 말도 안 되는 일이었다. 원수지간도 아니고 그래도 몇십 년을 살 맞대고 산 부부였다. 그런데 덫을 설치한 채 아내를 기다리다니, 성호 앞에서 발가벗고 선 것만 같아 너무도 수치스러웠다.

"대체 왜들 이래요? 왜 나만 모르고 있는 일 당신들만 다 알고 있는 것처럼 구냔 말예요. 나요, 댁들처럼 배운 것 없고 가난한 집에서 태어났지만 인간 근본이 뭔지는 배우고 자랐어요. 그런데 지금 뭐 하는 거죠? 뭐 하는 거냐구요!"

"……."

"잘나고 똑똑한 사람은 그렇게 약한 사람 괴롭히자고 세상에 존재하나요? 그 좋은 머리 다른 데 쓰면 녹슬까봐 한 여자 불행하게 만들자고 기를 쓰냔 말예요!"

살면서 나 아닌 누군가에게 이렇듯 악을 쓰며 덤벼 본 적이 있었던가. 형제, 남편 앞에서도 목소리 한 번 돋운 일이 없었다.

모두 힘없고 나약한 자신을 구덩이 속으로 밀어넣기 위해 눈에 불을 켜고 덤비는 것만 같았다.

울음이 터질 것 같았다. 모두 다 같은 종자들이었다. 남편이 설령 그런 무서운 계략을 꾸며놓고 있다고 하더라도 그걸 미리 눈치채고 경희에게 충고를 하는 성호 또한 무서운 사람이었다.

"가세요. 이건 저를 도와주는 방법이 아녜요. 성호 씨도 그이한테 부탁 받았나요? 사주 받았어요? 나 만나서 꼬드기라고 부탁 받았냔 말예요!"

"……."

그는 대답하지 않았다. 주머니를 뒤지고, 담배를 꺼내 불을 당겼을 뿐이었다. 깊은 연기가 그 사람의 얼굴을 지나쳐 바람을 타고 경희 얼굴을 핥았다.

차라리 담배 냄새가 마음을 편하게 해주었다. 경희는 골목을 쓸고 지나가는 바람에 얼굴을 씻으며 신음처럼 중얼거렸다.

"죄송합니다. 제 정신이 아니네요. 그만 돌아가세요."

그러나 그는 성큼성큼 차 앞으로 걸어가 먼저 운전석을 차지하고 앉았다.

"……."

"……."

그는 운전석에 앉아 말없이 앞을 응시하고만 있었다. 남편과 자신의 문제에 그가 왜 개입해야 하는지 그것도 이해할 수 없었다. 불편할 뿐이었다. 타인이란 행복할 때 만나야 되는 관계였다. 슬프고, 절망스러울 때 만나서는 안 될 관계였다. 차라리 백 미터 저 밖에서 구경하는 정도로만 끝나야 했다. 감 놔라 대추 놔라, 간섭하는 것이 오히려 불편할 수도 있었다.

"이건 제가 원하는 일이 아닙니다. 더는 개입하지 말아 주셨으면 좋겠습니다."

경희는 정중하게 말했다.

"제가 알아서 하겠습니다."

그가 낮은 소리로 대답하고 시동을 걸었다.

"고집 피우지 마십시오. 여길 안 왔으면 모를까 여기까지 왔으면서 경희 씨 놔두고 갈 만큼 용기 있는 놈이 못 됩니다."

그는 다 타버린 담배 꽁초를 신경질적으로 멀리 던졌다. 담배 꽁초가 떨어진 자리에서 더러운 비닐 조각이 훌훌 날았다.

퇴근 시간인 모양이었다. 수위실 옆의 정문이 활짝 열리고 있었다. 그리고 낯익은 차 한 대가 저쪽에서 천천히 정문을 향해 다가오는 것이 보였다.

남편 차였다.

평상시에도 남편은 운전을 천천히 하는 편이었다. 제아무리 뒤에서 빵빵거려도 제한 속도를 어기는 일이 없었다. 그러나 오늘은 더 유난히 느리게 운전을 하는 것만 같았다.

어둠은 벌써 사방을 에워싸고 있었다. 부나비처럼 날아 다니는 자동차 불빛에 눈이 부셔 경희는 자꾸만 깊숙이 눈을 감았다가 뜨고는 했다.

남편의 차는 멀리 가지 않았다. 십여 분 달리다가 좁은 골목길로 빠져들었다. 성호는 일정한 간격을 둔 채로 서두르지 않고 남편 차를 쫓았다.

남편 차는 아파트 광장으로 들어갔다. 그리고 조금 더 안으로 들어가 한쪽에 차를 주차시켰다.

남편이 차를 주차시키고, 아파트 건물 안으로 사라질 때까지 경희는 꼼짝 않고 자리를 지켰다. 운전석에 앉은 채 그도 꼼짝하지 않았다. 석상처럼 굳은 표정이었다.

그러다 경희는 화들짝 놀라 문을 열고 밖으로 나갔다. 아파트라면 얼른 뒤따라 가야 어느 집으로 들어가는지 알 수 있을 것이다.

엘리베이터 불빛이 6에 멈추어 있었다. 경희는 재빨리 단추를 누르고 엘리베이터를 기다렸다. 아무 생각도 들지 않았다. 남편이 어느 집으로 들어갔는지 그것만 알아두면 될 것이다. 다음 일은 오늘 생각할 필요는 없었다. 내일 생각해도 늦지 않았다.

경희말고 다른 남자와 여자가 함께 엘리베이터에 올랐다. 신혼부부 같았다. 두 사람은 집에 들어가 각자 해야 될 일을 나누는 중이었다. 주로 청소는 남자가 맡았고, 여자는 밥짓는 일을 맡았다.

경희는 그 두 사람에게 최대한 눈에 띄지 않으려 몸을 웅크리고 한쪽으로 비켜섰다.

그 두 사람이 5층에서 내리고 경희는 6층에서 내렸다. 그리고 엘리베이터에서 내린 순간 너무도 깜짝 놀라 그 자리에 우뚝 멈춰 서고 말았다.

남편이었다. 남편이 기다린 것처럼 거기 우뚝 서 있었던 것이다.

"여기가……당신이 사랑하기 시작한 여자 집인가요?"

너무도 당혹스러워 아무렇게나 물었다.

남편이 빠르게 경희 팔을 나꿔챘다. 그리고 거칠게 현관 안으로 경희를 밀어넣었다.

"여기까지 왔으면 목적 달성은 해야지, 안 그래?"

그는 입술을 비틀어 웃었다. 그리고 현관에 엉덩방아를 찧고 앉아버린 경희 팔을 세게 붙잡아 일으켰다.

"자, 똑바로 봐 둬. 지금 어떤 상황인가. 아니, 당신이 설 자리가 어딘지 똑바로 봐두라고."

"왜 이래요? 누가 잘못했는데 왜 이렇게 안하무인이냐구요!"

너무도 무서워 소리를 질러댔다.

그러나 남편은 아랑곳하지 않고 경희를 끌고 집안으로 돌아다녔다.

"여기는 안방이야. 침대가 보이지. 당신과 내가 쓰는 것보다 훨씬 비싸고 쿠션도 좋아. 좋은 침대를 왜 쓰는지 알았어. 섹스할 때 맛이 다르더군. 저건 그 여자 화장대야. 프랑스제 화장품밖에 안 쓰는 여자야. 몽땅 내가 사다줬지. 당신한테는 로션 한 개 사다 준 적이 없지만 저 여자한테는 아냐. 내 발로 백화점 찾아가 화장품 코너에 가서 건성 피부에 맞는 화장품 한 세트 주십시오, 하고 말해서 샀지. 저 침대 위에 놓인 잠옷 두 벌 보이지? 남자 것은 당연히 내 것이고 저 분홍색 잠옷은 그 여자 거야. 저것도 내가 사다 줬어. 당신한테는 양말 한 켤레 사다준 일 없지만 그 여자한테는 달라. 내 전부를 다 준다고 해도 바꾸기 싫은 여자야."

"……."

"세상 사람 모두가 그 여자를 나쁘게 말해도 나는 상관하지 않아. 중요한 것은 그 여자가 너무 좋다는 사실이야. 당신처럼 초라하지도 않고 하인 근성도 물론 없지. 머릿속에 똥밖에 안 든 여자 같지만, 나한테 그 여잔 무릉도원이야. 알겠어?"

남편은 빠르게 말했다. 그리고 다시 팔을 잡아끌고 부엌 쪽으로 걸어갔다. 방마다 문이 활짝 열려 있었다. 화려하게 꾸며진 살림이었다.

경희는 남편의 팔을 거칠게 뿌리쳤다. 그리고 천천히, 아주 천천히 집안을 둘러보기 시작했다.

그래, 그가 원하는 일이라면 하루라도 빨리 나 자신을 체념시켜야 할 것이다. 지옥에 빠지는 일이 있더라도 구차스럽게 매달려서는 안 될 것이다. 피하지 말자. 죽어도 비겁하지 말자, 경희는 두 눈을 부릅뜨고 집안 곳곳을 살폈다. 정말 최고급이라고 할 수 있는 물건밖에 없었다.

그 여잔 집안에 없는 것 같았다. 남편은 경희가 뒤따라오고 있다는 것을 알고 있었던 것이다. 그래서 핸드폰으로 그 여자를 피하게 했을 것이다. 그리고 의도적으로 이리로 끌고 왔을 것이다. 그렇게 생각을 하면서도 더는 화가 나지 않았다. 지독한 체념이 돌무덤처럼 가슴에 쌓였을 뿐이었다.

어느 것 하나 빠뜨리지 않고 눈속에 그려넣으려 기를 썼다. 혹시라도 마음이 약해지면 언제든 떠올릴 수 있어야 했다. 그래서 남편을 죽어도 용서할 수 없어야 했다. 죽어도.

"나한테 원하는 게 뭐죠? 당신은 워낙 치밀한 사람이니까 모든 준비를 다 끝냈을 테지만 나는 아녜요. 난 아직 준비조차 못했어요. 그러니까 나 빨리 몰아내고 싶으면 이리 이빨처럼 감춰둔 계략 몽땅 털어놓으세요. 그럼 그만큼 빨리 놓여나게 될 거예요."

"퍽 고상한 척하는군. 이봐, 세상엔 말이지 고상보다 더 아름다운 게 있지."

"……."

"사랑이야. 아니, 그것도 거의 동물적인 본능으로 나누는 사랑이지. 우린 만나기만 하면 침대로 쓰러지지. 상상할 수 있겠어? 아무것도 계산할 필요 없고 따질 필요도 없어. 그런 사랑이 세상에 존재한다는 사실이 너무도 신기해."

"무슨 말을 하고 싶죠?"

"당신하고 섹스는 그저 싱거운 무 맛 정도야. 당신은 한번도 내게 요구한 적이 없었어. 그저 있는 반찬 또 내놓는 것처럼 내 요구에 순순히 옷을 벗었을 뿐이지. 하지만 그 여잔 달라."

"……."

"그 여잔 내가 뭘 요구하는지 정확하게 알아내지. 내가 그 여자 육체를 필요로 할 때면 어김없이 먼저 옷을 벗고, 내가 잠들고 싶어하면 푹신한 베개를 내놓을 줄 알아. 내가 무슨 말을 하고 있는지 알겠어?"

무슨 말을 하고 있는지 알고 있느냐고 묻고 있었다. 경희는 수치심으로 바들바들 떨며 간신히 입을 열었다.

"왜 이래야 하죠? 나한테 이렇게 모질게 해야 하는 까닭이 뭐죠? 내가 당신한테 그렇게 못된 여자였나요?"

"흥, 왜, 내 밥해 주고 빨래해 주느라 인생 작살났다고 말하고 싶은 거야?"

"……나 때문에, 당신 밥해주고, 빨래해준 나 때문에 당신 인생이 그렇게 작살이라도 났었나 보죠?."

"똑바로 들어 둬."

그가 경희 두 팔을 붙들며 빠르게 말했다.

"죄없이 당하지 마. 알았어? 나는 내 삶이 얼마나 잘못되었는지 알고 있어. 나는 그걸 견딜 수가 없었어. 죽기 살기로 공부했지만 늘 미역국 신세였고, 지금은 고작 장사꾼일 뿐이야. 나는……."

남편은 말을 끊었다.

그러다 다시 경희를 노려보며 입을 열었다.

"내 삶을 보상받을 수 있는 일이라면 이보다 더한 일도 할 수 있어. 무슨 말인지 알겠어?"

"다른 여자하고 사는 일이, 아내, 자식, 부모 다 버리고 다른 여자 데리고 살면 당신 삶이 원상복귀라도 되나요?"

그의 귀에는 아무 말도 들어가지 않는다는 것을 모르지는 않았다. 그러나 지금 남편은 제정신이 아니었다. 한 여자한테 눈이 멀어 자신의 삶을 온통 엉망으로 헝클어 놓고 있는 것이다.

왜 그래야 하는 걸까. 평생 씨앗 치맛자락에서 살았다는 시아버지의 망령이라도 다시 되살아난 것일까. 여관비가 없다고 해서 돈을 들고 가보면 낯선 여자와 한 몸뚱이로 뒹굴고 있는 남편 모습을 보아야 했다던 시어머니의 심정이 이랬을까.

저 사람의 삶이 엉망이 되어 있다면 그것은 어제 오늘의 일이 아닐 거라는 생각이 들었다. 시아버지의 망령이 되살아나 저 사람의 영혼을 괴롭히는 것이고, 시어머니의 한스러운 삶이 귀신처럼 경희 영혼에 들러붙어 있는 것이다. 그래야만 이런 말도 안 되는 상황을 이해할 수 있었다.

"너하고 결혼하면서 얼마나 많은 것을 포기하고 살았는지 알아!"

남편이 다시 이죽거렸다.

"뭘 그렇게 많이 포기했죠? 뭘!"

경희는 그렇게 소리치며 손에 잡히는 물건을 세게 내던졌다. 남편의 발 밑으로 골프채가 큰소리를 내며 떨어졌다. 그와 동시였다. 경희는 어떤 거대한 힘에 밀려 벽에 머리를 짓찧고 말았다. 눈앞에서 불똥이 튀었다.

남편은 당장이라도 골프채를 집어들고 경희를 향해 내리칠 기세였다. 그가 소리쳤다.

"죽여버리겠어!"

그 순간이었다. 빠르게 뛰어들어온 성호가 그의 손을 붙들었다.

퍽 소리와 함께 남편은 성호가 날린 주먹에 얼굴을 맞고 식탁 모서리에 얼굴을 찧으면서 뒤로 넘어졌다.

순식간에 벌어진 일이었다.

남편은 피를 흘리고 있었다. 그러나 여전히 그 눈빛으로 이쪽을 바라보았다.

"흥, 평상시에 네 놈이 저 여자한테 관심 많은 것은 알고 있었다만 이렇게 청부업자까지 자청했을 줄은 몰랐다. 변호사 직업 때려치우고 이젠 남의 마누라 엉덩이나 쫓아다니기로 한 거냐?"

"더러운 자식!"

성호는 무섭게 남편을 노려보았다.

"네가 내 친구라는 사실이 이렇게 부끄러울 수가 없다. 너는 인간이 아니다. 너는 인간 탈을 쓴 악마야. 다른 사람은 몰라도 너, 이자식, 너는 이러면 안 돼. 경희 씨가 불쌍하지도 않냐? 하늘이 알고 땅이 안다. 너 하나 지키느라 한 여자 인생이 어떻게 희생되었는지……."

"악마 좋지. 나는 말이지, 세상이 가끔 가증스러울 때가 있어. 너처럼 별 볼일 없던 자식도 써 먹을 데가 있을 때 특히 그렇지. 너 학교 다닐 때 맨날 꼴찌만 했잖아. 너, 나하고 친구하고 싶어서 기쓰고 공부했던 놈 아니냐? 너는 내가 헌 운동화 질질 끌고 다니는 것도 따라했던 자식이야. 후훗, 너란 놈은 내 똥이라도 황송해서 집어먹을 듯이 굴었지.”

“이 자식이!”

성호는 남편 멱살을 붙들고 당장이라도 후려칠 기세였다.

“그래, 쳐라, 쳐! 아예 네 그 잘난 변호사 자리 다 걸을 각오하고 덤벼보시지 그래.”

남편은 여전히 피를 흘리면서 빈정거리고 있었다.

“이러지 말아요. 왜들 이래요!”

경희는 허위허위 달려들어 두 사람을 말렸다. 그러나 남편이 더 빨랐다. 성호 손에서 놓여난 남편이 벌떡 일어나 베란다로 달려갔고, 다시 나타난 그의 손에는 총이 들려 있었다. 사냥총이었다.

“왜 이래요, 여보!”

경희는 놀라서 두 팔을 벌리고 남편 앞을 가로막았다.

“다가오지 마!”

남편이 소리질렀다. 그리고 성호를 향해 히죽 웃음을 날렸다.

“자, 난 저 여잘 쏠 생각이다. 저 여자가 없어져주면 이제 세상은 내 것이 돼. 너희들은 저 여자가 나 때문에 희생되었다고 하지만 난 아니다. 나야말로 저 여자 때문에, 아니 저 여자를 선택하느라 모든 것을 다 버려야 했어. 나는 저 여자와 결혼한 순간부터 모든 것이 엉망이 되어버렸어.”

경희는 눈을 감았다. 이제 어떤 말을 들어도 놀랍지 않았다. 지금 자신을 향해 총부리를 겨누고 있는 남편의 행동도 놀랍지 않았다. 그 모든 일들은 이미 경희를 위해 준비된 불행일 따름이었다.

“그걸 이제서야 깨달은 거야. 나는, 저 여자와의 사랑이 이 세상의 마지막 사랑인 줄 알았어. 세상에 다른 사랑은 절대 존재하지 않는다고 믿었지. 그런데 아녔어. 세상은 온통 거짓말투성이였어."

남편은 당장이라도 방아쇠를 당길 것만 같았다. 그러나 경희는 조금도 떨지 않았다. 저 사람의 총에 맞아서 이 자리에서 죽어야 된다면 굳이 피할 이유가 없었다. 기꺼이 그럴 수 있었다.

남편 얼굴에서 피와 땀이 줄줄 흐르고 있었다. 험악하게 일그러진 그 얼굴을 똑바로 볼 수 없었다. 비록 어느 것 하나 만만하게 넘어가는 일이 없기는 했지만 그래도 아내를 향해 총구를 겨눌 만큼 모진 사람은 아니었다. 적어도 경희가 알기로는. 그러나 지금 그는 자신의 아내를 향해 총구를 겨누고 있는 것이다.

"총 내려놔!"

성호가 낮게 소리쳤다.

그러나 남편은 듣는 시늉도 하지 않았다.

"네가 저 여자 대신 총을 맞아준다고 하면 저 여잘 살려주지. 흐흐 괜찮은 조건 아냐?"

"이자식이!"

그는 굳은 채로 남편을 노려보고 있었다. 핏발이 선 눈은 금방이라도 터질 것만 같았다.

"내 눈에는 아무런 가치도 없어 보이는 저 여자를 위해서 네가 대신 총을 맞아주겠다고 하면 돼. 흐흐 정말 재미있군."

"……."

성호는 눈빛 하나 흔들리지 않은 채 그대로 서 있었다.

"내 눈에는 한 마리 벌레로밖에 안 보이는 저 여자를 위해 네 목숨을 기꺼이 내놓는다면 저 여자 가치가 좀 높아지겠지?"

입을 열어 뭐라 말하고 싶었지만, 제발 그만 두라고 애원하고 싶었지만 마음과 달리 얼어버린 몸뚱아리는 그 자리에서 꼼짝도 하질 않았다. 손가락 하나 움직일 기운이 없었다.

"너는 저 여자가 퍽 대단해 보이겠지? 그래서 네 목숨을 버려서라도 저 여잘 살리고 싶을 테지? 넌 원래부터 저 여자한테 눈독을 들이고 있었으니까. 안 그래?"

"……."

"지금 생각해 보니 내가 기를 쓰고 저 여잘 붙잡은 이유가 따로 있었어. 너란 놈이 챙기는 것이 싫었던 거다. 후훗, 내가 보기엔 너란 놈은 나보다 가진 것이 훨씬 더 많아 보였거든. 다른 놈이 저 여잘 챙기고 싶어했다면 난 기꺼이 포기했을 거다. 그런데 하필이면 너였어. 그래서 포기하기 싫었던 거다."

남편은 정신이 나가 있었다. 하지만 성호는 그 말이 끝나기 무섭게 성큼 걸어나갔다. 그리고 경희를 두 팔로 막으며 그를 향해 단호하게 소리쳤다.

"쏴라!"

그는 잠바를 풀어헤치며 앞가슴을 내밀었다.

"이러지 말아요, 제발!"

경희는 미친 듯이 남편을 향해 달려들었다.

"저리 비켜!"

남편이 거칠게 경희를 밀었다. 그와 동시에 철커덕, 무서운 소리가 귀를 울렸다.

"왜들 이래요!"

죽을 힘을 다해 달려들며 성호 앞을 가로막았다.

그리고 그 순간이었다. 으악! 단말마의 비명 소리가 귀청을 찢었다.

노란색 코트 차림의 여자가 현관을 들어서다 말고 비명을 지르며 허겁지겁 문밖으로 달아나고 있었다.

7

인간은 한 마리 벌레에 불과했다. 세상의 일이란 질긴 거미줄이었다. 그래서 이미 짜여진 거미줄에 언젠가 걸려들면 그것으로 그만이었다. 그 질긴 거미줄에 돌돌 말아져 하나의 화석이 되고 말았다.

경희가 보기에 남편은 이제 사람이 아니었다. 그는 욕정에 사로잡힌 한 마리 짐승에 불과했다.

"바로 말해! 똑바로 말하란 말야! 그 자식하고 언제부터 놀아났어!"

남편은 함부로 주먹을 휘두르며 악을 썼다. 그의 억센 주먹이 명치끝을 거세게 후려치는 순간 경희는 그 자리에 고꾸라지고 말았다. 그러나 이를 악물고 신음 소리를 참아냈다.

"언제부터 그 자식하고 놀아났는지 말하기 싫다 이거지? 그런 년이 무슨 자격으로 나한테 이래라 저래라 말하는 거야! 자, 어서 그 자식을 불러보시지. 네년 위해서라면 목숨이라도 내놓겠다는 그 자식을 불러보란 말야! 어서!”

남편이 넘어져 있는 경희를 거칠게 잡아 일으켰다. 그의 거친 손 끝에 이끌리면서 경희는 무서운 눈으로 남편을 노려보았다.

“이년이 어딜 노려봐! 무슨 자격으로 노려보는 거야!”

경희는 다시 그의 발길질에 속수무책으로 무너지고 말았다. 그러나 신음 소리 한 마디 내지 않았다. 그래서는 안 될 것 같았다. 만약 그런다면 그 다음은 죽음밖에 없을 것만 같았다.

“똥 묻은 개가 겨 묻은 개 나무란다더니, 네년이 그 짝이야! 어디서 강짜를 부리는 거야!”

다시 주먹이 날았다.

“자, 할 말이 있으면 고개 쳐들고 해보시지. 그 주변머리로 할 말도 없을 테지만 한번 변명이라도 해보란 말야! 그래야 네년이 원하는 대로 이혼을 해주든가 말든가 할 것 아냐! 흥, 그 자식은 내 재산을 노리고 네년한테 접근했겠지? 이혼하면 위자료라도 톡톡히 받을 줄 알고. 흥, 어림없지. 그 자식은 가난하게 살았던 자식이라 돈이라면 남 항문이라도 핥을 자식이지. 그런 자식이 돈 많은 친구 마누라 건드는 거야 식은 죽 먹기 아니겠어?”

그는 미쳐 있었다. 미쳤기 때문에 둘도 없는 친구를 저렇게 모독하고 아내를 함부로 폭행하고 있는 것이다.

다시 주먹이 날았다. 그러나 경희는 이를 악물고 참아냈다. 고개를 들어 그를 본다면, 그래서는 안 될 것 같았다.

사람이 사람을 죽일 수 있는 상황은 순식간일 수 있다는 것을 경희는 느끼고 있었다. 자신도 모르게 언뜻언뜻 부엌의 칼을 떠올리고 있는 자신을 볼 때마다 경희는 이를 악물었다.

“그렇게 죽은 듯이 맞아준다고 내 화가 풀릴 것 같애! 그런다고 네년 불륜을 덮어줄 수 있을 것 같애! 흥, 혼자 고고한 척하기는. 자, 다 들어줄 테니까 그 자식하고 어떻게 놀아났는지 불어보시지. 여관은 몇 번이나 들락거렸지? 호텔까지는 못 갔을 것이고, 저번에 차바퀴에 흙이 잔뜩 묻어 있던데, 어디 깊은 산속에 있는 모텔이라도 다녀오셨던 모양이지?"

"……"

"그 여잔 네년보다는 깨끗해. 그래도 나밖에 사랑할 줄 모르니까. 네년은 양 탈을 쓰고 이리 노릇을 하고 있어. 어딜 쳐들어와서 행패를 부리는 거야! 그 여자가 누구라고 함부로 건드리냐고!"

"……"

그 아파트에서 나와 무슨 정신으로 집으로 돌아왔는지 기억에 없었다. 하지만 집에 도착해 현관을 들어선 순간, 경희는 너무도 놀라 그 자리에 굳어버리고 말았다.

더러운 흙이 잔뜩 엉겨붙은 남자 구두가 놓여 있었던 것이다.

남편은 거실에 장승처럼 버티고 선 채 무서운 눈으로 경희를 노려보고 있었다.

"그 자식은 어디로 갔지? 같이 들어와서 나 대신 네년 어깨라도 주물러줄 줄 알았더니 눈치 빠르게 도망이라도 친 거야?"

"……"

인간이기를 포기하고 함부로 나오는 사람 앞에서 무슨 말을 할 수 있으랴, 경희는 굳은 채로 남편을 쳐다보았을 따름이었다.

어디서 쏟아진 걸까, 바닥에 피가 흥건했다.

"자, 그 자식을 불러! 그 자식을 불러서 삼자 대면하고 담판을 짓는 거야."

그는 무선 전화기를 경희 앞으로 내밀었다. 그리고 은근한 목소리로 경희 귀에 대고 속삭였다.

"자, 전화를 걸어서 사랑하는 성호 씨, 나 좀 살려주세요. 내 남편이 당신하고 불륜을 다 알아버려서 저를 지금 혹독하게 매질하고 있어요."

"……."

"당신이 얼른 와서 나를 구해줘야 살 수 있어요. 저 인간 손에 죽게 내버려두지 마세요."

"……."

경희는 미동도 하지 않고 뚝뚝 떨어지는 핏물을 내려다보았다. 이렇게 한방울 한방울 온몸의 피를 다 쏟아내고 그대로 죽는다 해도 억울할 것은 없었다. 오히려 그럴 수 있기를 바랐다. 그래서 오늘의 이 핏물이 날벼린 칼이 되어 저 사람의 가슴을 평생 난도질하기를 원했다.

"그 자식이 달려오면 원하는 대로 다 해줄 수 있어. 지지리 고생만 한 당신한테 선물 하나 제대로 안겨 줄 수 있다 이거야. 당신이나 그 자식이 원하는 건 이혼 아니겠어? 그렇지? 그 선물을 주겠다 이거야. 대신 위자료는 한 푼도 줄 수 없지. 그건 당신도 인정해야 할 거야. 그렇지?"

"……."

악마가 경희 귀에 대고 속삭이고 있었다. 평화스러운 가정을 파괴하기 위해 남편의 얼굴을 빌려 경희 앞에 나타난 악마였다 .

이미 그의 의식 속의 각본은 완벽하게 짜여져 있었다. 경희는 불륜을 저질렀고, 그래서 이혼을 해야만 하는 것이다. 그리고 자신은 그 여자를 진심으로 사랑하고 있기 때문에 그 여자를 선택해야 하는 것이다.

그는 법을 전공한 사람이었다. 도덕, 윤리가 누구보다 크게 족쇄가 되는 사람이었다. 그런 사람이 아내가 아닌 다른 여자를 사

랑하게 되었다면 어떤 방법으로든 자신의 부도덕을 합리화시켜야
만 마음을 놓을 수 있었다. 세상의 손가락질로부터가 아니라 바로
자기 자신으로부터.

"내가 이 정도로 선심을 써주는데도 모자란다 이거야!"

다시 그의 목소리가 날카로워졌다. 그리고 거센 발길이 경희의
옆구리를 향해 날아왔다. 경희는 피 묻은 손으로 전화기를 집어들
었다. 그리고 고개를 들고 남편을 노려보았다. 그리고 그 전화기
를 벽쪽으로 힘껏 집어던졌다.

쨍그랑! 요란한 소리가 벽으로부터 들려왔다. 그리고 남편이 아
끼는 그림 액자 유리가 거실로 떨어졌다.

경희는 남편을 향해 전화기를 던지지 않았다. 어떤 식으로든 그
의 덫을 피하려면 그래서는 안 되었다. 하지만 이런 상황을 계속
둔다면 그는 경희를 죽이고도 남을 사람이었다.

그리고 경희를 더 두렵게 하는 것은 아이들이었다. 아이들이 불
쑥 들어오기라도 한다면 큰일이었다. 그러기 전에 이 사태를 수습
할 수 있어야 했다.

"아쭈! 이제 지렁이도 밟으면 꿈틀거린다는 것을 보여주겠다?
좋지, 좋아. 이왕 시작한 김에 이것도 깨고 저것도 깨 보시지?"

그는 진열장 위에 놓여 있는 도자기를 양손에 집어들었다. 그리
고 그것을 경희를 향해 냅다 던졌다. 도자기는 경희 몸을 때리고
바닥으로 떨어지면서 박살이 났다. 어깨가 으스러지는 것 같았다.

"계집년이 어디다 대고 행패야, 행패가! 죽었소, 해도 살려줄까
말까 하는 판에 어딜 살림살이를 깨부셔. 배워먹지 못한 년 같으
니라고. 네년하고 결혼한 건 내 일생 일대 가장 큰 실수였다는 건
인정한다. 우리 어머니가 한 말씀이 있었지. 근본없고 배운 것 없
는 집구석 딸년은 두고두고 애물단지밖에 안 된다고."

이제는 기운이 탈진되어 숨을 쉬는 것도 힘겨웠다. 하지만 경희는 엉금엉금 기어가 덜 깨진 도자기를 집어들고 다시 패대기를 쳤다.

악마로 변해버린 남편한테 해줄 수 있는 유일한 대항이었다. 요란한 소리가 나면서 도자기는 잘게 부서졌다. 그와 동시에 남편의 발길이 다시 옆구리를 향해 날아왔다.

경희는 옆으로 쓰러지면서 어떤 문소리를 들었고, 그리고 커다랗게 내지르는 비명 소리를 들었다. 여자의 비명이었다. 그 아파트에서 들었던 그 소리와 닮은 소리.

8

　살면서 인간이 인간을 용서할 수 없는 상황을 과연 몇 번이나 맞닥뜨릴까. 그것도 자식이 부모를 용서할 수 없을 때, 그 자식은 어떤 심정이 될까.

　그랬다, 어머니, 아버지는 이미 자식들이 용서할 수 없는 사람들로 돌변해 있었다.

　"우리 엄마, 아버지가 어떻게 저렇게 변할 수 있지? 믿어지질 않아."

　규리는 형편없이 망가진 어머니 몰골을 보면서 신음처럼 그렇게 중얼거렸다. 그 애는 아직도 충격에서 벗어나지 못하고 있는 듯했다.

　"사람이 아니었어. 아버지는 짐승처럼 길길이 날뛰고 엄마는 힘없는 벌레처럼 그 발밑에 으깨져 있고. 아, 정말 끔찍했어."

　짐승과 한 마리 벌레로 변해버린 부모의 모습을 눈앞에서 보아버린 규리의 눈빛에서는 분노와 절망감이 핏물처럼 뚝뚝 흘렀다.

규리 말대로 어머니는 벌레처럼 으깨진 몰골이었다.

아버지는 없었다. 말하지 않아도 모든 것을 알 수 있었다. 아버지는 의도적으로 어머니가 당신의 불륜을 눈치챌 날을 기다리고 있었던 사람이었다. 꼬리가 길면 밟힌다는 식이 아니라 아예 꼬리를 늘어뜨려놓고 어머니가 그 꼬리를 밟아주길 기다린 사람이었다.

그래서 그 꼬리에 꿀 섞은 독을 묻혀놓고 어머니가 한입에 삼키기를 기다린 것이다.

"정말 아버지가 딴 여자를 사귀는 거야? 오빠는 믿을 수 있어? 나는 내가 꿈을 꾸는 것 같애."

규리가 슬픈 목소리로 중얼거렸다. 호진은 될 수 있으면 규리의 얼굴을 보지 않으려고 애를 썼다.

핸드폰이 울려 전화를 받았을 때 규리는 겁에 질린 음성으로 오빠, 부르고는 엉엉 소리내어 울어버렸다.

집에 도착했을 때 규리는 사색이 되어 현관 앞에 쪼그리고 앉아 있었다.

"오빠……."

규리는 호진을 보자 퉁퉁 부은 얼굴로 호진을 껴안았다. 아직도 떨고 있었다.

"……."

호진은 규리를 가만히 안고 다독거려 주었다.

"아버지가 엄마를 너무 많이 때렸어. 아버진 사람이 아니었어……."

"……."

말없이 집안을 치우고 있던 호연이 잠깐 이쪽을 보았지만, 무표정이었다.

집안은 아직도 난장판이었다. 깨진 화분이 소파 밑에서 나뒹굴고 있었고 흙이 잔뜩 흩어져 있었다. 그리고 거실 바닥에는 깨진 도자기와 함께 핏물이 엉겨 붙어 있었다.

"어떻게 그럴 수가 있을까. 엄마를 짐승처럼 짓밟으면서 소리치는 거야. 죽으라고."

"……."

규리는 흐느끼면서 말을 이었다.

"아버지 왜 그러신 거야? 왜 갑자기 그렇게 마귀처럼 변한 거야?"

"……."

"엄마를 그렇게 때려야 하는 이유가 뭔지 오빠는 알고 있어?"

"……."

여자 때문일 것이다. 말끝마다 아버지를 파라오라고 부르던 그 여자 때문일 것이다. 누가 말해 주지 않아도 아버지와 어머니 사이에는 그 여자가 버티고 있다는 것을 호진은 직감으로 알았다.

호진이 아버지의 여자를 본 것은 얼마 전이었다.

오랜만에 친구를 만나 한잔 하고 있을 때 아주 낯익은 웃음 소리가 바로 뒤에서 들려왔던 것이다. 이상한 예감이 들었지만 선뜻 고개를 돌리지 못했다. 여자 목소리 때문이었다.

"파라오가 그랬잖아. 나는 잘 모르겠는데 파라오가 그렇다고 하면 무조건 그런 것 같더라. 파라오 말은 모두 진실이니까."

그 여자는 말끝마다 파라오라는 호칭을 썼다. 나긋나긋해서 어떤 남자라도 녹일 것 같은 간드러지는 여자의 음성이었다. 그리고 허허허, 목젖을 열어젖히고 웃는 듯한 웃음 소리를 들었다.

호진은 그 웃음 소리를 아주 정확히 기억할 수 있었다. 아주 어렸을 적 자주 들었던 웃음 소리였다. 삼남매와 씨름을 하며 일부러 넘어지면서 목젖을 열어젖히고 허허허, 웃음을 터뜨리던 그 소리.

어른이 된 후로 까맣게 잊고 있었던 웃음 소리이지만 아주 긴 세월을 헤어져 살다 만나더라도 그 웃음 소리만으로도 아버지를 알아 볼 수 있을 것 같은 그런 웃음 소리였다.

화장실에 가는 척하고 기둥 뒤에 서서 살펴보았을 때, 아버지는 등을 돌린 채 여자가 집어주는 안주를 받아먹고 있는 중이었다.

여자는 아무리 보아도 호진 자신 또래로밖에 보이지 않았다.

아버지가 낯선 여자와 술을 마시고 있다는 사실이 놀라운 것이 아니라, 여자가 집어주는 안주를 거부감없이 받아먹고 있는 모습이 더 놀라웠다. 아버지는 안주를 받아먹고 장난스럽게 여자의 볼을 톡 치는 시늉을 해 보였다.

"맙소사!"

호진은 그런 아버지를 보면서 자신도 모르게 신음 소리를 내뱉으며 고개를 돌려 버리고 말았다.

아버지는 늘 권위적이었고, 원칙적이었고, 거대한 바위였다. 어려서는 씨름도 같이 해주고, 축구도 같이 해주었지만 다른 아버지와 다른 그 무엇 때문에 늘 한 걸음 정도 떨어져서 바라볼 수밖에 없는 사람이었다. 아버지한테 반항하기 위해서 뭐든 반대로 하기 시작했어도 호진에게 아버지는 그래도 거역할 수 없는 힘이었다.

그렇지만 아버지는 지금 자식 같은 여자와 즐겁게 이야기를 하며 남의 시선은 아랑곳하지 않고 있는 것이다. 세상에 널리고 널린 천박한 남자들처럼.

친구에게 인사 한 마디 남기지 않고 그 집을 나와 아주 오랫동안 거리를 배회했다. 그리고 아버지를 아주 여러 날 보지 못했다는 것을 깨달은 것은 훨씬 나중의 일이었다.

삼남매 모두에게 아버지는 늘 바쁜 사람일 뿐이었다. 그렇기 때문에 오랫동안 얼굴을 보지 못한다 해도 그다지 이상한 일이 아니었다.

고등학교 다닐 때였을 것이다. 준비물이 없어서 집으로 전화를 했는데, 어떤 낯선 남자가 전화를 받았다. 잘못 걸린 줄 알고 그냥 전화를 끊고 다시 번호를 돌렸다. 하지만 여전히 여보세요, 하고 튀어나온 음성은 낯선 남자였다.

그날 집으로 돌아와서야 그 낯선 남자가 바로 아버지였다는 것을 알았다. 그만큼 아버지의 음성 한번 제대로 들을 기회가 없었던 것이다.

뭔가 큰 잘못을 하고 사는 것 같아 아침에 일어나면 항상 아버지는요? 하고 묻고는 했다. 그럴 때마다 어머니는 늘 같은 대답을 하셨다.

"일찍 회의가 있다고 서둘러 나가셨다. 좀 일찍 일어나서 배웅이라도 해드리지 그러니?"

그래서 그런 줄로만 알았었다.

"죄송해요. 내일부터는 조심할게요."

그렇게 대답했던 것은 맏자식 도리를 못하고 있다는 죄스러움 때문이 아니었다. 뭔가 모르게 느껴지는 조짐 때문이었다. 집안에서 아버지의 자리가 점점 사라지고 있다는 그런 느낌, 어쩌면 어머니 곁에서 아버지의 그림자가 점점 희미해져 가고 있다는 그런 불길함이었을 것이다.

그 예감은 낯선 여자와 다정하게 술을 마시고 있는 아버지 모습을 보면서 확실해졌고, 그 뒤 호진이 할 수 있는 일이란 아무것도 없었다. 그렇다고 아버지를 찾아가 가슴을 탁 터놓고 이야기할 만큼 아버진 만만한 사람이 아니었다. 그 앞에 서면 어떤 사람도 개미만큼 작아질 수밖에 없었다.

어머니가 평생 할머니와 아버지 앞에서 개미처럼 작아 보일 수밖에 없는 까닭을 호진은 이제서야 이해할 수 있었다. 아버지는 한 마리 거대한 호랑이였다.

그 큰 몸집의 호랑이 앞에서 어느 누구도 작아질 수밖에 도리가 없었으리라. 특히 할머니한테 하인처럼 시달리며 사는 어머니는 더더욱 그러했다.

그렇지만 낯선 여자 앞에 앉아 안주를 받아먹는 아버지는 이제 호랑이가 아니었다. 천박한 한 사내에 불과했다.

호진이 여기저기 수소문을 해서 알아 본 것은 너무도 처참한 것들뿐이었다.

아버지와 그 여자. 아버지는 이미 그 여자를 위해 많은 것을 준비해둔 상태였다. 집, 자동차, 피아노, 냉장고, 대형 텔레비전……. 모두 그 여자를 위해 아버지가 산 물건들이었다.

호진은 두 사람이 나란히 자동차를 타고 가는 모습을 보거나 팔짱을 끼고 걸어가는 것을 본 뒤, 고개를 들어 앞을 바라보지 않았다. 눈만 들면 그 두 사람이 다시금 눈앞으로 나타날 것만 같았던 것이다. 그리고 그런 남자의 자식으로 태어난 자신이 저주스러울 지경이었다.

어떤 방법으로든 손을 써야만 한다는 것쯤은 알고 있었다. 그러나 아무 능력이 없었다. 어머니, 두 동생 앞에서 호진은 때때로 넋을 잃어야 했고, 무능할 수밖에 없는 자신이 한심스럽기만 했다.

미리 손을 썼다 해도 오늘의 일을 막을 수는 없었을 것이다. 아버지의 행동은 이미 곪은 고름이었다. 그 고름 주머니는 터지는 것밖에는 도리가 없었다.

한번도 부모님이 행복하게 산다고 여긴 적은 없었다. 특히 어머니가 그랬다. 아직도 할머니는 어머니를 며느리로 생각하기보다는 일 잘하는 하녀 정도로밖에 취급하지 않았다.

호진이 보는 고부간이란 그런 것이 아니었다. 그만큼 세월이 흘렀으면 미운정 고운정이란 게 생겨나게 마련이다. 하지만 할머니는 아니었다. 어머니가 가면 멀쩡한 커튼이며 이불, 하다못해 그 큰 카펫까지 손빨래를 시키는 분이셨다.

아버지 또한 다를 바 없었다. 자라는 동안 호진은 한번도 아버지가 어머니한테 살갑게 구는 모습을 본 적이 없었다. 아직도 어머니는 아버지 앞에 앉으면 왜 그래야 하는지 이해할 수 없을 정도로 조심스럽게 굴었다. 제아무리 신경을 써서 반찬을 했어도 젓가락 한번 대지 않는 남편한테 투정도 부릴 줄 모르는 사람이었다. 어머니는 체질적으로 하인 근성이 몸에 밴 사람이었다.

"나는 엄마를 보면 결혼하겠다는 생각이 눈곱만큼도 안 들어. 우리 엄마는 마치 인간이길 포기하고 시집 식구와 남편한테 벌레처럼 살자고 태어난 사람 같애."

언젠가 규리가 그렇게 종알거렸다.

호진은 이제 서른 하나가 되었고, 쌍둥이 호연과 규리는 서른 살이 되었다. 하지만 삼남매 모두 결혼에 대해서는 무관심한 편이었다.

규리는 물론이고 호연도 연애에 아예 관심조차 없었다.

"그깟 결혼을 뭐하러 해. 지지고 볶으면서 살 바엔 아예 혼자 살고 말지. 나는 절대로 결혼 안해. 능력 생기면 독립해서 혼자 살 거야."

어려서부터 규리가 간혹 그런 말을 해도 어머니는 나무라지 않

144

았다.

"갈 때 되면 가지 말라고 해도 갈 걸 뭐. 엄마도 시집 간다는 말 한 번도 안했다. 그래도 아버지랑 결혼해서 잘만 살잖니."

그런 말을 할 때 어머니 표정을 바라볼 수가 없었다. 어머니가 거짓말을 하거나 마음에 없는 말을 하고 있다는 생각은 들지 않았지만 과연 아버지와 행복한가, 하는 의문은 어쩔 수가 없었다.

아주 오래 전의 일이었다. 할머니의 실크 한복을 잘못 다뤄 망쳐놨다며 어머니가 심하게 당한 적이 있었다.

"너는 배운 건 없어도 눈치코치는 있을 것 아니니? 아니, 이런 부드러운 실크 옷에 락스를 흘리면 어쩌라는 말이냐? 네가 얼마나 나를 업신여기면 이 따위로 해 놔!"

학교에서 돌아와 우연히 보게 된 광경이었다. 어머니는 벌레처럼 벌벌 떨며 잘못했다고 빌고 있었고, 할머니는 그런 어머니 앞에서 망가진 실크 한복을 가위로 갈갈이 찢어버렸다.

"네 원대로 갈갈이 찢어주마. 내 몸뚱이를 이렇게 갈갈이 찢어 놔야 네 직성이 풀리겠지만 산 목숨 그럴 수도 없고, 이렇게라도 네 만족을 채워줘야 할 게 아니냐? 이렇게라도 해야 네가 이 시에미 갈갈이 찢어서 죽이는 짓은 안할 거 아니냐?"

"잘못했어요, 어머니. 다시는 이런 실수 안할 테니까 한 번만 용서해 주세요. 다시는, 다시는 어머니 옷 망가뜨리지 않겠습니다."

우악스럽게 가위질을 해대는 할머니 앞에서 어머니는 무릎을 꿇고 두 손을 싹싹 비벼대고 있었다.

문 뒤에 숨어 몰래 본 그날의 광경은 지금까지 호진의 마음속에 멍에처럼 담겨져 있었다.

그날 또 무슨 일이 있었던가. 할머니는 맨발로 뛰어나가며 기차에 깔려 죽겠다고 난리를 피워댔다. 망가뜨린 실크 한복 한 벌 때문에 기차에 깔려 죽을 만큼 할머니는 약한 사람이 아니었다. 어떤 방법으로든 어머니를 괴롭히는 것이 목적일 뿐이었다.

"어머니, 잘못했어요. 제발 그러지 마세요. 어머니가 이러시면 제가 어떻게 살아요. 제발 한 번만 용서해주세요, 어머니……."

어머니는 할머니 손에 떠밀려 저만큼 나가떨어지면서도 기를 쓰고 매달렸다. 처참한 몰골이었다.

할머니는 절대 기차역 쪽으로 가지 않을 것이다. 그걸 어머니가 모를 리가 없었다. 그러나 당장이라도 할머니가 기차 바퀴에 깔려 죽을 것처럼 어머니는 사생결단으로 말리고 있었다. 헝클어진 머리카락, 찢어진 옷, 눈물 범벅이 된 얼굴, 그날 호진은 어머니 얼굴을 스케치북에 그려놓고 칼로 북북 그어 버렸다.

증오였다. 아무 데도 갈 데가 없던 라스콜리니코프가 왜 벌레 같은 노파를 죽일 수밖에 없었는지, 그 순간 너무도 잘 이해할 수 있었다.

그 뒤로도 할머니는 뭔가 마음에 안 드는 일이 있으면 집으로 쫓아오거나 어머니를 당장 불러들여 들볶으셨다.

"시에미를 얼마나 우습게 봤으면 밥 주발을 깨뜨려! 옛날 같으면 당장 쫓겨날 일이야! 어른 그림자도 안 밟는다는데 네 친정 어머니는 널 어떻게 교육시켰길래 시어머니 주발 이빨을 다 빼게 하냐! 내 이빨 뭉텅 빼버리고 싶어 그렇게 한 거냐?"

"아무리 죽이고 싶게 미워도 어떻게 시에미 속옷을 태워! 일하기 싫으면 좋게 하질 말 것이지 왜 멀쩡한 속옷을 태워! 시에미 송장 되면 옷 태워 없앨 일 미리 연습하는 거냐?"

"너 엊그제 내가 네 집 다녀오고 나서 나 나가기 무섭게 마루 쓸고 닦았다면서. 아니, 네 눈에는 내가 얻어먹으러 간 거지로 보이냐, 아니면 귀신으로 보인 거냐?"

그런 식이었다. 어머니의 시집살이는 그렇게 항상 준비되어 있는 것이었고, 어머니는 할머니 앞에서 무조건 잘못했다며 비는 방법밖에 없었다.

"잘못했어요, 어머니. 제가 잘못했어요, 어머니……."

잘못을 비는 어머니 목소리를 들을 때마다 호진은 손으로 귀를 틀어막고는 했다. 어머니는 사람이 아니었다. 힘없고 나약한 한 마리 벌레에 불과해 보였다. 자식 앞에서 그런 모습을 보인다는 것이 얼마나 크나큰 죄악인지 몰랐을까.

자식들에게 부모란 바로 종교였다. 살아 있는 신이어야 했다. 자식들에게는, 어려서 부모의 사랑에 굶주린 자는 죽는 날까지 사랑을 목말라하는 것은 당연한 이치였다.

호진은 호연이 왜 집보다는 성당에 가 있기를 좋아하고, 성당의 일이라면 물불을 안 가리고 매달리는지 너무도 잘 이해할 수 있었다. 그 애는 누가 말해주지 않았는데도 혼자서 성당을 다니기 시작하고, 복사를 힘들다는 말 한 마디 없이 몇 년 간 해냈다. 모두 부모님 때문이었다. 그 애는 부모에게 찾을 수 없는 그 무엇을 종교에서 찾으려 했을 것이다.

호진을 더 놀라게 했던 것은 할머니의 변신이었다. 할머니는 어머니와 그런 실랑이를 벌이는 시간을 정확히 따질 줄 알았다. 가족이 모두 집을 비웠을 때 아니면 절대 시작하지 않았다.

한바탕 소란을 피우다가도 식구 누군가 들어오는 기척이 들리면 언제 그랬냐는 듯 표정이 바뀌었다.

"얘, 규리 덥겠다. 어서 수박 화채 좀 해와라. 나도 좀 얻어먹어 보자."

"호연이는 수녀님이라도 꼬셔 놓은 거냐? 학교 끝났으면 집으로 먼저 오지 않고 왜 꼭 성당엘 들렀다 오는 거냐. 네 엄마가 얼마나 기다렸는데."

"우리 호진이는 커갈수록 할아버지를 닮아가는구나. 겅중겅중 걷는 걸음새까지 닮았어."

얼굴에 함박웃음을 머금고 무슨 말인가 건네오는 할머니 모습은 너무도 인자해 보이기만 했다.

하지만 삼남매 모두 눈치가 빤했다. 수심이 가득한 어머니 얼굴을 볼 때마다 할머니를 향해 눈화살을 무섭게 날리고는 했다. 하지만 노골적으로 할머니를 미워하는 일은 엄두도 내질 못했다. 누가 말해주지 않아도 할머니를 미워한다는 것은 바로 어머니를 또 한 번 괴롭히는 것밖에 되지 못한다는 것을 알고 있었던 것이다.

하지만 간혹 규리는 자신의 감정을 노골적으로 표현하기도 했다. 멀쩡하게 놀다가도 할머니 기척만 들리면 후닥닥 이불을 둘러쓰고 자는 척하기 일쑤였다. 어느 때는 할머니 사진을 오려 붙이고 머리카락이며 복장을 마녀로 그려놓기도 했다.

"나는 할머니가 엄마 들볶을 때는 할머니가 미운 것이 아니라 엄마가 미워 죽겠어. 지렁이도 밟으면 꿈틀한다는데 우리 엄마는 그런 것도 할 줄 모르는 사람 같애. 요즘 세상에 왜 그렇게 살아야 하지? 그게 어른에 대한 복종이야? 그게 효도라고 생각하는 거야?"

규리는 어머니가 지렁이만도 못한 사람이라는 말을 입에 담지 않았을 뿐이었다.

아버지가 그런 상황들을 눈치채지 못했을 것 같지는 않았다. 하지만 자라는 동안 호진은 한번도 아버지와 어머니가 할머니 때문에 언쟁을 벌인 모습을 본 적이 없었다.

"뭐든 지나가는 과정이라는 것이 있게 마련이란다. 할머니하고 엄마가 사는 방법이 너희들하고 다를 뿐이야. 그걸 너희들 잣대로 옳다 그르다 한다는 것은 있을 수 없어."

어머니는 어쩌다 삼남매 중 누군가 왜 죽어 사느냐고 따지면 그렇게 대답하고는 했다. 어머니는 참고 견디다 보면 당신 삶에도 활짝 꽃이 피어날 줄 알았을까.

어쩌면 어머니는 할머니가 언젠가는 당신 마음을 이해해줄 날이 오리라고 믿었을 것이다.

그 믿음이 맞았을까. 요즘 할머니는 많이 변해 있는 편이긴 했다. 무슨 일이 있으면 어머니부터 찾는 버릇은 여전했지만 나이 탓인지 예전처럼 억지 소리를 하는 횟수는 점점 줄어들고 있었다. 어느 때는 나란히 시장에서 돌아오는 모습을 보면 정말 많이 변했구나, 그런 생각이 절로 들고는 했다.

그렇게 할머니의 시집살이가 끝나고, 이제는 아버지였다. 마치 기다리기라도 했던 것처럼 아버지는 다른 여자를 사랑하기 시작한 것이다.

사랑, 그 교과서적인 말이 얼마나 많은 사람들에게 부정적인 이미지를 심어 놓았는지 호진은 너무도 잘 알고 있었다. 사랑은 절대 사람들 입으로 오르내릴 수 있는 것이 아니었다. 사랑의 시작과 끝은 너무도 달랐기 때문에 그것을 섣불리 입에 올린다는 것이 얼마나 억지스러운 일인지 어른이 되어갈수록 느낄 수 있었던 것이다.

"왜 그렇게 매사를 부정적으로만 생각하지? 그래야만 직성이 풀려?"

언젠가 숙경이 호진에게 물었던 말이었다.

그래, 세상이란 긍정적으로 생각하면서 방심하고 있으면 어느 방향에서 화살이 날아올지 모르는 치열한 싸움터였다. 어떤 상황이든 눈 부릅뜨고 지켜보아야만 그나마 살아날 수 있는 것이 세상이었다.

어머니 때문에 선한 것이 얼마나 속수무책으로 당해야 하는 세상인지를 배웠고, 아버지 때문에 약한 상대에 대해 쓸데없는 동정은 오히려 독이 될 수밖에 없다는 것도 배웠다.

숙경은 어머니와 너무도 닮은 점이 많은 여자였다. 그다지 크지 않은 키에 커다란 눈, 그리고 약간 마른 몸피까지. 어머니보다 활달한 면만 뺀다면 성격도 닮은 구석이 많았다.

그녀는 같이 식사를 해야 될 경우 절대 "나 뭐 먹고 싶어" 하는 주장을 먼저 편 적이 없었다.

"우리 뭐 먹을까?"

그런 식이었다. 그리고 호진이 먹고 싶다는 것을 대면 절대 싫다는 말을 하지 않았다. 설령 그 음식이 싫은 것이라도 절대 반대하지 않았다.

"나도 그게 먹고 싶던 참이야."

그렇게 대답하고는 했다.

그녀는 보신탕을 먹을 줄 몰랐다. 하지만 호진이 실험삼아 "우리 보신탕 먹으러 갈까?" 하고 말하면 "좋아. 나도 그게 먹고 싶다는 생각을 했던 중이야." 그런 식이었다.

그런 숙경을 보면 할머니, 아버지 앞에서 그리고 자식 앞에서 당신 주장은 한 번도 편 적이 없었던 어머니 망령을 다시 보는 듯만 싶어 호진은 혼자 진저리를 치고는 했다.

그런 그녀에게 호진은 아무것도 해줄 수가 없었다. 자상한 말 한 마디, 따뜻한 손길 하나 줄 수가 없었다. 늘 무뚝뚝하고 늘 화가 난 표정을 짓고 늘 짜증을 부렸다. 그러나 그녀는 그런 그에게 왜 그러냐고, 왜 남들처럼 다정하게 못 대해주냐고 따질 줄을 몰

랐다. 애초부터 막 굴어대는 호진에게 길들여진 여자처럼 너그러
울 뿐이었다.

"너는 자존심도 없니? 화도 안 나?"

언젠가 술에 취해 그렇게 물었을 때, 그녀는 한동안 말간 표정
으로 호진의 눈속을 들여다보았다. 정말 한 마디 말도 없이. 왜
그 눈길을 똑바로 바라볼 수 없었는지 모르겠다. 허겁지겁 고개를
돌린 것은 호진 자신이었다. 그 눈 속이 너무도 슬퍼 보였기 때문
이었으리라. 엉뚱하게도 할머니, 외할머니, 어머니까지 떠올리게
하는 눈 속이었다. 지독한 악령이 윗세대를 걸쳐 숙경으로까지 들
씌워지고 있는 것만 같아 진저리가 쳐졌다.

그런데 왜 그녀 곁을 못 떠나는가. 호진은 혼자 물었다. 아니,
반대로 물어야 옳을 것이다. 그녀는 왜 막 굴어대는 호진 곁에서
한 발짝도 못 떠나는가.

"그래, 나는 호진 씨가 곁에 있는 한 아무것도 할 수 없어. 그
렇다고 호진 씨 곁을 떠날 자신은 더더욱 없고. 그럼 한가지 방법
밖에 없어. 호진 씨가 날 떠나는 거야."

그녀가 한 말이었다. 하지만 그 말은 숙경 그녀가 할 말이 아니
라 호진 자신이 해야 될 말이었다. 이상하게도 그녀 곁에서 떠나
산다는 사실이 실감나지 않았던 것이다. 마치 어머니가 그런 고문
같은 삶을 살면서도 영원히 아버지 곁에 머물 수밖에 없다고 여기
듯이, 자신도 영원히 그녀 곁에 머물 수밖에 없을 듯만 싶었다.

그러나 이제는 모든 것이 분명해졌다. 더는 가엾은 어머니를 아
버지 폭력 앞에 내버려둘 수가 없었다. 아버지 대신 호진 자신이
어머니를 챙겨야 할 때가 된 것이다. 가엾은 어머니…….

호진은 자리에서 일어났다. 그리고 준비해뒀던 서류를 들고 안
방으로 건너갔다.

어머니는 침대에 반듯하게 누워 있다 호진의 기척을 듣고 벽을 향해 돌아누웠다.

"……."

시트 구겨진 침대 위에서 어머니 몸피는 강아지만큼 작아 보였다. 호진은 그런 어머니 모습을 보면서 할 말을 잃고 말았다.

"어머니."

호진은 목에 힘을 주었다.

"괜찮으세요?"

애써 그렇게 물었지만 목울대를 빠져나와 당장 터뜨려질 것 같은 비명을 간신히 누그러뜨려야 했다.

이런 모습을 보이는 게 자랑스러우세요!

부모는 자식한테 항상 당당해야 되는 것 모르세요!

자식을 낳아서 길러줬다고 해서 부모 할 도리 다했다고 생각하세요!

자식한테 부모님은 힘이에요, 힘! 어머니가 그렇게 비굴한 모습만 보인다면 우리들은 어디에다 어깨를 의지하고 살아야 하는 겁니까!

호진은 치밀어 오르는 분노를 삼키느라 이를 앙 물었다. 조금만 입술을 벌려도 비명이 터져나갈 것만 같았다.

가슴을 치밀고 위로 솟구치던 뜨거운 물기가 눈가로 몰려들었다. 부옇게 흐려진 눈앞으로 어머니의 작은 몸뚱이가 더 작게 줄어들고 있었다.

잇새 사이로 비릿한 냄새가 맡아졌다. 호진은 서둘러 눈가로 몰리는 뜨거운 물기를 손등으로 훔치고 어머니 곁으로 다가갔다.

"우리 삼남매 모두 찬성한 일입니다. 어머닌 이제 아버지, 자식, 그 둘 중에 하나를 선택할 때가 된 겁니다."

152

호진은 어머니 머리맡에 서류가 든 봉투를 내려놓았다.

"……."

어머니는 미동도 하지 않았다.

"이 봉투 속에 이혼 서류가 들어 있어요. 그리고, 우리 삼남매가 왜 부모님을 이혼시키고 싶어하는지, 아니, 왜 어머니를 이혼시키려 하는지 자세히 적혀 있습니다."

"……."

"어머니가 계속 이대로 사신다면, 우리는 어머니를 용서하지 않을 것입니다. 아버지가 아니라, 어머니를 용서할 수 없단 말입니다."

"……."

"단 한번만이라도, 딱 한번만이라도 어머니가 당당하게 사는 모습을, 보고 싶습니다, 어머니."

목이 메여 더 이상 말을 이을 수가 없었다.

호진은 잠깐 호흡을 가다듬고 다시 입을 열었다.

"어머닌, 우리한테 충분히 할 도리를 다하셨습니다. 아니, 우리뿐만 아니라 할머니, 아버지한테 모두 그랬습니다. 혹시라도, 어머니가 이대로 돌아가신다면 우린 너무 슬픈 어머니 모습만 기억하면서 살아야 할 겁니다. 그게 끔찍할 정도로 무섭습니다. 어머니……."

"……."

"엄마?"

호진은 눈가로 밀려드는 뜨거운 물기를 더 못 참고 신음처럼 어머니를 불렀다. 엄마, 하고.

"……."

어머니 어깨가 가볍게 떨리고 있었다. 호진은 입을 틀어막으며 울음 소리를 감추려 애를 쓰는 어머니를 한동안 바라보다가 그대로 방을 나오고 말았다.

이제는 그만 고생하시라고, 내가 편안하게 모실 테니까 제발 짐승처럼 사는 삶은 그만 두라고 말하고 싶었다. 이제 어머니를 편안하게 모실 수 있을 만큼 자랐다고.

하지만 흐르는 눈물을 주체 못하고 그곳을 나와야 했다.

바람 부는 소리가 들려왔다. 호진은 창가에 서서 눈을 부릅뜨고 창밖을 응시했다. 잠깐만이라도 눈을 감으면 아주 드넓은 사막 한가운데로 나가 떨어질 것만 같았다. 아무리 악을 써도 누구의 도움도 받을 수 없는 그런 사막.

전화 벨이 처량하게 울었다.

"아, 호진 씨네?"

툭 튀어나온 목소리는 숙경이었다.

"……"

기분이 이렇게 떡이 되어 있는데, 참 눈치도 없는 멍충이 같은 계집애였다.

"오늘 집에 놀러가기로 어머니하고 약속되어 있었거든."

그녀는 막힘없이 떠들고 있었다.

"우리집에 뭐 하러 와!"

호진은 버럭 소리를 지르고 말았다. 규리와 호연이 대충 치우기는 했지만 집안은 아직도 어수선했다. 모든 집기들이 일어서서 어슬렁거리는 것 같은 느낌이 들 정도로 널려 있었다.

그런데 그녀가 온다는 것이다.

"왜 화내?"

그녀는 여전히 맑은 음성이다. 그게 호진의 울화를 더 터뜨려 놓았다.

“왜 화를 내는지 말해 줄까?”

“……”

너무도 분명한 호진의 말투에 숙경은 아무 대꾸도 없었다.

“우리집이 지금 폭격 맞은 집 같거든. 왜냐고?.”

아버지가 바람이 나서 어머니를 죽기 살기로 때렸다는 말을 하려고 했다. 하지만 쉽게 입이 떨어지지 않았다. 그래도 부모가 아닌가. 그녀 앞에서 부모를 초라하게 만들고 싶지는 않았다. 특히 어머니를.

“무슨 일이 있는 거야?”

숙경은 다소 걱정되는 목소리로 물어왔다.

“오지 마라. 부탁이다.”

“어머니하고……”

“지금 많이 편찮으셔.”

호진은 숙경의 말허리를 자르며 빠르게 내뱉었다.

“왜?”

“알아야 하겠니?”

“나는 호진 씨 아내가 될 사람이야. 그러니까 알아도 된다고 생각해.”

내참 기가 막혀서, 호진은 기어이 치미는 울화를 참지 못한다.

“나는 너하고 결혼한다는 말 한 적 없다.”

“……”

“앞으로도 물론 하지 않을 것이고.”

“……”

“한 가지만 명심하자. 우리 이따위 말장난으로 기운 빼지 말자.”

“호진 씨!”

"그래, 너는 좋은 여자야. 나야 천하가 다 알아주는 난봉꾼 아니냐. 내가 인정할 정도로 너는 좋은 여자야. 그래서 나처럼 벌레 같은 놈이 더럽힐까 봐 겁나는 거다. 너는 너한테 어울리는 놈이 있을 거다. 나처럼 벌레 같은 놈한테 그만 좀 매달려라."

빠르게 말하고 전화를 끊어버렸다. 송수화기를 든 채로 망연자실 서 있을 그녀 모습이 떠올랐지만 호진은 전화 코드를 아예 뽑아버렸다. 귀찮을 뿐이었다.

그녀가 가까이 다가오면 다가올수록 자꾸만 도망치고 싶었다.

"엄마는?"

호연의 목소리가 뒤에서 들려왔다.

"주무신다. 어디 가니?"

큰 가방을 들고 있는 호연은 먼 데 여행을 떠나는 차림이었다.

"당분간 떠나 있으려고."

호진은 어디로 가느냐고 묻지 않았다. 집만 아니라면 어디인들 어떠랴, 싶었다. 집만 뺀다면 어디에 가 있다고 해도 걱정될 것이 한 가지도 없을 것만 같았다.

"형이 엄마 잘 돌봐 드려."

"......"

"전화할게."

호연은 그렇게 말하고 안방 쪽으로 다가갔다. 그러나 잠깐 그 자리에 서 있다가 그대로 몸을 돌렸다.

문이 열리고, 닫히는 소리가 등 뒤에서 들려왔다. 호진은 저 아이가 다시 집으로 돌아올 때까지 절대 전화 한 통 없으리라는 것을 너무도 잘 알고 있었다.

그런 아이였다. 늘 그림자 같은. 분명히 거기 있는 것 같은데 사라지고, 없어졌다고 생각하는 순간 다시 살펴보면 거기에 있는 그런 아이였다.

　하지만 호진은 호연의 가슴속에 무엇이 웅크리고 있는지 너무도 잘 알았다.

　호연만큼 어머니를 사랑하고 염려하는 아이는 없을 것이다. 그러나 그 애는 한번도 그런 감정을 겉으로 내색한 적이 없었다.

　"내가 엄마를 가엾어하면 엄마가 더 불쌍해지지 않을까?"

　언젠가 호연은 그렇게 말했다.

　너무 무서우면 고래고래 악을 쓰며 노래를 하는 것처럼 호연은 어머니를 너무도 사랑하기 때문에 어머니 얼굴조차 보지 못한 채 떠난 것이다.

9

팔을 베고 잠들어 있던 민주가 잠깐 몸을 비틀었다. 실오라기 하나 걸치지 않은 그녀의 몸매는 너무도 선정적이다. 그녀는 습관처럼 팔을 뻗어 혁민의 가슴팍에 손을 얹는다. 그러나 깨어나지는 않는다. 열시 삼십 분이 넘어서야 그녀는 헝클어진 머리카락을 한 채로 일어날 것이다.

혁민은 고개를 돌려 벽시계를 확인한다. 열 시가 넘어 있었다. 다른 날 같으면 벌써 회사에 출근해 회의를 끝마칠 시간이었다.

그러나 꼼짝할 수 없었다. 아니, 움직이기 싫었다. 이대로 굳어 화석이 된다 해도 아까울 것 하나 없었다. 오히려 그래 주길, 이대로 굳어 화석이 되길 바랐다. 숨도 쉬지 않고, 아무 생각도 하지 않고 손가락 하나 까딱하지 않아도 괜찮다면 이대로 숨이 멈춘다 해도 아까울 것 없었다.

회사에서는 연락되지 않는 혁민을 찾느라 동분서주할 것이다.

오늘 미국에서 온 바이어 두 명이 회사를 방문하게 되어 있었다. 사장이 없다고 해서 계약이 이뤄지지 않는 것은 아니다. 그러나 매사를 반드시 짚고 넘어가야 직성이 풀리는 혁민 성격을 아는 직원들로서는 보통 일이 아닐 것이다.

일어나서 지금이라도 출근을 해야 될 것이다. 그러나 혁민은 누운 채로 손을 뻗어 담뱃곽을 집어들고 한 개비 빼어문다. 요즘 들어 새로 배운 담배였다.

민주는 완전한 골초였다.

처음 그녀를 만나고 난 뒤 그녀의 얼굴은 떠오르지 않고 담배 연기를 천천히 내뿜던 모습이 먼저 떠오를 정도였다.

"담배를 안 피면 이상하게 내 피가 제멋대로 꼬이는 기분이야. 니코틴이 몸속으로 들어가면 벌레처럼 제멋대로 스멀거리던 피들이 제대로 질서를 잡고 흐르는 기분인걸."

그녀는 그렇게 말하면서 혁민에게 담배 피우기를 권했다. 혼자서 담배를 꼬나물고 있기가 영 거북하다고 했다. 그는 그녀가 원하는 일이라면 뭐든 들어주었다. 한밤중에 때아닌 순대가 먹고 싶다고 해도 싫다는 기색없이 차를 몰고 나가 사들고 들어왔다.

민주는 꽃 같은 여자였다. 꽃 중에서도 장미 같은 여자였다. 화사하고 아름다운 여자였다. 남자가 뭘 원하고 있고, 어떤 향기를 사랑하는지 다 아는 여자였다. 그래서 그 남자가 원하는 향기를 몸안에서 뿜어낼 줄 아는 그런 여자였다.

그녀를 본 순간 장미를 떠올렸던 것은 세상이 온통 돌무덤만 같은데, 아니 혁민 가슴이 모래 바다 같은데, 그 가운데 우뚝 장미 한 송이가 피어 있는 듯한 그 새로움 때문이었을 것이다.

그렇다고 혁민이 장미를 좋아하는 것은 아니었다. 꽃에 대한 환상은 애초부터 없었다. 꽃이란 세상에 존재하는 잡다한 여러 가지

중 한 가지에 불과할 따름이었다. 다만 그녀에게서 장미꽃의 이미지를 보았다는 것만 새로웠을 뿐이었다.

그녀와는 아무것도 따질 필요가 없어 좋았다. 거의 동물적인 본능만으로 얼마든지 살 수 있어서 좋았다. 아주 오래 전에, 이를테면 태어날 때부터 그리워했던 그 무언가를 그녀는 아낌없이 갖고 있는 것만 같아 좋았다. 여지껏 이루었던 그 모든 것을 다 버리고서라도 그녀 곁에 머물고 싶었다. 그러다 눈을 감는다고 해도 좋았다.

어깨 부분이 욱신거린다. 끙, 자신도 모르게 신음 소리가 입밖으로 새어나간다.

나쁜 자식, 혁민은 불같이 성을 내던 성호의 얼굴을 떠올리며 속엣말로 중얼거린다. 경희가 한번은 찾아오리라는 것은 예상하고 있었다. 그렇지만 성호 그 자식이 같이 오리라고는 꿈에도 생각 못한 일이었다. 하루라도 빨리 죽이 되든 밥이 되든 끝나기를 바랐고, 그러자면 하루 빨리 그녀가 찾아와야만 했다.

엊그제 집으로 전화를 했을 때, 자동 응답기가 돌고 있었다. 어떤 목적이 있어서 전화를 했던 것은 아니었다. 혹시, 하는 그런 예감 때문이었다. 그리고 아내는 집에 없었다.

그 순간 혁민이 머릿속으로 떠올린 것은 회사 쪽 어딘가에서 퇴근 시간을 기다리며 서성거리고 있을 경희의 모습이었다.

천성이 모질지 못한 여자였다. 흥신소 직원을 부를 수도 있을 테지만 그녀는 낯모르는 사람에게 남편을 막되게 욕보인다는 것은 꿈에도 생각하지 않을 여자였다. 그것은 남편을 아직 사랑하고 있건, 사랑하지 않건 별개의 문제였다. 착한 그녀의 성품이 그렇다는 것이었다.

사냥총을 집어든 것은 순간적이었다. 사색이 되어 말리는 경희

모습을 보는 순간, 아 이렇게 사람을 죽이는구나, 생각했었다. 파랗게 질린 그녀의 표정을 보면서 정말이지 죽이고 싶었다. 어린 시절, 비가 오려고 하면 우글거리며 정신없이 움직이는 개미를 아무 까닭없이 짓밟아 버렸던 것처럼 말이다.

계속 그녀를 향해 장전하고 있으면 당장이라도 방아쇠가 당겨지고 말 것만 같아 서둘러 성호에게로 총부리를 돌렸을 것이다.

하지만 성호 입에서 쏴라! 가래침처럼 튀어나오던 그 한 마디는 아주 오랫동안 혁민의 가슴을 짓눌렀다. 더러운 오물을 뒤집어쓰고서 맑은 물 앞에 서 있는 기분이 그럴까.

집까지 쫓아가 그런 난리를 피웠던 것도 어쩌면 가슴팍을 풀어헤치며 쏴라! 외치던 성호의 말 때문이었을 것이다.

견딜 수가 없었다. 아내 앞에서 그 자식이 보여주는 그런 행동을 용서할 수가 없었다. 질투는 아니었다. 어쩌면 자신은 아주 오래 전에 어딘가에서 잃어버린 그 무엇을 그 자식은 아직껏 지니고 있다는 그런 생각 때문이었으리라. 아니, 어쩌면 자신은 처음부터 그 따위 것은 지니고 있지도 않았는지 모른다. 학교 다닐 때부터 성호를 무시할 수 없었던 것도 자신은 갖고 있지 않은 그 무엇을 그 자식은 완벽하게 갖고 있다는 자격지심 때문이었을 것이다.

비록 가난했지만 성호의 집은 참 다복해 보였다. 고등어 몇 마리를 새끼줄에 매어달고 흥얼흥얼 콧노래를 부르며 들어오는 아버지를 향해 자식들은 마치 강아지처럼 매달렸고, 그의 아버지는 그렇게 안기는 자식들에게 시금털털한 막걸리 냄새 풍기며 한 마디씩 덕담을 던졌다.

"우리 큰아들은 오늘 편안하셨는고?"

"어디 보자, 우리 막둥이 고추가 오늘은 얼마나 컸을까."

"우리집 애기씨는 왜 그렇게 입이 열 발이나 나왔을까. 또 우리

집 남자들이 괴롭힌 거여? 가만 있자, 내가 우리집 남자를 대표해서 사과를 드리면 기분을 푸실 건가?"

늘 웃음꽃이 해바라기처럼 피어 있는 집이었다. 혁민은 그런 가정에서 사는 성호가 너무도 부럽기만 했다. 자신은 여태 한 번도 손에 넣어 본 적이 없는 그 무엇이 그 집에서는 물처럼 흐르고 있었던 것이다. 그렇게 성호는 혁민이 갖고 있지 않은 것들을 모조리 갖고 있었다.

아버지, 어머니는 하루가 멀다 하고 싸웠고 어머니는 아버지 앞에서 항상 사냥개처럼 으르렁거렸다. 아버지가 어머니 당신을 노름판의 판돈으로 넘긴 일, 여관까지 찾아가 아버지가 낯선 여자와 뒤엉켜 있는 꼴을 봐야 했던 일, 어린 자식을 등에 업고 석유 동이 인 채 이 동네 저 동네 다니며 동냥 밥을 얻어먹었던 일, 어머니 이야기 주머니에서 나오는 이야기란 그런 것들밖에 없었다.

혁민 곁에 아버지는 항상 없었다. 늘 빈 자리였다. 학교에 낸 주민등록 등본 호주난에는 아버지 이름 석자가 분명히 박혀 있었지만 아버지는 그림자로밖에 존재하지 않았다.

바람, 아버지를 생각하면 그 단어밖에 떠오르지 않았다. 증오, 미움, 그런 것과는 하등 관계가 없었다. 아무리 붙잡으려 기를 써도 영원히 잡을 수 없는 바람.

그래서였을까, 살면서도 모든 것이 엉망으로 치닫고 있다는 것을 알면서도 피하려 들지 않았다. 오히려 더 엉망으로 헝클어버리고 싶었다.

하지만 이상하게 마음이 편안했다. 마치 오랫동안 몸 안에서 곪은 고름을 한꺼번에 터뜨려버린 듯한 그런 홀가분함이었다.

집에까지 달려가 그 난리를 피울 필요까지는 없었을 것이다. 그러나 이제 모든 것을 분명히 해두고 싶었다. 아내가 더 이상 자신에게 아무런 희망도 걸지 말기를 바랐다.

이제는 돌아갈 수 없는 길이었다. 자신도 모르게 아내를 떠나 아주 멀리 와버린 길이었다.

누구든 혁민의 행동을 바람이라고 할 것이다. 하지만 아무래도 좋았다. 솔직히 이 나이에 누군가를 사랑할 수 있다는 것만으로 가슴 뿌듯한 일 아닌가. 이제는 아무것도 남아 있지 않는 삶인 줄 알았다. 하지만 민주를 만난 뒤로는 뭐든 새로웠고 다시 태어난 것만 같았다.

"깼어요?"

민주가 손가락으로 혁민의 가슴팍을 쓸어내리며 물어왔다.

그녀 입에서 마른 잎 냄새가 났다. 혁민은 말없이 그녀의 어깨를 토닥거려준다.

"아침에 눈 뜨면 파라오가 없을까 봐 늘 걱정인 거 있지. 그래서 잠들기 전에 나는 꼭 기도를 해. 내일 아침 눈을 뜨면 꼭 우리 파라오가 내 곁에 누워 있게 해주세요, 하고."

"이제는 싫을 정도로 붙어 있을 테니까 일부러 기도하고 잘 필요없어."

혁민은 그녀의 손을 가슴에 품은 채로 중얼거린다.

정말 이제는 유치하더라도 이렇게 살 생각이었다. 싫으면 싫다고 말하고 좋으면 좋다고 말할 줄 아는 민주 곁에서 남은 삶을 살고 싶었다.

이제는 모든 것에서 놓여나고 싶었다. 그 어느 것에서든. 그렇게 모든 것에서 놓여나게 해줄 수 있는 사람은 민주밖에 없었다. 혁민은 그렇게 믿었다.

아무리 짓밟아도 아, 소리도 낼 줄 모르는 아내 곁에서는 이제 하루도 살기 싫었다.

늙어갈수록 초라해지기만 하는 아내의 몰골이 왜 그렇게 싫었을까. 아니, 그것만이 아니었다. 시간이 갈수록 돌아가신 아버지의 모습이 늙어가는 자신의 몰골 위로 겹쳐 보이고는 했다. 그게 끔찍하게 싫었다.

아무것도 정리가 되질 않았다. 아주 어린 시절부터 꼬이기 시작했던 매듭을 아직도 풀지 못해 이렇게밖에 살 수 없는 듯싶어 죽기 살기로 술을 마실 때도 허다했다. 옳고 그른 것을 판단하는 이성적인 힘은 아무 소용이 없었다.

자라면서 모두 혁민을 부러워했다. 타고난 어머니의 사업 수완 덕분에 남부럽지 않은 집 외아들로 자랐고, 공부 실력도 뛰어나 명문대에 입학할 수 있었다.

혁민이 원하는 일이란 그것이 무엇이든지 이뤄졌다. 어머니는 자식의 삶을 철저하게 포장하는 데 최선을 다한 사람이라 항상 고액 과외 선생이 혁민 곁에 붙어 있었고, 누구보다 값비싼 물건을 갖게 해주었다.

하지만 생각해 보면 단 한번도 자신의 뜻을 세운 적이 없었다. 늘 실패한 삶이었다.

초등학교 6학년 때 전교 회장을 나간 적이 있었다. 하지만 단 열 표 차이로 상대방에게 지고 말았다. 하지만 비록 선거는 졌지만 공부까지 질 수는 없다는 오기로 공부를 했었고, 1등 자리는 항상 혁민의 차지였다.

그때의 일은 항상 혁민을 짓눌렀다. 어쩌면 자신의 삶 전부가 그런 식으로 반은 성공이고 반은 실패할 수밖에 없을지 모른다는 불길함.

어쩌면 아내를 끝까지 포기하지 않았던 것도 그런 불길함에서 벗어나려는 몸부림이었을지도 몰랐다.

법대에 입학해 시험을 준비하면서도 혁민이 제일 먼저 염려했던 것도 바로 그 불길함이었다.

남들보다 우수한 성적으로 입학을 했고 그렇기 때문에 누구보다 먼저 시험에 합격할 거라고 모두들 믿고 있었지만 혁민은 시간이 지날수록 자신의 몸뚱이를 조이는 여신을 똑똑히 보아야만 했다. 그 여신은 혁민 자신만 빼고 모두에게 자비로웠다. 심지어 자신의 실력을 알고 일찌감치 행정고시로 판도를 돌린 친구에게까지도 자비롭던 여신은 끝내 혁민을 놓아주지 않았다.

아직도 가슴 한켠에 이루지 못한 꿈에 대한 회한은 무덤처럼 쌓여 있지만 회사는 별 탈없이 굴러가고 있었다. 이루지 못한 꿈에 대한 욕망을 사업에 쏟았고 덕분에 그럭저럭 괜찮은 중소기업으로 키웠던 것이다.

그런데 무엇 때문인가.

혁민은 스스로에게 물었다.

무엇 때문에 아내와 자식을 버리려고 몸부림을 치는 것일까. 이제라도 그런 모든 굴레에서 벗어나 자유롭고 싶은 것일까.

문득 집에서 소란을 피우고 있을 때 넋을 잃고 바라보던 두 아이의 얼굴이 떠올랐다.

규리는 놀라서 비명을 질렀지만 호연은 아니었다. 무표정한 채로 혁민을 바라볼 뿐이었다. 혁민은 그 아이 눈에서 이글거리던 분노를 잊을 수가 없었다.

"그래……."

혁민은 자신도 모르게 중얼거린다. 그래, 너희들은 너희들 삶이 있고, 나는 내 삶이 있는 거다. 그걸 너희들이 참견할 수는 없는 법이다. 아무리 자식이라도…….

혁민은 끙, 소리를 내며 자리에서 일어난다. 베개에 머리카락 몇 올이 붙어 있었다. 흰 머리카락이었다. 혁민은 길고 탐스러운 민주 머리카락과 풍만한 가슴을 한동안 굽어보았다.

민주는 옅게 코를 곯며 달게 자고 있었다. 자고 싶으면 언제든지 자고 깨어나서도 게으름을 피우고 싶으면 한없이 늘어져 있는 민주가 혁민은 너무 편했다.

굳이 그녀의 도움을 받지 않으면 안 될 일은 별로 없었다. 목이 마르면 냉장고 문을 열고 물을 꺼내 마시면 되었고, 배가 고프면 라면이라도 끓여먹으면 되었다. 회사에 나가는 일만 없다면 트레이닝 복장에 헝클어진 머리를 하고 있다 해도 누구 하나 나무라지 않았다.

세상이 갑자기 물구나무라도 선 것만 같았다. 죽기 살기로 공부만 하고 죽기 살기로 사업에만 매달리느라 아무것도 모르고 있던 혁민한테 잊고 지냈던 그 무엇을 보란 듯이 쏟아 놓는 것만 같았다.

하지만 그것 때문일까.

창문을 열어놓지도 않았는데 싸늘한 바람 한 줄기가 어깻죽지를 핥고 사라졌다.

이제는 솔직하고 싶었다.

세상에는 온갖 식물과 동물이 자란다. 그 자라는 것 중에 사랑도 포함되어 있다. 식물이 알맞은 토양에서 자라지 못하면 성장을 멈추는 것처럼 사랑도 마찬가지가 아닐까. 어떤 조건이 충족되지 않으면 사랑은 결코 성장하질 못한다.

아내와 산 세월이 불행했던 것만은 아니었다. 허나 굳이 표현하자면 그녀와의 삶은 갇힌 온실 속에서의 화초와도 같았다. 하늘을 향해, 세상을 향해 쭉쭉 뻗어갈 수 있는 그런 자유로움이 없었다.

하지만 민주와의 사랑은 아니었다. 넓은 들판에 자유롭게 자라고 있는 야생화 같은 자유와 여유가 있었다. 그 값진 것을 꼭 잡고 싶었다. 민주 그녀를. 하지만…… 그것 때문일까. 혁민은 다시 자신에게 묻고 말았다.

"일어났어요?"

등 뒤에서 민주 목소리가 들려왔다. 아직도 잠 기운이 묻어 있는 음성이었다.

그녀는 혁민을 지나쳐 부엌으로 들어가 냉장고 문을 열고 한동안 뭔가를 찾았다. 그리고 캔맥주 하나를 꺼내 들었다.

"어젯밤 꿈에 파라오하고 맥주 마시는 꿈을 꾼 거야. 얼마나 맛있게 먹었는지 지금도 입맛이 다셔지네."

그녀는 그렇게 말하고 단숨에 맥주를 들이켰다. 혁민은 마주 선채 그녀가 한 개의 캔 맥주를 다 비울 때까지 바라보았다.

모든 것이 솔직한 여자였다. 배가 고프면 고프다고 말하고, 졸리면 졸리다고 말하고. 정말 어린아이 같은 심성을 지닌 여자였다. 그렇게 꾸미지 않고 계산할 줄 모르는 성격이 혁민을 편하게 해주고 있었다.

아내 앞에서는 정장 차림에 넥타이를 해야만 된다면 민주 앞에서는 허름한 반바지를 입고 있어도 자연스러울 수 있었다.

"오늘 출근 안 해요?"

그녀는 입가에 묻은 맥주를 손가락으로 닦으며 비로소 혁민을 보았다.

"글쎄……."

혁민은 말꼬리를 흐렸다. 가 봐야 될 것 같기는 했다. 하지만 몸이 말을 듣지 않았다. 그냥 한없이 늘어지고만 싶었다.

"내가 없어도 별일은 없을 거야."

그렇게 말했을 뿐인데, 다시 가슴으로 차가운 바람이 들이닥쳤다.

"파라오도 늙었네. 노인들이 가장 무서워하는 것이 뭔지 알아?"

"글쎄······."

"세상에서 할 일이 없을 때래. 그래서 죽는 거래."

"누가 그래?"

"우리 할머니가. 세상에 할 일이 없기 때문에 남아 있을 이유가 없으니까 저세상으로 그만 떠나는 거래. 여긴 아무것도 없지만 저세상에 가면 다시 쓸모 있는 사람이 되니까 그래서 떠나는 거래."

민주는 어린아이처럼 종알거렸다. 그녀는 절대 존대말을 쓰지 않았다.

"그래서 거기서도 나중에 쓸모가 없어지면 다시 인간으로 태어나는 거래."

"······."

그럴지도 몰랐다.

"할머니는 나 혼자 놔두고 죽으면서도 하나도 무섭지 않다고 했어. 이제 당신이 해야 될 일이 더 이상 없기 때문이래. 우리 할머니는 작년에 돌아가셨거든. 파라오 만나기 직전에. 파라오가 내 옆에 나타난 것은 할머니 대신 나랑 같이 있어줘야 하는 운명 때문이었을 거야. 그렇지?"

그녀는 혁민의 목을 두 팔로 감으며 명랑하게 떠들었다. 혁민은 그녀의 이마에 가볍게 키스를 해주었다.

"정말 그렇다면 좋겠군."

혁민은 솔직하게 말했다. 이제 할 일이 없다는 생각은 두 번 다시 하지 말고, 무언가가 할 일이 또렷하게 있음을 인식하고 산다면 정말이지 행복할 것 같았다.

민주는 어제 혁민이 어딜 다녀오고 어떤 행동을 했는지 전혀 모

르는 사람 같았다. 워낙 무슨 일이건 물어오는 법이 없는 여자였
다. 그냥 눈에 보이는 것만 챙겼다.

전화 벨이 울었다. 핸드폰 소리였다. 민주가 재빨리 뛰어가 핸
드폰을 들고 와 귀에다 대주었다. 안 받겠다고 할 겨를도 없었다.

"여보세요?"

혁민은 그렇게 물어놓고 순간적으로 긴장하고 말았다. 회사려
니 생각했는데 직감적으로 회사가 아닐지 모른다는 생각이 뇌리
를 스쳤다.

"……."

역시 아무런 반응이 없었다.

"여보세요?"

혁민은 다시 한번 목에 힘을 주고 물었다.

"……."

호연일 것이다. 호진이나 규리일 수도 있을 테지만 제일 먼저
머리를 스치는 것은 무표정하게 혁민을 바라보던 호연의 얼굴이
었다.

무표정 속에 숨어 있는 지독한 분노와 절망.

혁민은 서둘러 핸드폰을 껐다.

정말 늙은 모양이었다. 세상 모두 손가락질을 해도 두렵지 않았
다. 하지만 어머니와 자식들은 아니었다. 그들 가슴에 상처를 남
기고 있다는 생각을 할 때마다 멍해지고는 했다.

그들마저도 벗어나 자유로울 수는 없을까.

"오늘 수영장에 가는데 같이 안 갈래?"

민주는 냄비에 물을 받아 불에 올리며 건성 묻는다. 혁민은 대
답 대신에 고개만 가로저었다.

"이제 간신히 배영을 하는데 코치가 자꾸만 나더러 잘한다고 하

니까 다른 아줌마들이 질투를 해.”

그녀는 아무렇게나 떠들고 있었다.

“그 코치는 나보다 세 살이나 어린데 나한테 누님누님, 하면서 엄청 챙겨주거든.”

“…….”

혁민과 아무런 상관이 없는 이야기인데도 민주는 쉬지 않고 종알거렸다. 설령 그 코치라는 남자가 그녀를 사랑한다고 해도 그녀는 숨김없이 저렇게 떠들어댈 것이다. 민주는 그렇게 백치 아다다 같은 여자였다.

다시 핸드폰이 울었다. 혁민은 화들짝 놀라 핸드폰을 쳐다보았다.

그녀가 다시 자동 인형처럼 핸드폰을 열어 귀에다 바짝 갖다 대었다.

“여보세요?”

혁민은 표시나지 않게 심호흡을 한 번 하고는 목에 힘을 주었다.

“애비냐?”

뜻밖에도 어머니 음성이 툭 튀어나왔다.

“애비야, 나 죽을 모양이다…….”

어머니는 거친 숨을 몰아쉬며 간신히 말을 잇고 있었다.

“무슨 일인데요, 어머니!”

혁민은 소리를 질렀다.

민주가 호기심 어린 표정으로 혁민을 바라보았다. 혁민은 그녀가 듣지 못하도록 핸드폰을 들고 방으로 들어갔다.

“내가 죽을 모양이야. 왜 이렇게 가슴이……. 아이구 나 죽네…….”

전화는 거기서 끝났다.

혁민은 정신없이 옷을 걸쳐입고 밖으로 뛰었다. 민주가 뭐라고 소리를 질렀지만 아무 말도 들려오지 않았다. 불길한 생각만 가득 머릿속을 에워쌌다. 혁민 자신의 잘못에 대한 벌을 어머니가 대신 받을지도 모른다는 무서움이었다.

10

　다급한 소리를 토해내며 앰뷸런스는 앞으로 내달렸다. 어머니는 아직도 혼수상태였다. 느닷없이 쏟아진 진통 때문에 정신을 잃은 것 같았다.

　어머니 전화를 받고 달려갔을 때, 앰뷸런스가 집 대문밖에 마악 도착하고 있었다.

　아내는 축 늘어진 어머니 앞에서 사색이 되어 있었다.

　하지만 혁민이 어머니 곁에 앉으려 하자 완강하게 혁민을 밀쳤다. 그리고 자신이 어머니를 따라 뒤칸에 몸을 실었다.

　죽음……

　차가 달리는 동안 불길하기 짝이 없는 단어 하나가 저승사자처럼 불쑥 뇌리를 스쳤지만 아무런 감각도 없었다.

　아직 어머니는 죽음과 거리가 멀었다. 나이 때문이 아니었다. 죽음이란 그렇게 쉽게 다가오는 것이 아니었다. 적어도 혁민이 알기에는.

내 몸뚱이마저도 유구한 세월을 스쳐온 바위 한 개, 나무 한 그루 정도로 여겨질 때, 그래서 다소곳하게 피어난 들꽃 하나에도 감사한 마음이 생겼을 때 그때서야 죽음의 문턱에 다다를 수 있는 것이다. 그렇기 때문에 혁민 자신은 물론이고 어머니에게도 죽음은 아직 먼 세계의 일이었다.

어머니는 아직도 입고 싶은 옷이 너무 많았고 사고 싶은 장신구도 많았고 사들이고 싶은 세간도 많았다.

또 미워하고 질투하는 사람도 너무 많았다. 아직 저세상으로 떠날 수가 없는 사람이었다.

차는 어느새 병원 응급실 앞에서 멈추었다.

혁민은 재빨리 차문을 열고 밖으로 뛰어나갔다.

정신을 잃고 누워 있는 어머니보다 아내 얼굴이 더 창백해 보였다.

"저리 비켜!"

혁민은 어머니가 누운 침상이 밖으로 밀려 나오자 아내를 떠다밀었다.

아내는 힘없이 뒷걸음을 쳤지만 이내 다가와 혁민을 제쳤다.

"저리 비키세요!"

너무도 단호한 모습이었다. 그리고 구급 대원들이 어머니 침상을 밀고 안으로 달려가는 동안 바로 곁에 붙어서서 종종걸음을 쳤다.

조금 전까지 햇볕이 있었는데 어느새 하늘은 먹구름으로 가득했다.

혁민은 선뜻 안으로 따라 들어가지 못하고 밖에 선 채 담배 한 개비를 피워 물었다.

참 이상한 겨울이었다. 당장이라도 눈이 올 것처럼 잔뜩 찌푸리고 있다가도 조금 있으면 언제 그랬냐 싶게 말짱한 얼굴의 하늘이 보이고는 했다. 그러다가 깜박 잊고 있을 만하면 송이송이 눈을 뿌렸다.

가슴이 답답했다. 마치 몸안에 노폐물을 잔뜩 담고 있는 듯만 싶었다. 속시원하게 한바탕 쏟아내고 나면 하늘은 물론이고 혁민 자신까지도 개운해질 것 같았다.

어디선가 대성통곡하는 여자의 울음 소리가 들려왔다. 응급실 쪽이었다. 혁민은 놀라서 정신없이 안으로 뛰어들어갔다.

"방금 깨어나셨다가 다시 잠이 드셨어요."

어머니 침상 옆에 앉아 있던 아내가 혁민의 기척을 알아차리고 다시 중얼거렸다.

어머니 손등에는 링거 주사가 꽂혀 있었다.

"요즘 굉장히 불편해 하셨어요."

아내는 차분하게 설명했다.

"왜 진작 말을 안한 거야?"

혁민은 자신도 모르게 버럭 화를 내고 말았다.

아내가 천천히 고개를 돌려 혁민을 바라보았다. 눈가에 시퍼런 멍이 들어 있었다. 턱 부분이 눈에 띄게 부어 있었다. 하지만 혁민을 쳐다보는 눈빛은 너무도 맑고 투명했다.

혁민은 아내의 시선을 똑바로 받지 못하고 딴 데로 고개를 돌렸다.

"당신 바쁘니까 절대 아프다는 말 하지 말라고 하셨어요."

"어머니가 저 지경이 되도록 그럼 뭘 한 거야?"

"……"

"남의 사내 자식 뒤꽁무니나 쫓아다니느라 정신이 없었던 거야?"

억지 소리였다. 하지만 아무 의식 없이 내뱉어지는 막말을 참을 수가 없었다.

"……."

아내는 아무 대꾸도 보내오지 않았다. 잠깐 일어나 어디론가 갔다가 물수건 하나를 들고 돌아왔다. 그리고 어머니 얼굴을 조심스럽게 닦기 시작했다.

"입원 수속을 해주세요. 보호자 되십니까?"

의사가 다가와 혁민에게 물었다.

"아니오, 제가 보호자예요."

아내가 다시 단호하게 나섰다. 의사는 잠깐 혁민과 아내를 쳐다보고는 다른 곳으로 옮겨 갔다.

"여긴 아무 걱정 말고 가보세요. 무슨 일 있으면 연락할 테니까."

기가 막혀서, 혁민은 무섭게 아내를 노려보았다.

"어머닌 절대 돌아가시지 않아요. 요즘 기운이 떨어져서 그러신 거예요. 당신이나 나보다 더 건강하게 오래 오래 사실 테니까 걱정하지 말아요."

아내는 간호사가 다가와 어머니 체온을 재고 맥박을 재는 동안 그 자리를 꼼짝 않고 지켰다.

어머니 침상이 엘리베이터를 타고 입원실로 옮겨갈 때까지 혁민은 우두커니 그 앞에 서 있을 수밖에 없었다. 창백하던 어머니 안색이 차츰 밝아지고 있었다.

조금 후에 규리와 호진이 뛰어왔다.

두 아이들은 혁민을 보자 굳은 듯이 그 자리에 멈춰 섰다. 규리는 싸늘한 눈빛으로 혁민을 쳐다보았고, 호진은 무표정한 채로 어머니 침상 곁으로 다가갔다. 하지만 혁민은 보이지 않는 호연이 마음에 걸렸다. 그리고 분노와 절망이 가득한 눈빛으로 혁민을 바라보던 그 아이의 표정이 다시금 떠올랐다.

"괜찮으세요?"

호진이 아내에게 묻고 있었다.

"모르겠어."

아내가 짧게 대답했다.

"왜 그러신 거예요?"

"가슴이 터질 것 같다고 하시더니 정신을 잃으셨어."

"너무 걱정하지 마세요, 어머니."

호진이 아내의 어깨에 손을 얹었다. 아내는 호진의 손을 잡고 가만히 있었다. 하지만 이내 어깨가 들썩였다.

"어떡하지. 할머니 돌아가시면 어떡하지……."

아내는 울고 있었다. 규리가 다가와 아내를 안았다.

"엄마……."

"할머니 아직 돌아가시면 안 되는데, 어떡하니?"

목이 잔뜩 잠긴 음성으로 아내는 중얼거렸다.

아무리 죽음은 쉽게 다가오는 것이 아니라고 하더라도 세상 일이란 오늘 내일을 모르는 법이긴 했다.

어머니는 얼마든지 돌아가실 수 있었다. 하지만 아직은 그래서는 안 되었다. 이렇게 모든 것이 어수선한데 돌아가신다면 혁민은 더 못 견딜 것 같았다.

아무리 세상 일이란 게 나쁜 일은 한꺼번에 찾아들고 좋은 일은 알게 모르게 조용히 찾아오는 것이라지만 어머니 죽음이 느닷없이 찾아와야 할 아무런 이유가 없었다.

몇 번 의사가 다녀가고 간호사가 다녀간 뒤까지 어머니는 깨어나지 않았다. 호진과 규리가 아내를 도와 검사실을 다녀오고, 필요한 것들을 챙기는 동안까지도 혁민은 꼼짝 않고 의자에 앉아 있었다. 누구 하나 혁민을 향해 눈길을 돌리지 않았다.

진동으로 해 놓은 핸드폰이 울리고 있었다. 민주 그녀일 것이다. 하지만 혁민은 핸드폰 배터리를 아예 빼버렸다.

그녀가 옆에 있다면 이렇게 무기력하지만은 않을 것이다. 뭔가 할 일을 떠올릴 것이고 그리고 의욕적으로 해내고 있을 것이다.

마치 세상에서 자신이 존재할 수 있는 공간이란 그녀 곁밖에 없는 것 같았다. 나머지 세상에서는 흔적조차 없는 그런 존재인 것 같았다.

문득 그녀가 너무도 보고 싶었다. 이런 상황에서 그녀를 떠올린다는 것이 마음 편할 수는 없었지만 그래도 이런 힘든 상황을 벗어나면 그녀를 만날 수 있다는 것이 너무 든든하기만 했다.

"가세요. 여기는 제가 있을 테니까."

호진이 누구랄 것도 없이 그렇게 말했다.

"아냐, 오빠. 내가 있을게."

규리가 나섰다.

아직도 어머니는 깊은 잠에 빠져 있었다. 아이들은 지금 혁민이 불편한 것이다. 그래서 그렇게 말하고 있는 것이다.

넓지 않은 병실로 깊은 침묵이 흘렀다.

이제 모든 것이 끝났다는 것을 혁민은 느끼고 있었다. 이제 예전으로 돌아갈 수 있는 길은 세상 어디에도 있지 않았다. 오로지 민주 그녀에게로 가는 길밖에 나 있질 않는 것이다. 다른 사람들이 뭐라고 말을 하든 혁민의 마음은 이제 모든 것을 끝낸 상태였다. 자식마저도……

병실 문이 열렸다.

성호였다. 혁민은 자신도 모르게 의자에서 벌떡 일어났다.

"괜찮으십니까?"

성호는 혁민을 보지도 않고 그렇게 물었다. 아내가 잠깐 당황하는 표정을 지었다. 하지만 아내는 아무렇지 않은 얼굴로 잠깐 고개를 숙여 인사를 했다. 하지만 흔들리는 눈빛까지 감출 수는 없었다.

혁민은 어떻게 알고 여기까지 왔느냐고 묻지 않았다. 다만 무섭게 성호를 노려보았을 뿐이었다.

"처남이 마침 이 병원에 있습니다."

성호는 어머니 안색을 잠깐 살피고는 아내를 향해 궁색한 변명을 했다.

나쁜 자식……혁민은 자신도 모르게 욕설을 내뱉었다.

"설마 처남이 이 병원에 있다는 걸 과시하기 위해서 여기까지 온 것은 아닐 테지."

치밀어 오르는 울화를 참지 못하고 혁민은 이죽거리듯 입을 열었다.

"이제는 아예 내놓고 해보자 이거냐?"

놀란 눈빛들이 한꺼번에 이쪽으로 쏠렸지만 혁민은 말을 아끼지 않았다.

"이제는 우리 어머니 병까지 이용해 보자는 속셈인가?"

"……"

"그래, 잘됐다. 아예 오늘 모든 걸 다 까발리는 게 낫겠어. 너하고 저 여자가 어떤 관계까지 됐는지 애들도 알아야 할 때가 된 것 같군. 안 그래?"

호진이 얼굴을 돌려버렸다.

하지만 혁민을 더 화나게 한 것은 성호와 아내의 표정이었다.

너무도 담담한 얼굴이었다. 이보다 더한 상황이 벌어진다고 해도 눈 하나 깜짝하지 않겠다는 그런 표정이었다. 그게 혁민을 더 화나게 했다.

"그만 두게. 여긴 병실이야."

성호가 억센 말투로 혁민을 말렸다.

"아무리 제 정신이 아니라고 해도 그렇지. 애들이 있어. 할 말이 있고 안 할 말이 있는 거야. 그리고 지금 어머니가 쓰러져 누워 계시는데 어떻게 그런 허튼 소리를 할 수 있는 거야?"

강경한 목소리였다.

호진이 아내 곁으로 다가가 팔을 부축했다.

"나가시죠, 어머니."

"엄마, 나가자."

규리도 거들었다. 하지만 혁민은 재빨리 그 사이로 파고들었다.

"안 돼. 나갈 수 없어. 네 엄마가 얼마나 표리부동한 여자인지 너희들도 알아야 해."

"왜 이러세요, 아버지! 아버진 아무런 자격도 없으세요!"

호진의 벼락 같은 목소리가 혁민의 얼굴로 떨어졌다.

그 순간이었다. 혁민은 제 정신을 잃고 호진의 얼굴을 향해 손바닥을 날렸다.

"이런 건방진 자식이 있나! 어디다 대고 호령이야!"

비명을 지르는 규리의 음성이 귀청을 울렸다.

혁민은 씩씩거리며 호진을 향해 다시 주먹을 날렸다.

"바보 같은 짓 그만 해!"

성호가 거칠게 혁민을 막았다.

"정신 차려, 이 친구야! 아무리 넋이 나갔어도 이러는 게 아니야!"

"너 말 잘했다. 똥 묻은 놈이 겨 묻은 놈 나무란다더니, 얼씨구! 그렇게 저 여자가 좋으면 당장 보쌈이라도 해서 데려가시지 그래?"

이보다 더한 소리도 할 수 있었다. 가슴 한복판을 치밀고 올라온 분노는 혁민을 더 길길이 날뛰게 만들었다. 갑자기 찾아 온 성호 때문에 화가 난 것이 아니었다. 아내 때문이었다. 아내를 가운데 두고 성호와 마주치면 이상하게도 자꾸만 초라해지는 자신을 견딜 수가 없었던 것이다.

"당장 데리고 가란 말야, 이 자식아!"

"아버지!"

성호를 향해 주먹을 날리려는 순간 호진이 혁민의 팔을 우악스럽게 붙들었다.

"아버지가 원하시는 것이 뭐죠? 원하는 대로 다 해드릴 테니까 어머니 그만 괴롭히세요."

"뭐가 어째! 이 자식이!"

"이혼인가요? 걱정하지 마세요. 아버지한테 말끝마다 파라오라고 불러주는 그 여자가 시켜서 이러시는 거면 가서 전하세요. 어머닌 우리가 맡을 테니까 아버지 늙고 병들거든 귀찮다고 우리한테 떠넘기지나 말라구요."

낮은 음성이었다.

"너 어디다 대고 협박이야!"

"그 여자, 정말 예쁘더군요. 평생 고생만 하고 사느라 멋 한번 제대로 낸 적이 없는 우리 어머니하고는 비교도 할 수 없을 만큼 젊고 예쁘더군요."

"호진아!"

아내가 호진을 불렀지만 호진은 아랑곳하지 않고 말을 이었다.

"아버지가 이렇게 무섭게 변할 수 있다는 것이 신기합니다. 여자 하나 때문에 모든 것을 버릴 수 있을 만큼 대단한 용기를 가졌다는 것도 놀랍구요. 같은 남자로서 아버지의 대단한 그 용기는 솔직히 존경스럽습니다."

"……."

혁민은 여전히 호진의 손아귀에 붙들린 채 눈만 커다랗게 뜨고 쳐다보았다.

"이렇게 억지를 안 쓰셔도 된다는 걸 말씀드리는 것입니다. 우리 삼남매 모두 부모님 이혼에 찬성했습니다. 어머니가 서류 안 꾸미시면 우리라도 꾸며서 보내드리겠습니다. 그때 마음이나 변하지 마세요."

처음이었다. 아버지 앞에서 말 대꾸 한 번 한 적 없던 호진이었다. 하지만 지금 호진은 눈을 부릅뜨고 혁민을 협박하고 있는 것이다.

"어머니를 한 번이라도 호강을 시켜 드렸습니까? 아직도 부족하세요? 그렇게 고생시키셨으면서 아직도 부족하냐구요!"

"이 자식이!"

다시 손을 휘두르려고 했지만 호진은 더 억세게 혁민의 팔을 붙들었다.

"이제는 그만 하시죠. 제발 그만 하시라구요. 때리고 맞고, 그런 부모 보면서 사는 우리들이 얼마나 불행한 자식들인지 한 번쯤 생각해 보십시오."

호진이 무섭게 혁민을 노려보았다. 눈빛에 물기가 번들거리고 있었다.

"아버진, 아버지가 어떤 존재인지 모르십니다. 아버진, 아버지가 자식들한테 어떤 모습을 보여줘야 하는지 할아버지한테 배운 적이 없기 때문이죠. 나이 서른이 넘은 자식들에게 아버지가 무엇을 해줘야 하고 무엇을 조심해야 하는지 전혀 배운 적이 없으니까 당연한 일이죠. 제가 무서운 게 바로 그겁니다. 저 또한 아버지한테 보고 배운 것이 아무것도 없어요. 아버지는 가족한테 횡포나 부리고 자식 같은 여자 꿰차고 사는 것밖에 할아버지한테 배우지 않았잖아요. 저도 장가 가서 다른 여자 데리고 살면서 그러지 말라는 보장이 어딨습니까. 안 그래요?”

호진은 빠르게 말하고는 몸을 돌렸다. 남편이 소리를 지르며 호진의 뒷덜미를 잡으려 했지만 그보다 더 빠르게 경희가 남편 앞을 가로막았다.

“애들한테 손대지 말아요. 못난 부모 바라보는 것만으로도 못견딜 일인데 아무리 부모라지만 죄없는 자식들한테 손찌검을 왜 해요? 그 여자가 시키던가요? 만약에 애들 몸에 손을 대면 내가 당신을 죽여버릴지도 몰라요.”

경희는 턱을 덜덜 떨어가며 소리쳤다.

“오질 말았어야 했는데, 정말 죄송하게 됐습니다.”

성호는 병실 바닥에 나뒹굴고 있는 코트를 집어들었다. 그리고 잠깐 말없이 혁민을 쳐다보고는 그대로 등을 돌렸다.

11

눈이 내리고 있었다. 함박눈이었다. 며칠 동안 얼굴을 찡그린 채 간혹 눈을 뿌려대던 하늘이 오늘은 거칠 것 없이 펑펑 흰눈을 쏟고 있었다. 겨울에 눈이 내리는 일은 아주 당연한 일인데도, 올해처럼 많은 눈이 내린 겨울은 처음 같았다. 이러다 영영 봄이 못 찾아오는 것은 아닐까, 공연히 걱정이 앞섰다.

호연은 입을 크게 벌리고 떨어지는 눈송이를 받아 먹었다.

"맛있어?"

음성 하나가 눈발처럼 얼굴 위로 떨어졌다. 음, 맛있어, 호연은 눈을 뜨지 않은 채로 대답했다.

호연이 몸을 일으켰을 때 민아는 그 자리에 없었다. 호연이 누워 있는 옆 벤치에 누워 있었다.

"정말 맛있나 보려고."

그녀는 호연처럼 눈을 받아먹고 있었다. 그 동안 쌓인 눈이 수

북한데도 그녀는 아랑곳하지 않고 벤치 위에 누워 있었다. 머리카락 위에도 그녀의 긴 속눈썹 위에도 그리고 빨갛고 작은 입술 위에도 눈이 떨어지고 있었다.

호연은 그녀의 팔을 잡아 일으켰다.

"참 이상하지. 나는 호연 씨가 하는 것은 뭐든지 따라 해보고 싶어져. 아마 호연 씨가 세상에서 제일 맛없는 음식을 먹으면서도 맛있어, 먹어 봐, 그러면 망설이지 않고 먹을 거야."

"맛이 없다는 걸 알게 되면?"

호연은 그녀 머리카락의 눈을 다시 털어주며 차분하게 물었다. 오늘 하루만이라도 그녀를 편안하게 해주고 싶었다. 이렇게 눈이 오는 날 눈물을 뿌리며 떠나게 하고 싶지는 않았다. 그것이 호연이 그녀에게 해줄 수 있는 마지막 선물 같았다.

"그러면……내 입맛을 의심할 거야."

"……."

"정말 맛있는 건데 내 입맛이 그걸 못 느끼는 거라고."

"바보군."

호연은 짧게 대답해 주었다.

"바보니까 호연 씨 사랑한 거라고 말하고 싶겠지?"

그녀가 따지듯이 물어왔다. 하지만 음성은 잔뜩 젖어 있었다.

"많이 젖었어. 추운데 어디 따뜻한 곳으로 가자."

호연이 먼저 일어섰다.

"아냐, 여기가 좋아. 이상해. 요즘은 어딘가에 갇히는 것이 너무도 끔찍해. 엊그제 친구들이 나 위로한다고 노래방엘 데리고 갔는데 미치는 줄 알았어. 곰팡이 냄새까지 나는 그 지하실 방에 갇혀 있으려니까 온몸이 막 조여오는 기분이 드는 거야."

"갇혀 있다고 생각하지 말고 신나게 즐기고 있다고 생각하면 되잖아.”

민아가 고개를 돌렸다.

“만약 오늘 밤에 또 노래방에 갈 일이 생긴다면 그렇게 생각하게 될 거야. 나는 지금 갇힌 것이 아니라 즐기고 있다고.”

“…….”

“진작 물어볼 걸 그랬네.”

그녀는 혼잣말처럼 중얼거렸다. 추운 모양이었다. 입술이 파랗게 질려 있었다. 그리고 그녀 음성까지도 떨리고 있었다.

“많이 추운 것 같다. 어디 안으로 들어가서 따뜻한 차라도 마시자. 그러다 감기 들겠어.”

“그리고 보니 정말 춥네. 하긴 여기까지 오면서 정말 푹 젖어버렸거든. 내리는 눈에 젖어버리고, 라디오를 틀어놨는데 마침 흘러나오는 노래에 흠뻑 젖어버리고, 그리고 하얀 눈에 뒤덮인 건물이나 차들 때문에 젖어버리고.”

그녀는 그렇게 말하고 머리를 흔들어 눈을 털어냈다.

얼굴이 많이 상해 있었다.

참 오랫동안 만나지 않았었다. 호출기에 그녀의 메모가 여러 번 남아 있었지만 한번도 연락을 하지 않았다.

적어도 그녀가 현명한 판단을 내릴 때까지는 나타나서는 안 될 것 같았다.

하지만 엊그제 남겨진 음성 메시지를 들은 뒤로 마음이 무거웠던 것도 사실이었다.

“나 마음 정했어. 호연 씨한테 더 이상 마음 보내지 않기로. 근데 내 마음이 왜 이렇게 불쌍하지? 아무리 보내도 답장 한 장 없는 편지 같잖아.”

그녀는 거기까지 말하고 전화를 끊었다. 아마 더 말을 하면 젖은 음성을 남기게 될까봐 두려웠으리라.

두 번째 음성 메시지가 곧바로 이어지고 있었다.

"호연 씨 나 결혼해."

약혼을 하기로 했다는 음성 메시지가 남겨진 것은 반 년 전이었다. 그때도 호연은 그녀에게 연락을 하지 않았다. 절대 그녀가 자신 때문에 흔들리는 것을 보고 싶지 않았던 것이다.

간혹 밤 늦은 시간에 그녀가 아파트 입구에 서 있는 것을 볼 때도 있었다. 바람이 그네를 타고 있는 놀이터에서 아주 오랫동안 서 있는 모습을 볼 때도 있었다.

하지만 호연은 그녀 앞에 모습을 드러내지 않았다. 다만 그녀가 사라질 때까지 담벼락을 지키고 있거나 베란다 창문에 서서 바라보았을 뿐이었다.

결혼한다는 메시지를 들은 이튿날 호연은 그녀에게로 전화를 걸었다.

"나야."

그렇게 말했을 뿐인데, 그녀는 이미 알고 있기라도 하는 것처럼 알어, 하고 대답했다.

"나 결혼해. 알지?"

그녀는 명랑하려 애쓰고 있었다.

하지만 호연은 다른 것은 귀담아 듣지 말자고 자신을 타일렀다. 그냥 그녀가 결혼한다는 그 말만 귀담아 듣자고 일렀다.

잘된 일이었다. 누구보다 그녀의 결혼을 축하해줄 일이었다. 한시도 떠나지 않고 그림자처럼 맴돌던 그녀를 얼마나 부담스러워했던가. 늘 어딘가로 떠나고 싶었지만 선뜻 마음을 내리지 못한 것도 그녀 탓이었고, 비가 와도 늘 우산을 놓고 다니는 그녀 걱정이 먼저였고, 날씨가 차가워지면 감기에 잘 걸리는 그녀의 기침

소리가 먼저 신경쓰이질 않았던가.

공원은 눈으로 포근하게 감싸여 있었다. 간간이 팔짱을 낀 연인들이 다가왔다가 멀어졌을 뿐 퍽 고요했다.

눈발 사이로 무겁게 날개를 털며 날아가는 새들이 보이기도 했다.

"팔짱 껴도 돼?"

그녀가 그렇게 묻고 희미하게 웃었다. 그녀의 하얀 치아는 눈발에 가려 정확히 보이지 않았다. 하지만 그녀가 웃으면 고르고 예쁜 치아가 먼저 웃는다는 것을 호연은 너무도 잘 알고 있었다.

"나도 행복하고 싶어서."

그녀는 호연의 팔을 잡으면서 다시 웃었다. 두터운 코트를 입고 있었지만 그녀의 가느다란 팔의 느낌이 그대로 전해져 왔다.

"올 겨울은 참 이상했지? 눈이 당장이라도 올 것같이 폼만 잡고 있더니 오늘 한꺼번에 다 내리려고 그랬나 봐."

"……."

"강원도 지방에는 도로가 마비 상태래. 엄청 많이 온 거겠지?"

"……."

"뉴스에서 그런 말을 들으면서 무슨 생각했는지 알어?"

"……."

"오고 싶으면 실컷 와라. 원없이 쏟아져라."

"눈이 정말 많이 와서 온 세상을 몽땅 덮어버린다면 어떨까?"

"……."

"굉장히 따뜻할 것 같애. 그러면 춥다고 말하는 사람이 한 명도 없을 것 같애. 그렇게 됐으면 좋겠어."

그녀는 혼자 묻고 혼자 대답하고 있었다.

이제는 떠날 여자였다. 호연은 잠깐 걸음을 멈추었다. 그녀도 멈추었다. 하지만 호연은 화장기 없는 그녀의 얼굴을 똑바로 바라볼 수가 없었다.

"많이 지쳤었어. 호연 씨 바라보느라. 참 오랜 세월 동안 목 빼고 호연 씨만 바라보았나 봐. 목이 긴 사슴을 왜 슬프다고 표현했는지 알겠어."

"……."

"우리 결혼하면……."

그녀는 거기까지 말하고 입을 다물었다. 우리 결혼하면…….

그 말은 학교 다닐 때부터 그녀가 호연 앞에서 가장 많이 했던 말이었다.

"우리 결혼하면 프라하로 신혼 여행 가자. 거긴 너무 아름다워서 슬픈 도시래."

"우리 결혼하면 도시에서 살지 말고 시골로 내려가자. 산촌은 너무 외로울 것 같고, 어촌이 좋겠다. 나는 바다 사람들을 보면 괜히 신이 나더라."

"우리 결혼하면 화원에서 사온 화초는 될 수 있으면 키우지 말자. 나는 이상하게 꽃송이가 큰 화초는 싫어. 작고 아담한 들풀이 좋아……. 우리 결혼하면 둘이서 들로 산으로 나가서 캐 온 들풀을 화분에 잔뜩 심어 놓는 거야. 나한테 하얀민들레 씨앗도 있어. 나중에 결혼하면 우리 화단에 심으려고 아껴두었어. 걱정이네, 그 씨앗을 빨리 심어야 하는데……."

하지만 지금 그녀는 다른 남자와 결혼을 하려 하는 것이다. 호연에게 너무 지쳐서 떠나려 하는 것이다.

"프라하에 가기로 했어. 내가 결혼 선물로 거길 가게 해달라고 했거든."

그녀는 또박또박 말을 이었다.

"정수 씨는 이집트에 가보고 싶었다고 해. 그런데 내가 프라하로 가자니까 좋다고 했어."

정수는 호연의 대학 후배였다. 그는 그림자처럼 호연을 따라다니는 민아를 너무도 안쓰러워했다.

"선배가 얼마나 무서운 도둑질을 하고 사는지 알어? 여자 마음을 고스란히 훔쳐놓고서도 그게 얼마나 무서운 도둑질이었는지, 그렇게 모르겠어! 민아 선배는 선녀 같은 여자야. 그러니까 당신 같은 도둑놈을 사랑하는 거라구!"

그는 술에 취한 채 호연의 멱살을 잡고 흔들며 폭언을 했다. 그날, 호연은 알 수 있었다. 그가 얼마나 그녀를 사랑하는지를. 그리고 그녀를 행복하게 해줄 수 있는 사람이 누구인지 깨달을 수 있었다.

"프라하를……가면 눈물이 나오겠지? 너무 슬픈 도시라잖어."

"아냐, 울지 마. 울면 그 아름다운 도시를 제대로 볼 수가 없을 테니까."

"……"

"……"

두 사람 모두 입을 다물었다. 침묵 사이로 다시 눈이 쌓이고 있었다. 소란스럽게 달려오는 남자와 여자가 보였다. 여자는 눈을 뭉쳐 남자를 향해 힘껏 던졌고, 남자는 피해 달아나면서 눈덩이를 만들었다.

두 사람의 웃음 소리가 깊은 정적이 감도는 공원에서 돌멩이처럼 굴러다니고 있었다.

"나한테 선물 하나만 줄래?"

그녀가 고개를 돌려 호연을 보며 물었다.

"……"

"아니, 하나가 아니라 두 개야. 괜찮지?"

"……."

"내가 그렇게 싫었어?"

"아니."

호연은 짧게 대꾸했다. 정말 싫지는 않았다. 하지만 사랑한다는 말을 할 수가 없었다. 그녀가 사랑한다는 말을 화살처럼 날릴 때마다 호연의 가슴은 깊은 상처를 입고는 했다.

사랑…….

세상에 그런 것이 존재할 수 있을까. 그래, 있을 수 있었다. 하지만 영원한 것은 결코 아니었다. 마치 마음에 드는 옷을 사 입었을 때처럼, 처음에는 새롭고 아름다울 수 있지만 한 해, 두 해, 세월이 쌓일수록 그 사랑은 낡은 옷처럼 남루해지고 마는 것이다. 그게 사랑이었다.

그렇게 남루해질 것을 뻔히 알면서 그녀를 선택할 수 없었다. 아니, 세상의 어떤 여자라도 마찬가지였다.

사랑에 대한 환상이 없었던 것은 아니었다. 하지만 철이 들면서 사랑은 아주 먼 데의 별이나 무지개 같은 것일 뿐이었다. 이슬 같고, 별 같고, 무지개 같은 것, 그게 사랑이었다. 그리고 그런 사랑은 인간이 하는 것이 아니었다. 눈에 보이지 않는 신이나 선녀들의 몫일 뿐이었다.

어린 시절, 아버지를 무척 존경했었다. 아버지의 늠름한 모습, 하하하, 집이 울릴 만큼 커다랗던 웃음 소리, 어머니를 선택하기 위해 모든 것을 포기했다던 아름다운 사랑…….

모든 것이 존경의 대상이었다. 하지만 먼 훗날, 아버지는 사랑을 선택하기 위해서 모든 것을 버린 것이 아니라 자신의 욕망을 위해서 행동했을 뿐임을 안 뒤로는 더 이상 아버지라는 존재를 가슴속에서 키우지 않았다.

아버지는 자신의 욕망을 채우기 위해서 어머니를 선택했던 것이다. 자신의 뜻을 거역하고 자신의 생각을 방해하는 것을 용납할 수 없다는 사람이므로. 아버지는 죽기 살기로 결혼을 반대하는 그 상황을 이겨내기 위하여 어머니와 결혼을 결심한 것뿐이었다. 절대 어머니를 사랑해서가 아니었다. 아버지는 생떼를 쓰듯, 그렇게 살았던 사람이었다.

하지만 모든 것을 버리고 어머니를 선택한 아버지의 행동을 모두들 사랑이라고 표현했다. 어머니마저도 아버지의 사랑을 의심하지 않았다. 적어도 얼마 전까지는.

그러나 자식들은 알고 있었다. 아버지가 얼마나 위선적인 인물이고, 어머니가 얼마나 하인 근성을 지닌 여자인지를.

아버지의 바람을 호연은 이해할 수 있었다. 사랑이라고 믿었던, 아니 믿고 싶었던 어머니와의 삶에 이제 지친 것이다. 이제는 거짓의 너울을 훌훌 벗고 자유롭게 살고 싶은 것이다. 욕망이라는 족쇄에서 벗어나.

아버지가 휘두르고 있는 폭력도 마찬가지였다. 아버지는 남루하기 짝이 없는 자신의 사랑에 화가 나 있는 것이다. 억지로라도 지키려 했던 그 사랑이라는 것에.

아버지 폭력에 속수무책으로 짓뭉개져 있던 어머니의 처참한 몰골이 떠올랐다. 어머니는 그렇게 아버지의 폭력에 길들여진 한 마리 짐승이었다. 다시는 그런 모습을 보고 싶지 않았다. 어머니뿐만 아니라 그 누구라도 한 인간이 한 인간에게 짓뭉개지는 걸 보고 싶지 않았다.

집을 나선 뒤에 참 많은 곳을 떠돌았다. 섬에도 갔었고, 혼자 사는 친구의 자취방에도 가 있었다. 섬에서는 남편과 자식들이 모두 바다로 나갔다 돌아오지 않는다는 노파를 만났고, 혼자 사는 친구는 사랑하는 여자의 배신 때문에 자살을 꿈꾸고 있었다.

인간이 모두 불쌍했다. 아무리 헤헤거리고 아무리 잘 먹고 신명 나게 살고 있어도 가엾었다. 눈물이 날 만큼. 아니, 인간만 불쌍한 것이 아니라 눈에 보이는 것 모두가 슬플 따름이었다.

어머니…….

왜 슬플 때마다 어머니를 떠올렸는지 모르겠다. 아무리 힘들어도 그 얼굴 하나만 떠올리면 힘이 솟는 것이 어머니가 아닐까.

하지만 어머니는 한 번도 자식들에게 힘이 되어 주질 못했다. 늘 나약했고, 늘 누군가에게 피해를 입고, 항상 수심 가득한 얼굴로 하루하루를 버티며 살았다. 당신 발치 끝에 떨어진 불을 끄느라 자식들 문제는 항상 울타리 너머의 일이었다. 적어도 호연이 보기에는.

자식들은 자라면서 아무리 힘든 일이라도 어머니와 이야기하지 않았다. 혼자 알아서 해결하거나 시간이 지나면 해결되기를 기다릴 뿐이었다.

이제 어머니는 자식들에게 슬픔으로밖에 존재하지 못했다. 이제는 어머니라는 단어만 떠올려도 눈물부터 솟구치려 하였다.

형이나 규리도 마찬가지리라. 형이 아직껏 그러고 사는 이유도, 규리가 일에만 정신을 쏟고 사는 까닭도 모두 어머니 책임이었다. 특히 규리가 그랬다.

"나는 무서워. 우리 엄마처럼 살까 봐 무서워. 사람은 흉보면서 배운다잖아."

언젠가 규리는 어깨를 떨며 그런 말을 했었다.

누가 보더라도 규리는 예뻤다. 키도 적당했고 얼굴도 귀여웠다. 그리고 무엇보다 마음이 따뜻한 아이였다. 하지만 누군가 자신을 사랑하고 있다는 것을 눈치채면 얼음처럼 차가워지고는 했다. 그리고 그 사람을 버리기 위해서라면 아까울 것이 하나도 없었다. 하다못해 직장까지도.

얼마 전까지 다녔던 디자인 회사의 동료였던 찬우는 규리를 무척 따랐었다. 호연이 보기에 그 친구는 규리를 사랑하고 있었고, 규리는 단순히 직장 동료로밖에 여기지 않았다.

그리고 그가 규리 생일 날, 백송이 장미와 케이크, 샴페인을 보냈던 날, 그 애는 그날로 회사를 그만두었다. 그런 뒤 쪽지 한 장만을 남기고 파리로 떠나 삼개월 만에 돌아왔던 것이다.

규리는 두려웠던 것이다. 사랑이 자신에게로 다가오는 것이. 그 애한테 사랑이란 말 그대로 염라대왕이나 저승사자 정도로밖에 여겨지지 않을 테니까.

작고 나약하기만 하던 어머니의 가녀린 어깨가 눈송이 속에 껴묻혀 호연의 가슴속으로 떨어지고 있었다.

호연은 질끈 눈을 감아버렸다.

아버지, 어머니, 세상에 사랑은 없습니다…….

호연은 마음속으로 중얼거렸다.

민아는 혼자서 저 앞으로 걸어가고 있었다. 그리고 사람의 발자국이 찍히지 않은 눈밭으로 살금살금 걸어가 그 가운데로 벌렁 누웠다.

"눈 도장 찍는 거야. 호연 씨도 얼른 찍어 봐."

호연은 그녀의 말대로 했다. 그녀 곁에 몸을 눕히고 한동안 미동도 하지 않았다.

"그러고 보니까 호연 씨는 단 한 번도 나를 사랑한다는 말을 하지 않았어. 그렇게 오랜 세월 동안 같이 있었으면 미워하는 것 아니면 사랑하는 것일 텐데……."

"사랑하지 않으면서도 아주 긴 세월을 같이 지내는 사람도 있어."

부모님을 생각하고 내뱉은 말이었다. 하지만 그녀는 슬픈 표정이 되어 호연을 바라보았다.

"아냐, 호연 씨는 나를 사랑했어. 나는 그걸 알아."

"……."

"내가 맹장 수술로 입원해 있을 때 호연 씨가 얼마나 하얗게 질려 있었는지 알어? 그날 면회 와서 나한테 뭐라고 했는지 알어?"

"……."

"너를 여기다 두고 나갈 수 없을 것 같애. 우리 그냥 나가서 맥주 마시자. 후훗, 그랬었어. 맹장 수술한 사람한테 나가서 맥주 마시자고 한 사람이야. 그러면서 울 것 같은 표정을 지었거든."

그랬을 것이다. 처음으로 나 아닌 다른 사람 때문에 살이 아팠던 기억이 아직도 또렷했다. 정말 살이 아팠다. 그날, 호연은 너무도 살이 아파 그녀 입술에 키스를 했다. 첫 키스였다.

하지만 그렇게 아프기 시작한 살은 그 뒤 그녀 앞에만 서면 지독한 통증으로 나타나고는 했다. 그녀의 향긋한 머리 내음만 맡아도 아팠고 단풍잎을 닮은 손가락만 보아도 아팠다.

그러나 그게 사랑이라고 믿지는 않았다. 사랑은 그렇게 진통이어서는 안 되었다. 정말 하늘에 떠 있는 무지개만큼 아름다워야 하고, 하늘의 별처럼 초롱초롱해야 하고, 아침 이슬처럼 맑고 투명한 것이어야 옳았다.

자꾸만 살이 아파 그녀를 피하기 시작했고, 그녀는 그를 찾아 늘 이곳저곳을 기웃거리고는 했다.

그녀는 호연과 간 곳이라면 어디든 찾아갔다. 호연이 전화를 하던 전화 부스, 술을 마시던 카페, 미술 전시관, 극장, 공원, 음식

점, 도서관……

그녀는 그의 발길이 한번이라도 닿았던 곳이라면 아무리 먼 곳이라도 찾아갔다.

"나는 거기 없어. 너는 추억을 찾아서 거기에 가는 것뿐이야."

호연이 그렇게 말해주었지만 그녀는 고개를 가로저었다.

"그렇지 않아. 거기 가면 호연 씨가 분명히 있어. 나는 호연 씨를 찾아가면서 한 번도 거기 없다는 의심을 한 적이 없는걸. 내가 환상을 찾아가는 거라고 말하고 싶겠지?"

그리고 덧붙였다.

"환상은 아직 상처를 입지 않았기 때문에 아름다운 것이라고 말하고 싶지?"

그녀는 그렇게 말하며 방긋 웃었었다. 인간이 인간을 사랑한다는 것이 얼마나 버겁고 슬픈 것인지 그녀 때문에 배워야 했다. 그녀의 커다란 눈망울 속에서.

하지만 이제 그녀는 다른 남자와 결혼을 하려 하는 것이다. 호연을 찾아다닐 수 있는 곳이 더 이상 남아 있지 않기 때문에.

"내가 두 가지 부탁이 있다고 했지? 사랑한다는 말을 해줄 수 있겠어?"

그녀는 조심스럽게 묻고 있었다. 하지만 몸속으로 파고드는 한기 때문에 음성이 떨리고 있었다.

"……."

호연은 눈을 부릅뜨고 하늘을 노려보았다. 이제 어둠은 온통 하늘을 뒤덮었고, 눈은 어둠으로 가려진 하늘을 휘저으며 더 맹렬히 내리고 있었다.

"부탁이야……."

"……."

사랑한다고 말해주고 싶었다. 그녀가 원하는 일이므로. 그러나 입이 열리질 않았다. 그렇게 말해주면 그녀는 평생 불행할 것만 같았다. 차라리 평생 동안 호연 자신을 저주하고 미워하면서 살기를 바랐다. 그녀가 자신을 절대 용서하길 바라지 않았다. 어설픈 사랑보다 미움이 세상을 버티는 데 훨씬 더 큰 힘이 될 수도 있으리라.

"……."

그녀도 입을 다물었다. 보지는 않았지만 호연은 그녀가 울고 있다는 것을 알고 있었다. 워낙 눈물이 많은 아이였다. 바위 틈에 피어 있는 꽃만 보아도 눈물이 그렁그렁해지고, 투명할 만큼 맑은 개울물을 보고서도 눈물을 뚝 떨구는 그런 여자였다.

호연은 그런 그녀가 무서웠다. 유리처럼 맑은 그녀의 마음을 볼 때마다 두렵고 무서웠다. 세상과 그리고 자신이 그녀의 그런 마음을 얼마나 상처를 내고 얼마나 많은 흠집을 낼 것인지, 그게 두려웠던 것이다.

이 아픔만 견뎌내면 그녀는 다시 밝고 아름답게 살 수 있으리라. 그리고 여전히 호연 자신을 사랑하면서 살 것이다.

하지만 먼 훗날 그녀 가슴에 자리잡고 있을 호연에 대한 사랑은 호연 자신과는 아무런 관련이 없으리라는 것을 너무도 잘 알았다. 인간의 사랑이란 게 다 그런 것이니까.

결국 그녀는 그녀가 만들어 놓은 사랑을 사랑하게 될 뿐이었다. 설령 어느 날 갑자기 호연이 그녀 앞에 우뚝 나타난다고 해도 이제 그녀가 만들어 놓은 사랑과는 아무런 상관이 없을 터였다. 이제는 그녀의 사랑일 뿐이므로.

그녀가 손을 뻗어 호연의 손을 붙들었다. 많이 차가웠다. 호연은 그녀의 손을 끌어다 가슴에 얹었다. 자신이 지니고 있는 따뜻함이 조금이라도 그녀의 손을 녹여줄 수 있도록.

"호연 씨가 끝까지 날 사랑한다는 말을 하지 않으면……많이 미워하면서 살 것 같애. 임호연 죽어 버려라! 임호연 시궁창에 빠져 버려라! 임호연……."

"민아야……."

"……."

호연은 그녀의 입술에 가만히 입술을 포개었다. 부드러운 입술이었다. 그녀가 팔을 뻗어 그의 목을 감았다. 그리고 미친 듯이 호연의 입술을 더듬었다.

"사랑해, 사랑해, 호연 씨! 나한테 말해 줘. 가지 말라고, 그냥 이렇게 살아도 좋으니까 떠나지 말라고, 그 한 마디만 해줘. 그럼…… 호연 씨가 날 떠나도 절대 원망하지 않을게. 행복한 마음으로 결혼할게. 그렇게만 말해 줘."

"민아야……."

"제발 딴 말은 말고. 부탁이야. 나 결혼할게. 하지만……."

그녀가 호연의 얼굴을 두 손으로 받들었다. 그리고 눈물이 그렁그렁해진 얼굴로 호연을 바라보았다.

"민아야 나는……."

그녀가 먼저 입을 열었다. 그리고 간절한 표정으로 그를 보았다.

"민아야 나는……."

호연은 바짝 마른 입술을 열어 그녀의 말을 흉내냈다.

"너를 사랑해."

"너를 사랑해……."

"그냥 떠나지 말고 내 곁에 있어 줘."

"……."

"……."

그녀의 눈 속으로 다시 물기가 가득 고이고 있었다. 호연은 그녀 눈에 맺힌 눈물을 두 손으로 닦아주며 천천히 입을 열었다.

"그냥 떠나지 말고 내 곁에 있어 줘……."

"……고마워, 호연 씨. 나한테 가장 큰 선물을 줬어."

그녀는 금방 활짝 웃는 표정을 지으며 호연의 목을 껴안았다.

"이제 됐어……."

그녀가 신음처럼 중얼거렸다.

공원은 점점 더 깊은 어둠 속으로 갇히고 있었다. 희뿌연 가로등이 흩날리는 눈을 망연자실 바라보고 있을 뿐, 아무도 보이지 않았다.

"우리 이대로 눈사람이 되면 좋겠어……."

호연은 꿈결 같은 민아의 음성을 들으며 그녀를 더 깊숙이 껴안았다.

12

아이들이 좋아할 반찬 이것저것을 준비하느라 경희는 정신없이 움직였다.

호진이를 위해서는 버섯 전골을 해두었고, 규리와 호연을 위해서는 갈치를 튀겨놓았다. 어제 해둔 반찬이 그대로 냉장고 안에 들어 있었지만 경희는 서둘러 식탁을 챙겼다.

설령 아이들이 돌아온다고 해도 저녁 식사밖에 할 수 없을 것이다. 병원에 가 있는 동안 가끔씩 친정 어머니가 오셔서 밥을 끓여놓기는 하셨다. 그러나 경희는 가능하면 아이들이 먹을 반찬은 손수 만들어 놓으려고 했다.

이것저것 하면서 죽을 쑤었더니 물을 너무 많이 넣었나 보다.

시어머니는 너무 묽은 죽을 좋아하지 않는데, 경희는 잠깐 난감해진다.

"이게 뭐냐. 죽이 너무 묽으면 영 먹은 것 같질 않더라."

죽 그릇을 내려다 보며 미간을 찡그릴 시어머니 얼굴이 떠올랐지만 경희는 그대로 불을 끈다. 아무려면 어떠랴, 싶었다.

병원 음식이 비위에 안 맞는다는 시어머니의 까다로운 입맛 때문에 하루에 한 번씩 팥죽이건, 전복죽이건 번갈아가며 쑤어 날라야 했다. 다행히 시어머니 친구분들이 날마다 찾아와 병실을 지켜주었다.

이미 지칠 대로 지쳐 있는 상태라 차를 끌고 다니는 일조차 힘에 부쳤다. 하지만 사람이란 너무도 힘들고 막막한 상황에 닥치면 멍청해지는 모양이었다. 남편의 원대로 이혼을 해주자고 마음먹는 일도 쉬웠고, 원한다면 맨몸으로 나갈 수도 있을 것 같았다. 두려울 것이 아무것도 없었다.

시어머니가 병원에 입원한 뒤로 남편은 딱 한 번 얼굴을 디밀었을 뿐이었다. 간혹 전화를 걸어와 시어머니와 통화하는 정도였다.

"정말 바쁜 모양이다. 밥도 못 먹고 일만 하는 모양이다."

시어머니가 오히려 남편을 변명했다. 며느리 보기가 미안해서 그런 것은 아니었다. 정말 그렇게 믿고 있는 것이다.

설령 어머니는 자식이 이혼을 한다고 해도 놀라지 않을 것이다. 그리고 경희가 아무런 변명도 하지 않는다면 아들의 말을 무조건 믿을 것이다. 그러거나 말거나 이제는 아무것도 신경 쓰지 말기로 했다. 그래야만 일이 수월하게 풀릴 것이다.

아무리 그렇더라도 자식들을 생각하면 그게 아니었다. 너무도 마음이 무거웠다. 어쩌면 남편이 원해서 도장을 찍기로 마음먹은 것은 아닐지 몰랐다. 자식들 때문이었다.

호진은 요즘 더 늦게 돌아왔다. 거의 새벽에 들어왔다가 아침이면 간신히 세수만 하고 뛰어나갔다. 더 이상은 집안 일에 관심이 없다는 듯이 아무것도 묻지 않았다. 경희와 눈이 마주쳐도 마치 타인을 보듯이 냉랭하기만 했다. 잠깐씩 시간을 내어 병원에 얼굴을 디밀기는 하지만 절대 삼십 분 이상을 앉아 있지 않았다.

병원에서 남편에게 대들던 호진의 얼굴이 떠올랐다. 제 아버지한테 말대꾸 한 번 안하고 자란 아이였다. 하지만 그 아이는 마치 가슴에 비수라도 숨겨놨다 들이미는 사람처럼 무섭게 대들었다. 남편이 더 길길이 날뛸 수밖에 없었던 것도 당연했다.

제 아버지가 다른 여자와 다정하게 앉아 있는 모습을 보고 얼마나 충격을 받았을까. 그 생각만 하면 쿵쿵쿵, 가슴이 방망이질을 해댔다.

앞으로도 그 애는 계속 늦게 들어올 것이고, 아무것도 알려 하지 않을 것이다. 집안의 불행을 잠시라도 잊기 위해서.

규리도 마찬가지였다. 그래도 호진보다는 나은 편이었지만 경희가 무슨 말을 건네도 네, 아니오, 그럴 뿐이었다. 그리고 집에 돌아오면 제 방으로 들어가 문을 잠그고 아무도 들이지 않았다.

"일을 많이 맡아서 어쩔 수가 없어요."

그렇게 말했지만, 그 애가 나간 뒤 방에 들어가 보면 아무 흔적도 보이지 않았다. 하다못해 벗어던진 옷가지 하나 없었다. 옷 서랍도 항상 가지런했고, 침대 위도 말끔하게 정돈되어 있었다.

그 애는 경희의 손길을 철저하게 거부하고 있는 것이다. 옷 하나 경희가 빨 수 있는 기회조차 주지 않으려 들었다.

"나는 엄마가 끔찍해."

그 애는 온몸으로 그렇게 말하고 있는 것이다.

호연이는 며칠째 들어오지 않고 있었다. 워낙 떠돌아다니기를 좋아하는 아이였다. 그러니까 지금도 어딘가를 여행하고 있는 거라고 믿고 싶었다.

하지만 텅 비어 있는 그 애 방을 들여다볼 때마다 경희는 꼭 숨이 막히는 가슴 때문에 밭은 숨을 몰아쉬어야만 했다.

어쩌면 그 애는 영원히 안 돌아올지도 몰랐다. 적어도 경희가 이혼 도장을 찍기 전에는.

그 애들 말이 옳았다. 지옥처럼 사는 삶을 계속 보여주는 것은 책임이나 의무와 아무런 상관이 없었다.

경희는 자식들이 그 나이 되도록 왜 결혼에 대한 환상이 없는지 이제는 알 수 있었다. 에미가 보여준 한스러운 삶에 지쳐버린 아이들이었다.

전화 벨이 울렸다. 급작스럽게 울리는 벨 소리 때문에 가슴이 쿵, 무너지는 소리를 냈다. 요즘 들어 걸려오는 전화는 어떤 것이든 두렵기만 했다. 남편의 전화도 그렇고, 하다못해 친정 어머니의 전화도 두려웠다.

"경희냐?"

친정어머니였다. 예, 경희는 애써 음성을 단조롭게 가다듬었다. 시어머니도 그렇지만 친정 어머니도 지금의 상황을 눈치채지 말기를 간절히 바랐다.

자식들 일로 마음 고생을 할 만큼 젊은 분들이 아니셨다. 이제는 자식들 잘 사는 모습 보면서 손주들 재롱 보면서 하루하루 사는 것만으로도 남은 세월이 짧은 분들이었다.

시어머니는 병원에 입원한 뒤로 부쩍 몸이 마르고 얼굴에 주름살도 많이 늘어난 것 같았다. 그리고 경희를 보면 말없이 쳐다만 볼 뿐, 이상하리만치 표정이 어두웠다.

"별일 아니래요, 어머니. 급체를 했다네요. 아무 걱정 마세요."

경희가 안심을 시켰어도 말없이 고개만 끄덕일 뿐이었다. 그럴 때의 시어머니 모습은 너무도 늙어 보였다.

나이를 먹으면 누가 굳이 말하지 않아도 자식들이 어떤 곤경에 처했는지 느낌으로 다 알 수 있는 것일까. 이상하게도 시어머니, 친정 어머니 두 분 다 모든 일을 알고 있는 것만 같았다. 말이 부쩍 줄어든 시어머니도 그렇고, 아침마다 전화를 걸어 와 눈치를 살피는 친정 어머니도 그랬다.

"냉장고에 꽂게 좀 해다 났다. 너 입맛 찾아서 뭐 좀 먹어라. 누워 있는 양반보다 간호하는 사람이 더 힘든 법이다."

친정 어머니는 조심스럽게 말을 건네 왔다.

"너 입맛 떨어지면 꽂게 찾았잖어."

목이 꽉 메어 아무 말을 안했을 뿐인데 어머니는 먼저 변명을 하셨다. 그런 건 뭐하러 해오느냐고 퉁바리 맞기라도 할까 봐 그러시는 것이다.

자나깨나 딸 자식 걱정에 눈물 마를 날이 없는 어머니셨다. 어머니의 주름진 얼굴이 경희의 마음을 더 어둡게 만들었다.

"이제 힘들게 오시지 마세요. 제가 대충 해놓고 나가면 되거든요."

"그런 소리 마라. 내가 해줄 게 뭐가 있어야 말이지……."

어머니 목소리는 벌써 젖어 있었다.

시어머니가 병원에 입원한 뒤로 어머니는 이틀에 한 번 정도씩 이리로 와서 밥을 지어 놓으셨다. 추운 겨울에 심장에 무리라도 갈까봐 아무리 말려도 소용이 없었다.

8층까지 걸어 올라오려거든 오지 말라고 화를 냈더니 용기를 내어 청소하는 아주머니께 엘리베이터 타는 법을 물어보신 모양이었다.

"이젠 아무 걱정 마라. 8층이고 20층이고 힘 하나 안 들이고 올라갈 수 있으니까."

어머니는 자랑스럽게 그렇게 말씀하셨다.

어떻게든 딸 자식한테 힘이 되어 주고 싶어하는 어머니 때문에 더 힘이 들었다. 언젠가는 다 밝혀질 테지만 딸 자식의 불행을 알게 되면 어떻게 견디실까, 벌써부터 억장이 무너졌다.

"이 에미 정성을 봐서라도 밥 먹고 나가거라. 병원 밥 입에 안 맞으면 엄마가 병원 입구까지 밥을 해다 갖다 주고."

"……."

"너는 어려서부터 남의 밥 잘 못 먹었다. 억지로 먹으면 체하고, 탈나고."

"힘들게 그러지 마세요. 그러면 제가 더 거북해요."

"아서라. 그런 소리 마라. 에미다, 에미. 에미가 너한테 그렇게라도 해줄 수 있다는 것이 얼마나 고마운 일이냐. 나는 어떻게 되든 아무 걱정 마라. 그저 너 어떻게 될까 두렵다."

"……."

이 나이가 되도록 어머니한테 애물단지밖에 못되는 자신이 너무도 미웠다.

"걱정 마세요, 엄마. 나는 괜찮아요."

담담하게 말을 이었지만 볼을 타고 흐르는 눈물까지 감출 수는 없었다.

"얼마나 더 병원에 있어야 할 것 같냐?"

어머니가 조심스럽게 물어오셨다.

"모르겠어요. 검사 결과 나와봐야 알 것 같아요."

"그 양반도 그 양반이지만 너를 위해서라도 별일 없어야 할 텐데……. 그것 봐라. 세상 일 어제 모르고 오늘 모르는 법이다. 그 양반 천년 만년 건강하게 잘 살 줄 아셨겠지만 병들어 누우니까 며느리밖에 없구나."

어머니는 화난 음성으로 말을 했다.

"할 소리 아니다만, 사람은 되로 주고 말로 받는 법이다. 죽어서 벌 받는 것이 아니라 살아 생전에 뭘 잘하고 잘못했는지……."

"엄마 그만 해요."

경희는 어머니의 말허리를 잘랐다. 어머니는 지금 오래 묵은 울화를 그렇게 터뜨리고 있는 것이었다.

"그래, 미안하구나. 에미라는 게 이렇게 소갈머리가 없다. 너 힘든 줄 알면서도……."

어머니는 시어머니 증세를 다시 물어왔다. 하루만에 달라질 게 아무것도 없을 텐데도 이것저것 자세하게 물어왔다.

"임서방은 자주 병원에 들여다보냐?"

어머니는 가슴속에 묻어 둔 말을 조심스럽게 물어왔다.

"예……. 애들도 병원으로 퇴근하는 걸요."

경희는 마음에 없는 말을 덧붙였다.

"그래서 늦도록 집에 안 돌아오는 거겠지."

어머니는 다시 혼잣말처럼 중얼거렸다.

시어머니는 며칠 더 병원에 있어야 할 것 같았다. 아직 검사 결과가 나오지 않았던 것이다. 의사는 별일 아니라고 했지만 경희는 뭔가 모르게 불안한 심정을 떨칠 수가 없었다.

그렇게 정신이 멀쩡하던 양반이 요즘 들어 부쩍 엉뚱한 소리를 하는 것이었다.

"내가 말이다, 아주 옛날에는 꽤 이뻤단다. 네 시아버지만 아니었으면 마음 고생 안하고 호강하면서 살았을 거야."

"일곱 살 때 어머니를 따라서 산에 갔는데 글쎄, 내 머리통만한 물건이 보이질 않겠냐., 그래서 아무 생각 없이 돌멩이를 툭 던졌는데 아이구머니, 글쎄 구렁이었지 뭐냐."

"숙자 그 애는 잘 살겠지? 지지리궁상으로 사는 집 딸이었는데 왜 그렇게 나를 미워했나 몰라. 나만 보면 못 잡아먹어서 안달이었으니까."

어느 때는 느닷없이 당신 지갑이 없어졌다며 경희를 의심하기도 했다.

"네가 감춘 거냐? 내 지갑이 탐나면 그냥 달라고 할 것이지 왜 감춘 거야? 그 속에 돈이 얼마나 있다고!"

그러다 정신이 나면 멋쩍은 웃음을 지으며 말했다.

"꿈을 꾸었는데 누가 내 지갑을 훔쳐갔지 뭐냐. 그 꿈 생각을 했는데 그게 꿈이 아니라 정말 있었던 일 같아서……."

뭐가 뭔지 혼란스러울 뿐이었지만 의사는 좀더 검사를 해보자는 말만 했다.

"노인성 치매 증상인 것 같긴 하지만 아직은 속단하기 어렵습니다."

그 말을 듣는 순간 눈앞이 아뜩했다. 그 병 수발을 어떻게 하나, 하는 걱정이 아니었다. 병든 시어머니를 놔두고 홀가분하게 떠날 수 있을까, 자신이 없었다.

시어머니는 가끔씩 배를 움켜쥐고 철부지 아이처럼 칭얼대기도 했다. 그러다 경희가 배를 쓸어주거나 당신이 먹고 싶다고 하는 것을 앞에 놔주면 언제 그랬냐 싶게 활짝 웃고는 했다.

"옛날에도 네 시아버지가 속을 한번씩 뒤집어 놓으면 열흘도 좋고 스무 날도 좋고, 정말 지옥살이가 따로 없었다."

정신이 들면 미안했던지 시어머니는 변명처럼 그렇게 말하고는 했다.

그런저런 일만 아니라면 하루라도 빨리 그 병원을 나오고 싶었다. 그래야 남편한테 덜 시달릴 것 같았다.

남편은 성호와의 관계를 아무 것도 아닌 일을 공연히 트집 잡는 사람처럼 굴었다.

"나하고 이혼을 하면 그 자식이 보살펴 주겠지? 안 그러면 사람도 아니게."

"위자료를 갖고 오라고 하던가? 흥, 한 푼도 줄 수 없지. 그 자식이 남의 유부녀한테 군침을 삼킨 것도 돈 때문일 테지만 말야."

"그 자식이 얼마나 더러운 위선자인지는 천하가 다 알고 있지. 그 구멍 가겟집 자식 때문에 내가 왜 이렇게 처참하게 됐는지 모르겠군. 그 자식은 매사에 나를 방해만 하고 살았어. 내가 법대를 간다니까 덩달아 쫓아 온 자식이야."

남편은 자신의 삶이 그 사람 때문에 망가졌다고 믿는 것처럼 그렇게 말했다. 돌이켜보면 남편이 시험을 포기했던 이유도 성호 그 사람과 무관하지 않았다. 그가 시험에 합격했을 때 남편은 시험에 낙방하고 말았다. 남편은 말로는 축하한다고 했지만 거의 오랫동안 술에 절어 살았던 일을 경희는 또렷이 기억하고 있었다.

남편은 그가 먼저 시험에 합격했다는 사실을 못 견뎌한 것이고 다음 해 시험에 합격한다는 보장이 없다는 것을 누구보다 잘 알고 있었다.

남편은 성호 그가 합격한 시험에 자신이 떨어졌다는 것도 용납할 수 없었지만 다음 해 시험에 낙방했을 경우 처참하게 구겨질 자신의 자존심을 더 염려했던 것이다.

"내 인생은 그 자식 때문에 항상 엉망이 되고는 했어. 하나에서 열까지 모두 다!"

"그 자식은 내 흉내만 내면서 출세를 했어. 내 명예까지 모조리 훔쳐간 자식이라구! 그 자식 때문에 내 삶은 엉망진창이 됐어! 알기나 해!"

남편은 한때 성호 그가 경희에게 관심을 쏟았던 일까지 들먹이고 있었다. 남편은 자신이 경희를 선택한 것까지도 그의 탓으로 돌리고 있는 것이다.

하지만 경희는 차츰 그를 이해할 수 있었다. 자신의 행동을 모두들 바람이라고 비난해도 그 사람은 눈 하나 꿈쩍하지 않을 것이다. 자신은 절대 바람이 아니니까.

그리고 바람이 아니었다는 것을, 누가 뭐래도 진실이었다는 것을 증명하기 위해서라도 새 여자를 버리지 않을 것이다. 그것만이 자신의 행동을 스스로 용납할 수 있는 유일한 방법이기 때문에.

그는 남의 용서 따위는 결코 중요하지 않았다. 스스로의 합리화가 필요할 뿐이었다.

그렇게 자신을 합리화시키기 위해 폭언과 폭력을 서슴없이 휘두르는 그가 차라리 가엾었다. 그리고 마지막 선물처럼 그를 도와주고 싶었다.

병원에도 나타나지 않던 사람이 경희가 집에 돌아올 시간이면 현관 앞에 버티고 서 있을 때가 많았다.

현관문을 열고 들어서면 남편은 독사눈을 하고 경희를 노려보았다.

"흥, 성호 그 자식 만나고 오느라고 늦었겠지? 벌써 두 시간이 지났군."

그런 식이었다. 병원을 나와 시장에 들러 이것저것 사고, 은행의 일이라도 보고 돌아오자면 두 시간 정도는 긴 시간이 아니었다. 하지만 남편은 경희가 병원을 나선 시간을 귀신같이 알아내어 그렇게 트집을 잡았다.

처음에는 버티고 앉아 있는 남편을 발견하고는 기겁을 하고 놀랐지만 이제는 나아진 편이었다. 그러나 독사눈을 하고 쳐다보는 그 얼굴만은 똑바로 쳐다볼 수가 없었다. 저 사람이 삼십년 넘게 살을 맞대고 산 사람인가, 슬플 뿐이었다.

남편은 이제 경희의 부정을 트집 잡아 이혼을 요구하고 있었다. 자신이 어떤 짓을 했고, 무슨 잘못을 저지르고 있는지는 아예 잊어버린 사람 같았다.

"당장 이혼해! 이혼을 안 하고 버틴다고 네년 죄가 덜어질 것 같애!"

남편은 길길이 날뛰었다.

"나는 부정한 짓 한 적 없어요. 당신을 사랑한 죄밖에 없다구요."

"그따위 변명이 나한테 통할 것 같나? 흥, 어림없는 소리 작작해. 성호 그 자식이 그렇게 내 감정에 호소하라고 했나? 그 자식이 네 뒤를 똥개처럼 졸졸 쫓아다닐 때부터 알아봤어야 했어."

"나도 당신 같은 사람에게 사랑이라는 단어를 쓰고 싶지 않아요. 다만 죄없는 사람에게 억울한 소리는 마세요. 아무리 여자가 좋더라도 하늘이 보고 있다는 걸 잊지 말아요."

"개소리 작작해! 네년이 얼마나 비겁하게 굴고 있는지 알어?"

"내가 뭘 비겁하게 굴었어요?"

경희는 가슴을 진정시키고 조용하게 물었다.

"네 년은 나를 잡기 위해서 성호 그 자식을 거들떠보지도 않았어."

"그걸 이제서야 알았어요? 나는 당신밖에 사랑하지 않았어요."

"흥, 모르는 사람이 들으면 그 말에 감동할 테지만 천만의 말씀! 네년은 성호 그 자식 가난을 버리고 돈 많은 나를 선택했을 뿐이야. 그뿐인 줄 아나? 그 무렵만 해도 누가 보건 성공할 사람은 그 자식이 아니라 바로 나였어. 만약에 입장이 바뀌었다면 너는 나 대신 그 자식한테 붙었을 거야!"

살면서 이런 모욕을 당할 수 있다는 것이 믿기지 않았다. 그것도 남도 아닌 남편에게. 하지만 그러면 그럴수록 마음은 담담해져 갔다.

"이제는 어머니 병 간호 핑계대고 날 붙잡아 두려고 기를 쓰지만 천만의 말씀이야!"

"자신이 뭘 잘못하고 있는지는 알고 있잖아요! 알고 있으면서 왜 바보처럼 이러는 거예요?"

기어이 울음을 터뜨리고 말았다.

"변호사를 샀으니까 그리 알어! 네년한테 위자료를 한 푼도 줄 수 없으니까 개망신 안 당하고 나가는 것만이라도 고마워하라고!"

"……"

경희는 더 이상 말을 하지 않았다. 변호사를 샀다는 말은 거짓이 아닐 것이다. 이제 모든 것은 마지막을 향해 치닫고 있었다. 그는 법을 공부한 사람이었다. 그런 사람이 법을 이용한 일이라면 뭘 못하랴 싶었다. 다른 사람은 몰라도 그가 어떻게 해서 사업에 성공했는지 경희는 너무도 잘 알고 있었다. 그는 교묘한 방법으로 법을 이용해 사업을 성공시킨 사람이었다. 자신 때문에 누가 피해를 보고 누가 절망에 빠지건 상관하지 않는 사람이었다.

"정 억울하면 변호사를 사시지. 미안하지만, 내가 벌어서 늘린 재산은 한 가지도 없어. 모두 아버지 유산이야. 네년 잘못 만나 재수없이 돈 까먹은 일은 있어도 내가 번 돈은 없으니까 나눠 줄 돈은 한 푼도 없어."

경희는 부엌으로 들어갔다. 그리고 물을 세게 틀고 손을 씻었다. 손이라도 씻어야 마음이 안정될 것 같았다.

손이 시려웠다. 하지만 더 세게 물을 틀고 아주 오랫동안 손을 씻었다.

"아무리 몇 십 년을 살았어도 유산을 위자료로 주라는 법은 아직 없다는 것만 알고 있어."

남편은 다가와 거칠게 물을 잠그며 소리를 질렀다. 그 말이 무슨 뜻인지 경희는 잘 알고 있었다. 물려 받은 유산 외에 자신이 일궈낸 모든 재산을 다른 사람 명의로 다 돌려놨다는 뜻이리라. 설령 법정에 서는 일이 있더라도 그는 경희 몫으로 떼어 줄 수 있는 재산을 단 한 푼도 남겨 놓지 않았을 것이다. 그는 그렇게 지독한 사람이었다.

경희는 죽을 힘을 다해 남편을 노려보았다. 하지만 눈을 부릅뜨면 부릅뜰수록 눈꺼풀이 무거웠다. 눈시울에 고여 있던 눈물이 볼을 타고 흘러내렸다.

경희는 입술을 깨물었다.

"이래야 해요? 꼭 나한테 이래야 해요?"

경희는 간절하게 물었다. 그가 경희 자신을 사랑했던, 그 사람이 분명하다면 경희 가슴속에 담겨진 애틋한 마음을 조금이라도 알아주길 바랐던 것이다.

"그래, 네가 배운 게 그런 거지 근성밖에 없지. 너같이 천한 족속들은 궁지에 몰리게 되면 눈물 콧물 찍어가면서 동정을 구걸하지. 네년 친정 족속들이 다 그랬어."

그는 언젠가 남동생한테 당했던 일을 다시 상기시키고 있었다. 경희는 순간적으로 눈시울을 적시고 있던 물기가 바싹 말라버리는 기분에 빠져들었다. 정말이지 눈물 한 방울의 가치도 없는 사람이었다.

"천한 건 내가 아니라 그년이에요! 나는 술은 팔지 않았어요. 다른 남자들 앞에서 웃음을 판 일도 없고 몸뚱이를 판 일도 없다구요!"

"이년이!"

다시 그의 발길이 몸뚱이 위로 떨어졌다. 그의 힘을 막을 기운이 없었다. 경희는 그 발 밑에서 처참하게 일그러져야 했다.

"그 여잘 한번만 더 주둥이에 올렸다가는 죽여 버리겠어! 그 여잔 네년처럼 비겁하지는 않아. 그리고 나밖에 모르는 여자야."

"……."

경희는 고개를 들어 그를 쳐다보았다.

"노려봐? 네년이 감히 날 노려봐!"

식탁 위에 놓아두었던 야채 봉지가 경희 발 밑으로 사정없이 나가떨어졌다.

호박과 버섯이 함부로 흩어졌다. 두부는 그의 발 밑에서 으깨지고 말았다.

"이런 것들이 너를 지켜주리라고 믿다간 오산이야. 더러운 년!"

남편은 이를 악물고 욕을 내뱉었다.

귀신 같았다. 아니, 악마 같았다. 어떻게 인간의 탈을 쓰고 저렇게 변할 수 있단 말인가.

"당신이 아무리 그래도 나는 절대 이혼해주지 않아. 어떤 년 좋으라고 내가 이혼을 해? 흥, 어림없는 소리!"

경희는 악을 쓰며 소리쳤다.

"그래, 떠들어라! 찢어진 입이라고 함부로 떠들어 봐!"

남편은 있는 힘을 다해 경희 얼굴을 향해 손바닥을 날렸다.

아프지는 않았다. 설령 망치를 들고 와 몸을 때린다고 해도 아프지 않을 것이다. 마음속에서 죽창처럼 자라고 있는 증오는 그런 것쯤 아무것도 아니게 해주었던 것이다.

"당신은 마누라하고 이혼하자고 법 공부를 했었나요? 그래요?"

경희는 씩씩대며 간신히 물었다.

"입 닥치지 못해!"

다시 주먹이 날아왔지만 가만히 맞고만 있진 않았다.

"네 까짓게 뭔데 날 때려! 죽여버릴 거야!"

경희는 피하지 않았다. 그리고 남편의 팔을 붙들고 죽을 힘을 다해 물어뜯었다.

"이년이!"

남편은 경희를 힘껏 밀어뜨렸다. 그러나 죽을 힘을 다해 덤비는 경희를 향해 가래침을 뱉었다.

"꼴값하기는."

그는 다시 무섭게 경희를 노려보고 몸을 돌렸다.

문 소리가 들렸다.

경희는 한동안 미동도 하지 않고 벽에 기댄 채 앉아 있었다. 그러다 차분하게 흩어진 머리카락을 쓸어 올렸다. 그리고 빗자루와 걸레를 들고 와 어지럽혀진 거실을 깨끗하게 치웠다.

한동안 아무 생각도 없이 바닥을 치웠다.

부엌은 금방 원상태로 돌아왔다. 경희 손길을 따라 거실도 말끔하게 정돈이 되었다.

어느 누구든 자신의 삶을 함부로 헝클어 놓을 수는 없었다. 그 누가 되든.

자신은 여전히 여기 있을 것이고 앞으로도 세 아이의 엄마로 며느리로, 아내로 살 것이다. 그것은 세상이 뒤집어지는 사태가 벌어진다고 해도 변할 수 없는 일이었다.

유리 조각에 손가락을 다쳤지만 아랑곳하지 않았다. 가슴속에서는 그보다 더한 피고름이 쏟아지고 있었다.

그렇게 일을 하다 말고 베란다로 나가 밖을 내다보았다.

눈이 내리고 있었다. 아침부터 쌓인 눈이 세상을 하얗게 뒤덮고 있었다.

　아직도 남편은 차 앞에서 한동안 서 있었다. 그리고 담배를 빼어물고 있었다. 그때서야 경희는 남편이 담배를 피우기 시작했다는 것을 알았다. 그 새로운 사실이 왜 그렇게 마음을 아프게 했는지 모르겠다.

　남편은 한참 동안 그렇게 서 있다가 손을 뻗어 차 지붕 위에 쌓인 눈을 쓸어내렸다.

　팔을 크게 벌리고 훠어이 훠어이…….

　좀전에 악마처럼 경희에게 폭력을 내두르던 모습은 어디에도 없었다. 늘 그랬던 것처럼 완벽하고 빈틈없는 가장의 모습으로 거기 서 있었다.

　그 모습이 왜 눈물 나도록 슬펐는지 모르겠다. 치밀어 오르는 눈물을 참느라 두 손으로 가슴을 죽어라 움켜쥐었다.

　그의 아내라는 것이 그렇게 미안할 수가 없었다. 한 남자와 한 여자가 만나 가정을 이루며 살았지만 이제는 죽이고 싶을 만큼 증오하는 관계로 변해 있었다.

　세상에는 뜻하지 않게 서로를 증오하게 되는 관계가 많이 있을 수 있었다. 그러나 사랑이 식어버리고 미움과 증오밖에 남아 있지 않는 부부만큼 끔찍한 관계가 또 있을까.

　남편 차가 사라진 뒤에도 경희는 그 자리를 떠나지 않았다.

　"내가 당신 아내가 아니라 친구라면 이렇게 자랑하고 싶겠지? 나 지금 사랑에 빠져 있어. 나는 내 가슴이 바짝 말라 버린 줄 알았어. 나이만큼 늙고 힘없어진 줄 알았어. 하지만 아니었어. 내 가슴에 새로운 사랑을 받아들일 수 있는 공간이 남아 있다는 것을 확인했다는 것만으로도 나는 너무 행복해……."

　그를 정말 행복하게 해주려면 이혼밖에 방법이 없었다. 하지만 두려웠다. 이혼을 하면 혼자 남게 되리라. 혼자서 텔레비전을 틀고, 보고 싶은 프로만 골라서 보고, 혼자서 밥을 끓여 먹고, 혼자만의 옷을 세탁하고……

그런 외로움을 견뎌낼 수 있을지, 그게 와락 무서웠다.

하지만 이혼을 망설일 수는 없을 것 같았다. 이제는 남편 옆에서 할 일이 없었다.

사랑이란 상대방이 자신을 필요로 할 때 있어주는 거라고 했던가. 그렇다면 이제 경희가 남편 곁에 있어야 할 하등 이유가 없었던 것이다.

이제는 남편을 말끝마다 파라오라고 불러주는 그 여자가 남편 곁에 있어줘야 옳았다.

참 세상일이란 게 신기하기도 했다. 예전에는 어떤 고난이 닥쳐도 참고 살도록 경희를 몰아붙이더니만 이제는 아니었다. 모든 것들이 경희의 이혼을 위해 계획되어진 일밖에 없었다. 이미 각본이 다 짜여 있고 경희 자신은 그 각본대로 움직이는 허수아비에 불과했다.

십년 이상 키웠던 열대어들이 몽땅 죽어버렸고 남편이 중국에서 선물로 사다 주었던 중국 대나무가 죽어버렸고, 조금 전에는 아껴 쓰던 큰 접시 하나가 와장창 깨지고 말았다. 바닥으로 떨어지기는 했지만 깨질 만큼 충격을 받은 것도 아닌데 박살이 났던 것이다.

깨지는 접시를 보면서 오히려 마음은 편안했다. 아무리 반항을 하고, 거역을 해도 이제는 그런 하찮은 그릇 하나까지 경희를 몰아내는 것만 같았다. 이제 몸뚱이 하나만 사라지면 모든 것은 원상태로 돌아가리라. 남편, 자식, 모두 다……

경희는 다 쑤어진 잣죽을 보온병에 담고 보자기에 싼 뒤에 식탁에 올려 놓았다.

찻잔과 과일을 준비해 둔 뒤에 방으로 들어가 머리와 얼굴을 대충 다듬었다.

시계는 아홉시를 가리키고 있었다. 조금 후면 성호의 부인이 찾아올 것이다.

그녀에게서 전화가 걸려온 것은 어젯밤 열시 경이었다.

"이런 전화를 해야 될지 많이 망설였습니다."

그녀는 목소리가 퍽 얌전했다. 전화를 받는 순간 왜 전화를 했을까, 하는 것을 따지기 앞서 참 예쁜 목소리구나, 그런 생각부터 했다.

"그냥 호진 어머니를 한 번 뵙고 싶어서요."

무슨 일 때문이냐고 묻지 않았다. 남편 때문일 것이다. 그녀는 잠깐 숨을 고른 뒤에 다시 덧붙였다.

"병원으로 찾아 뵐까요?"

"병원보다는 바깥이 좋을 것 같습니다."

경희는 잠든 시어머니 얼굴을 살피며 빠르게 말했다. 그리고 집으로 오면 어떻겠냐고 물었다.

"저도 그게 좋겠습니다."

처음부터 끝까지 차분한 그녀의 음성이 오히려 경희 마음을 편안하게 해주었다.

그녀는 열시 경에 찾아오겠다고 말한 뒤 전화를 끊었다.

어떤 이야기를 들었는지는 모르지만 만난다 하더라도 큰 문제는 있을 수 없었다. 그렇더라도 마음 편할 수는 없는 노릇이었다. 헛소문이건 진실이건 제 남편에 대한 부정을 입에 올리고 싶어하는 여자는 없을 것이다.

비록 남편끼리 친구라고는 하지만 한 번도 만나 본 적이 없는 여자에게 전화를 걸어 만나자고 했을 때는 마음 고생이 심했을 것이다.

병원에서 보여주었던 남편의 행동이 다시 떠올랐다. 경희 혼자 피해 입는 것은 이제 두렵지 않았다. 그렇지만 다른 사람까지 피해를 입게 놔둘 수는 없었다.

그녀를 만나서 뭐라 할 것인가.

경희는 소나무 껍질처럼 거칠어진 입술에 립스틱을 발라 보았다. 그녀가 어디까지 알고 있는지는 모르겠지만 남에게 초라한 모습은 보이기 싫었다.

그러나 바짝 마른 입술 위에서 립스틱은 더 흉칙한 모습만 보여줄 뿐이었다.

다시 세수를 하고 머리카락에 물을 묻혀 가지런히 뒤로 묶었다. 이제는 늙고 초라한 얼굴 하나가 거울 너머에서 멀거니 이쪽을 쳐다보고 있었다.

"그래, 나라도 바람 피웠겠다. 너처럼 못나고 바보 같은 여자 데리고 사는 일이 얼마나 고문이었겠어."

경희는 거울 속의 여자를 향해 그렇게 말해주고 피식 웃었다.

아무 생각 없이 화장대 앞에 앉아 화장을 시작했다. 간혹 옅은 화장을 하기도 하지만 거의 맨 얼굴인 편이었다. 남편이 화장한 얼굴을 싫어한 탓도 있었지만 경희 또한 화장하는 일에 관심이 없기도 했다. 파운데이션을 바르고, 아이라인도 그려보았다. 하지만 거울 속에 나타난 여자는 전혀 낯선 얼굴이었다.

이 나이가 되도록 자기 얼굴에 맞는 화장조차 할 줄 모르는 촌스러운 여자가 거기 있었다.

경희는 거울 속의 모습을 물끄러미 쳐다보다가 화장지를 거칠게 뽑았다. 그리고 얼굴의 화장을 북북 지워냈다. 피부가 벗겨질 정도로.

화장기를 벗겨 내자 다시금 푸석푸석한 얼굴의 여자 한 명이 피곤에 찌든 모습을 드러냈다.

그 얼굴 너머의 가슴은 텅 비어 있는 것만 같았다. 분노와 슬픔에 타버린 가슴은 재의 무덤이 되어 있을 것이다.

버림 받은 여자가 어떤 모습인지 이제는 알 것 같았다.

벨이 울렸다.

경희는 누구냐고 묻지 않고 그냥 문을 열어주었다.

"조금 일렀지요?"

까만 코트 차림의 여자가 문밖에 서서 가볍게 목례를 보내왔다. 아직도 눈이 오는지 여자 머리 위에는 녹지 않은 눈이 조금 앉아 있었다. 까만 옷차림 탓인지 퍽 단정해 보이는 인상이었다.

"호진 어머니는 저를 기억 못하시겠지만 저는 구면입니다."

그녀의 말에 경희는 의아해서 바라보았다.

"결혼식 날 뵈었어요."

그 말에 경희는 말없이 고개만 끄덕였다. 그날 남편 친구들 몇 명이 온 것은 알고 있었지만 그녀까지 온 것은 모르고 있었다.

"그때 우리는 약혼 관계였거든요."

그녀는 그렇게 말해놓고 방긋 웃었다. 웃는 모습도 차분한 여자였다. 그 웃음이 경희 마음을 한결 편안하게 해주었다.

"차는 마신 걸로 하겠습니다. 바쁘실 텐데……."

그녀는 경희가 차와 과일을 준비하는 동안 몹시 미안해 했다.

"남편끼리 친구인데도 우리는 서로를 너무 모르고 있네요."

그녀는 찻잔을 들며 다시 방긋 웃었다.

"워낙 제가 붙임성이 없어서 바깥 출입을 좋아하지 않았거든요. 집하고 학교밖에 몰라요. 다른 사람을 만나면 공연히 낯가림부터 하는 버릇은 나이가 먹어도 고쳐지질 않아요. 그래서 애들이 좋아요. 애들은 마치 제 친구 같거든요. 웃으시겠지만 저는 제 정신 연령을 생각하면 열아홉이라는 숫자밖에 안 떠올라요. 고등학생 최고 나이가 열아홉이잖아요. 우습죠?"

그녀가 다시 웃었다. 경희를 편하게 해주려 일부러 긴 말을 하는 것 같았다.

"붙임성 없기로는 제가 일등이에요. 저야말로 남편하고 자식밖에 사귈 줄 모르는 걸요."

농담처럼 그렇게 말해놓고 경희는 잠깐 입을 다물었다. 자식은 몰라도 이제는 남편도 타인이 되려 하는 것이다. 평생 자식과 남편밖에 모르고 살았기 때문에 이렇게 된 것이 아닐까. 다른 여자들처럼 바깥 세상에 조금이라도 귀를 기울이고 눈을 돌렸다면 이런 불행은 당하지 않았을 것이다.

"제가 찾아온 이유는……."

잠깐의 침묵이 흐르고 그녀가 먼저 입을 열었다.

"……."

무슨 말이 나오든 두려울 것은 없었다. 다만 저렇게 착해 보이는 여자가 자신 때문에 조금이라도 마음 고생을 하고 있다는 사실이 미안할 따름이었다.

"엊그제 퇴근해서 돌아와 보니 자동 녹음기에 호진 아버지 음성이 담겨 있었어요."

"……."

좀전의 기분과 달리 경희는 바짝 긴장하고 말았다. 남편이 왜 자동녹음기에 음성을 남겼는지 선뜻 헤아려지지는 않았다. 이건 예상하지 못한 일이었다.

"……우리 그 양반한테 남긴 메시지였는데 제가 듣게 되었어요.”

“뭐라고 했던가요?”

경희는 바짝 마른 입술을 열어 간신히 그렇게 물었다.

“저는 믿고 싶지 않습니다.”

그녀 음성이 약간 떨리고 있었다.

“하지만 뭔가 짚고 넘어가야 될 것 같아서 실례를 무릅쓰고 찾아왔습니다.”

“잘 오셨습니다.”

경희는 진심으로 대답했다. 성호가 자신에게 이런저런 신경을 써준 것은 사실이지만 가정에 피해를 입힐 행동을 한 적은 분명히 없다고 자신할 수 있었다.

“호진 아버진 우리 그 양반한테 욕을 마구 하더군요…….”

그녀는 말끝을 흐렸다.

그러다 다시 고개를 들고 경희를 쳐다보았다.

“호진 아버지는 마치 우리 애들 아버지하고 호진 어머니 사이가…….”

“…….”

“입에 담기 거북합니다만, 굉장히…… 무서운 관계라고 말했습니다.”

그녀는 무서운 관계라는 말을 쓰고 있었다. 그 말이 경희 마음을 더 아프게 했다. 그녀는 지금 최대한의 예의를 갖추려 애를 쓰고 있었다.

더 이상 듣지 않아도 뻔했다. 남편은 의도적으로 음성 메모를 남긴 것이다. 그녀가 들을 수 있도록. 성호 그 사람이 듣도록 한 것이 아니다. 그것도 증거라고 여겼을까.

“실은…….”

경희가 마른침을 삼키며 그녀를 쳐다보았다.

만나기 전까지는 담담한 심정이었지만 지금은 아니었다. 가슴이 너무도 답답했다. 아무 일 없다고, 내 남편이 억지 소리를 하고 있다고 말을 해도 그녀 내면에 드리워진 불안감을 말끔히 지워낼 수는 없을 것 같았다.

도리가 없었다. 죄없는 사람이 경희 대신 피해를 입게 할 수는 없는 노릇이었다.

"믿기지 않으실 테지만, 우리 그 이가……."

거기까지 말을 했지만 입안에서 말이 만들어지질 않았다. 머릿속으로 복잡한 실타래가 엉켜 아무 생각도 하지 못하게 하는 것만 같았다.

"여자 때문에 모두 다 버리려 하고 있답니다."

바람이 났다는 말은 차마 못하고 그렇게 말했지만 그녀는 언뜻 이해하지 못하는 눈치였다.

"저는 까맣게 모르고 있었는데 사귀는 여자가 있었던가 봅니다."

"설마……."

그녀가 놀란 눈으로 쳐다보았다.

"그렇죠? 저도 설마 했으니까요. 그런데 처음에는 설마 했는데, 모두 다 사실이었어요."

"……."

"그 사람은 지금 그 여자를 선택하기 위해서 모든 것을 다 버리려 하고 있어요. 가정, 아내, 자식, 부모 모두……."

남편의 바람에 대해 누군가에게 이렇게 말할 수 있으리라고는 꿈에도 상상 못한 일이었다. 그를 아직 사랑해서가 아니었다. 그런 일이라면 입에도 올리기 싫었던 것이다. 몸소 당하는 것만도 끔찍한 일이었다.

"호진 아버지는……."

그녀는 상처 난 경희의 손에 잠깐 시선을 두었다가 다시 말을 이었다.

"호진 어머니하고 결혼하기 위해서 정말 모든 것을 다 버리다시피 하셨잖아요. 그렇게 사랑하는 사람을 얻어놓고 어떻게 다른 여자를……."

"좋아할 수 있냐구요? 저도 그게 너무 신기해요."

경희는 될 수 있으면 그녀에게 마음 부담을 주지 않으려 편안하게 대꾸를 보냈다.

"저도 그 사람이 저를 배신할 줄 꿈에도 상상 못했습니다. 우리가 어떻게 결혼했는지, 저는 아직도 생생히 기억할 수 있거든요. 세상 사람 모두 변해도 그 사람은 변하지 않는다고 믿었어요. 제가 얼마나 어리석은지 아시겠죠?"

경희는 가슴에 담아두었던 말을 그대로 토해놓았다.

"저한테 그러더군요. 저에 대한 사랑이 처음이자 마지막인 줄 알았대요. 그런데 세상에 널리고 널린 것이 사랑이더랍니다. 이해하시겠어요?"

"……."

"그렇게 흔해 터진 사랑을 목숨과도 바꿀 수 있다고 여겼다는 사실이 너무 억울하답니다."

"……."

"그 사람은 저한테 누명을 씌우기 위해 혈안이 되어 있어요. 처음에는 이해할 수 없었는데 이제 왜 그러는지 알 것도 같습니다. 스스로 뭘 잘못하고 있는지 너무도 잘 알고 있기 때문에 자기 합리화가 필요한 것이지요."

"……정말 모르고 있었습니다. 우리집 양반이 가끔 호진 어머니에 대해서 이야기를 하고는 했지만 이번 일은 금시 초문이었습니다."

그가 자신에 대해 무슨 말을 했을까, 경희는 문득 깨끗한 눈을 지닌 그 사람의 얼굴을 떠올렸다.

"그 양반은 호진 어머니에 대해서 참 좋은 인상을 갖고 있어요. 우리 딸애들한테까지 말했을 정도니까요."

"……."

"여자란 그렇게 얌전해야 된단다."

"……."

"아무리 세상이 변해도 여자가 할 몫이 있고 남자가 할 몫이 있단다. 그 분은 그걸 철저하게 알고 사는 분이다."

"……."

"시어머니한테 잘하고, 남편 위해서 최선을 다하고, 자식들에게 헌신적이고."

"……."

아무 말도 귀에 들어오지 않았다. 그게 옳은 줄 알고 살았었다. 누가 뭐라고 해도 그렇게 사는 것이 정답인 줄 알았다.

어머니가 그렇게 살았고, 어머니의 어머니가 그렇게 살았듯…….

하지만 모두 틀린 답이었다. 어느 것 하나 맞지 않는. 이 나이가 되어 정답인 줄 알고 살았던 삶이 몽땅 거짓과 위선이라는 것을 깨달은 것이다.

누구랄 것도 없이 화가 치밀었다. 모두 경희를 엉뚱한 길로 내몬 뒤 늪에 빠져 허우적대고 있는 경희를 보고 낄낄대며 웃음을 날리고 있는 것이다.

"제가 왜 여기까지 왔는지 이해하시겠군요?"

"……."

"제가 왜 긴장할 수밖에 없었는지도 아시구요?"

"……."

"우리 집안은 참 다복한 편입니다. 저는 이태껏 우리집 양반하고 말싸움 한 번 해본 적 없구요. 그 양반 얼굴 표정만 봐도 저는 무슨 생각을 하는지 알겠더군요."

그녀의 말이 순간 경희를 까닭없이 긴장시켰다.

"호진 어머니가 몹시 딱하게 됐습니다. 하지만 저는 어쨌든 우리 가정을 지켜야 하기 때문에……."

그녀가 잠깐 말을 끊었다. 그리고 다시 경희를 바라보았다.

"혹시라도 우리 아이들이 그 녹음을 들었을까 봐 얼마나 가슴을 졸였는지 모릅니다. 제가 집에 돌아왔을 때 벌써 두 아이 모두 돌아와 있었거든요."

"……."

경희는 아무 대답도 하지 않았다. 할 수가 없었다. 말을 할 수 있는 상황이 있고 할 수 없는 상황이 있게 마련이었다. 너무도 가슴이 막히고 억장이 무너지면 차라리 말은 입안에서 흔적도 없이 사라져 버린다.

"병원에서도 심각한 일이 있었다는 말은 들었습니다."

그녀는 두 손을 무릎 위에 단정히 놓으며 경희를 쳐다보았다.

"우리 오빠가 그 병원에 있거든요."

"그날 처음 알았습니다. 우연히 그렇게 됐을 뿐인데 남편은 그 일마저도 꾸민 일이라고 누명을 씌우고 있습니다."

"그러면 왜 죄없이 당하고만 계시죠?"

그녀는 심각하게 물어왔다.

"모르겠어요. 입장을 바꿔서……."

뭐라 불러야 할지 몰라 잠깐 말을 끊었다.

"유경이에요, 우리 큰애 이름이."

"유경 엄마라면 어떻게 하셨을 것 같애요?"

"법적으로 얼마든지 해결할 수 있을 텐데요."

"……."

경희는 다시 말문을 잃고 말았다. 이미 변호사를 선임했다고 하던 남편의 말이 떠올랐다. 그 사람을 이길 수 있는 것은 이제 세상에 없습니다, 그렇게 말해야 될까.

모두가 그렇게 말할 것이다. 변호사를 선임해서라도 손을 써야 되지 않겠냐고. 그러나 아니었다. 남편도 그렇고, 경희 자신도 그런 외적인 방법이 아니라 좀더 본질적인 문제부터 해결해야 옳았다. 그것이 어떤 방법이든.

긴 침묵이 흘렀고, 그녀가 뭐라 몇 마디 물어왔지만 경희는 한마디도 대답을 할 수가 없었다. 시어머니의 증세를 물었고, 아이들 안부를 물었던 것 같고, 왜 애들은 결혼을 안 하느냐고 물었던 것도 같았다. 경희는 간신히 고개를 젓거나 고개를 끄덕여 주었을 뿐이었다.

손가락 하나 까딱할 기운이 없었다. 눈만 감으면 천 길 낭떠러지로 몸이 굴러떨어지는 것만 같았다. 경희는 허벅지를 죽어라 꼬집었다. 이대로 정신을 놓아서는 안 되었다. 아직은 버텨야만 했다. 할 일이 너무도 많았다.

전화 벨이 울었다. 받고 싶지 않았지만 경희는 손을 뻗어 송수화기를 집어들었다.

"안녕하십니까?"

송수화기를 타고 흘러나오는 남자 음성에 경희는 기겁을 하고 놀랐다. 성호 그였다.

당황해서 그녀의 얼굴을 쳐다보고 말았다. 그녀는 경희와 시선이 부딪친 순간 의혹의 눈빛을 감추지 못하고 이쪽을 쳐다보았다.

"어, 어쩐 일이세요?"

경희는 더듬거리며 물었다.

그가 이런 시간에 전화를 걸어왔다는 것도 당혹스러운 일인데 지금 앞에는 그의 아내가 앉아 있었다.

"걱정이 돼서 전화했습니다."

"걱정 해주셔서 고맙습니다."

경희는 정신을 바짝 차리고 목에 힘을 주었다. 그녀가 그의 전화라는 것을 눈치채게 해서는 안 될 것 같았다.

"너무 걱정 마세요, 경희 씨."

"……"

"제가 뭘 도와드려야 할지 모르겠습니다."

따뜻하고 다정한 음성이었다.

하지만 경희는 그의 또렷한 음성이 앞에 앉아 있는 그녀의 귀에까지 들어갈 것만 같아서 애가 탔다.

그녀는 말없이 찻잔을 집어들고 있었다.

"혁민이가 변호사를 산 것 같습니다. 합의이혼 아니면 불가능할 텐데도……"

"지금 손님이 와 계십니다. 그럼 이만……"

"아, 잠깐만요."

그가 서둘러 경희 말을 가로챘다.

"제가 댁 근처로 가겠습니다. 가까이 있거든요. 병원까지 제가 모셔다 드리도록 하겠습니다. 드릴 말씀도 있구요."

경희는 서둘러 전화를 끊었다. 얼굴이 화끈거렸다.

그녀가 몸을 일으켰다. 그녀는 경희 눈을 피하며 말을 이었다.

"너무 실례가 많았습니다."

그녀는 차분한 음성으로 말했다. 하지만 그 속에 감춰진 혼란스러움까지 숨기지는 못했다.

"저……."

그녀에게 무슨 말이든 해줘야 할 것 같아 서둘러 입을 열었지만 그녀는 감정 표현 없이 현관 문을 밀었다.

"그럼……."

그녀가 잠깐 이쪽으로 향해 고개를 숙여 보였지만 싸늘하게 식은 표정이었다.

택시를 타고 마악 아파트 앞을 빠져 나올 때 경희는 낯익은 하얀색 자동차가 아파트 담벼락에 서 있는 것을 보았다. 성호의 차였다. 그는 갈색 양복 차림이었고 차 옆에 서서 담배를 피워 물고 있었다.

경희는 그가 볼 수 없도록 차 시트에 깊숙이 몸을 숨겼다.

아무래도 그가 차를 끌고 올 것 같아 콜택시를 불렀던 것이다. 어쩌면 그의 아내가 그렇게 서 있는 그를 보았을지도 모를 일이었다. 만약 그렇다면 큰일이었지만 경희는 신경 쓰지 말자고 자신을 타일렀다.

그의 진심을 모르는 것은 아니었다. 그는 누구보다 남편에 대해서 잘 알고 있는 사람이었다.

남편이 변호사를 선임했다는 말이 정말이라면 이제 경희가 도움을 청할 수 있는 사람은 그밖에 없었다. 하지만 그가 아내의 의심을 받으면서까지 경희를 도와줘야 할 이유는 하나도 없었다.

다시 한 번 그의 아내의 싸늘한 표정이 뇌리를 스쳤다.

그녀에게 아무 변명도 하지 못한 것이 신경에 거슬렸지만 그런 상황에서는 무슨 말을 해도 소용이 없었을 것이다. 당연히 오해를 할 수밖에 없을 것이다. 그러나 군이 일부러 전화를 걸어 그간 사정을 설명할 필요도 느끼지 않았다. 어차피 시간이 지나면 모두 해결될 문제가 아닌가.

다른 건 몰라도 그 부부만은 절대로 그런 사소한 문제로 흔들리지 않을 것이다.

그러고 보니 경희 자신과 남편만 그 긴 세월 모래 위에 집을 짓고 살았던 것만 같았다. 그리고서 튼튼하고 단단한 집을 짓고 살았다고 믿었던 것이다.

병원 입구에서 차를 내렸다. 땅바닥에 시선을 꽂은 채 부지런히 걷고 있는데 누군가 툭 쳤다. 경희는 깜짝 놀라 뒷걸음질을 쳤다.

남루한 차림의 여자였다. 그녀는 재빨리 몸을 굽혀 경희 발 밑에 떨어져 있는 담배꽁초를 주웠다. 여자는 무사히 목적을 달성했다는 안도감으로 혼자 방긋이 웃었다. 하마터면 경희의 발 밑에서 꽁초가 짓이겨질 뻔했던 모양이다.

누군가 잠깐 피우고 버린 것인지 길이가 꽤 긴 담배였다. 여자는 소중한 것을 찾아낸 것처럼 담배꽁초를 두 손으로 꼭 쥐었다.

몹시 창백한 얼굴이었다. 아주 오랫동안 길거리를 쏘다니다 이 병원에까지 온 것 같았다. 하지만 입술에는 약간 붉은색의 립스틱이 발라져 있었다. 누군가 떨어뜨린 립스틱을 주워 그렇게 바른 모양이었다. 창백하고 초라한 몰골의 얼굴 위에서 덧칠해진 붉은 기운의 립스틱은 여자의 얼굴을 더욱 추레하게 만들었다. 아마 온전한 정신이 아닌 것 같았다.

그러나 목에 두르고 있는 체크 무늬 모직 목도리는 새 것이었다. 정신 이상자들이 거의 그렇듯이 여자는 아주 두꺼운 옷을 여러 겹 걸쳐 입고 있었다.

여자는 경희 앞에 불쑥 더러운 손을 내밀었다. 지금껏 깜박 잊고 있다가 생각나기라도 한 것처럼 조금 서둘러 내미는 손은 너무도 새까맸다.

여자는 경희와 눈이 부딪치자 조금 불안한 듯 눈망울을 이리저리 굴렸다.

자세히 보니 그다지 많은 나이로 보이지 않았다. 경희보다 조금 어려 보였다. 하지만 세파에 시달리느라 피곤에 지친 기색이 역력했다.

경희는 주머니에서 천 원짜리 한 장을 꺼내 건네주었다. 여자는 당연한 것처럼 돈을 받아쥐고 저리로 멀어졌다. 멀어지면서 여자는 왼손에 쥔 담배꽁초와 오른손에 쥔 천원짜리 지폐를 연신 들여다보고 있었다.

경희가 걸음을 다시 멈추고 뒤돌아보았을 때 그 여자는 아직 멀리 가지 못했다. 금방이라도 쓰러질 듯 위태롭게 휘청거리며 사람 사이를 걷고 있었다.

경희는 눈을 더 크게 떴다. 그 초라함이 왜 남의 일 같지 않았을까. 그리고 그 여자의 추레한 몰골 위로 자신의 메마른 모습이 겹쳐 보인 까닭은 무엇일까.

이혼……

경희는 혼잣말을 해보았다. 여자가 사라진 자리 저 너머로 잿빛 하늘이 앉아 있었다.

경희는 정신을 차리고 엘리베이터 쪽을 향해 바쁘게 걸음을 떼어놓았다. 기다리고 있을 시어머니 생각을 깜박 잊고 있었던 것이다. 헐레벌떡 병실로 뛰어들어간 경희는 깜짝 놀라 비명을 질렀다.

“어머니!”

지금쯤 링거 주사를 맞으며 잠들어 있을 시간인데, 시어머니는 침상에 앉아 훌쩍이고 있었던 것이다.

“왜 그러세요, 어머니?”

경희는 재빨리 시어머니 얼굴부터 살폈다. 너무 늦게 왔기 때문에 화가 나 있는 것 같았다. 하지만 그렇다고 혼자 훌쩍이고 있을 시어머니가 아니었다.

“왜 아무도 안 오는 거냐, 응? 내가 그렇게 못할 짓을 시킨 것도 아닌데.”

시어머니는 휴지에 코를 풀며 섧게 울었다.

“……죄송해요, 어머니. 집안 일을 대충 해놓고 온다는 것이 그만…….”

항상 시어머니 친구 누군가 와 계셨기 때문에 오늘도 그러려니 하고 먼저 병실을 나섰던 것이다. 그런데 아무도 오지 않았던 것 같았다.

“아범도 그렇고 왜 애들은 얼굴 한 번 안 비치는 거냐?”

경희 얼굴을 쳐다보며 시어머니는 간절하게 물었다.

“아범은 저녁 때 온다고 했어요. 애들은…….”

거기까지 말하고 경희는 할 말을 잃어버렸다. 뭐라고 해야 하나. 이혼하지 않는 부모 때문에 모두 집을 나가다시피 한 자식과 다른 여자를 사랑하느라 가정을 팽개친 남편에 대해 뭐라고 설명해야 될지 그저 막막할 뿐이었다.

“아까 의사가 왔다 갔었다. 왜 혼자냐고 묻는데, 왜 그렇게 내 신세가 처량맞은지.”

시어머니는 어린아이처럼 다시 울음을 터뜨렸다. 의사가 다녀갔다는 소리에 공연히 가슴이 철렁 무너지는 소리를 냈다.

"죄송해요, 어머니."

경희는 시어머니 손을 꼭 잡아주며 안심을 시켰다. 병들고 나이 들면 마음도 약해지는 걸까. 시어머니는 경희 손등에 뜨거운 눈물을 뚝뚝 떨어뜨리며 섧게 울어댔다.

경희는 시어머니를 가만히 안아주었다. 작고 메마른 몸이 경희 가슴으로 안겨 왔다.

이혼……

경희는 입안에 혹처럼 매달려 있는 그 말을 다시 중얼거리고 말았다.

"다시는 자리 안 비울게요. 어머니 혼자 계시는 줄 알았으면 서둘러 왔을 거예요. 죄송해요."

경희는 휴지를 꺼내 눈물을 닦아주었다.

"내가 죽을 병에 걸린 것도 아닌데……."

시어머니는 얼굴 한 번 안 내밀고 있는 아들에 대한 섭섭함을 그렇게 털어놓고 있었다.

입맛이 없다고 하면서도 시어머니는 경희가 내놓은 죽을 한 사발이나 비웠다.

"결과만 나오면 퇴원하는 거냐?"

시어머니는 금방 명랑하게 떠들었다.

하루에도 열두 번은 기분이 맑았다 흐렸다 했다. 병원이라는 곳이 멀쩡하게 걸어 들어온 사람도 업혀 나가게 하는 곳이라더니, 입원한 뒤로 시어머니는 많이 나약해져 있었던 것이다.

"그럼요."

경희는 좀전에 의사가 다녀갔다는 말이 내내 신경에 쓰였지만 아무렇지 않게 편안하게 대답했다. 그리고 제발 아무 일도 없기를, 수없이 빌고 빌었다.

"제발 아무 일 없게 해주십시오. 제발……."

시어머니는 무슨 일이 터질 때마다 경희 탓으로 돌리고는 했다. 남편이 사법 고시를 실패할 때마다, 그리고 시험을 포기했을 때, 사업에 실패해 물려 받은 유산을 모조리 날려야 했을 때, 모두 박복한 경희 탓으로 돌리고는 했다.

"남자 복이 절반이라면 여자 복도 절반이다. 남자 복이 열이면 뭐 하냐. 여자 복이 쪽박 찰 팔자라면 다 소용없지. 아암, 소용없고 말고."

귀에 딱지가 앉도록 들은 소리였다. 하지만 이상하게도 불행한 일이 닥칠 때마다 가장 먼저 떠오르던 소리였다. 그리고 모든 잘못이 박복한 자신의 팔자 때문에 벌어지는 것은 아닌가 다시 생각하게 되었다.

경희가 찾아갔을 때, 의사는 의자에 앉은 채로 잠깐 심각한 표정을 지어 보였다.

"노인성 치매입니다. 하루가 다르게 증세가 심해지고 있습니다."

그 소리를 듣는 순간 주변의 모든 소리들이 뚝 그쳤다. 어디선가 울어대는 아이의 울음 소리, 누군가를 부르는 간호사의 음성, 뚜벅대는 발걸음 소리, 그런 모든 것들이 정갈하게 단장된 실내에 믿을 수 없을 만큼 지독한 고요를 풀어놓았다.

방금 전까지 귀 언저리를 맴돌던 미세한 기계음이 느닷없이 밀려온 고요에 단단한 껍질을 둘러치고 있었던 것이다.

눈앞이 부옇게 흐려 오면서 실내는 흐릿한 놀빛으로 물들어가고 있었다. 그 빛은 벽에 섬뜩한 그림자를 만들어 놓고 조금씩 흔들어댔다.

경희는 온몸을 핥아대는 한기를 느끼며 스웨터 자락을 더 단단히 여몄다. 마음이 갈갈이 찢겨나가는 소리가 들리는 것 같았다.

"다음 주에 수술을 해야 될 것 같습니다."

"……."

"수술을 한다고 해도 더 심하게 진행되는 것만 막을 뿐이지 나아진다는 보장은 없습니다."

경희는 바짝 마른 입술을 안간힘으로 움직여 보았다. 무슨 말이든 물어야 할 것 같았다.

환자한테는 알려야 할까요? 수술을 해서 성공할 수 있는 가능성은 얼마나 될까요?

하지만 입안에서 말이 만들어지질 않았다. 그의 입에서 나오는 말 한 마디 한 마디가 두렵고 무서워 차라리 귀를 막고 싶을 뿐이었다.

남편 생각이 났다. 그렇게 증오하고 미워하는 사람인데도 지금은 그 사람밖에 떠오르는 사람이 없었다. 왜 이렇게 바보 같은가. 그렇게 배신을 당했으면서도 아직도 그의 그늘을 그리워하는 자신이 너무도 바보 같았다. 안쓰러웠다.

병실에 시어머니 혼자 누워 있다는 것을 알면서도 밖으로 나온 경희는 한동안 꼼짝하지 않고 의자에 앉아 있었다.

눈은 그쳐 있었지만 사방은 며칠 전 내린 눈으로 몹시 지저분했다. 사람들은 휠체어를 타거나 목발을 짚은 채로 치워지지 않은 눈 사이로 어슬렁대고 있었다.

병원에 들어온 뒤로 수없이 본 풍경이었다. 그러나 경희와 그 사람들과의 거리가 너무도 아득하게만 여겨졌다. 그들은 더 이상 불행하지 않아도 되는 사람들이었다. 그래서 저기 있을 수 있었다. 그렇지만 경희는 더 멀리까지 불행의 길을 걸어야 하기 때문에 저들과 점점 더 멀어질 수밖에 없어 보였다.

경희는 전화부스 쪽으로 걸어갔다.

눈을 부릅뜨고 번호 단추를 누르면서도 자신이 누구에게 전화를 걸고 있는지 미처 깨닫지 못했다.

"여보세요."

서너 번의 벨이 울리고 툭 튀어나온 음성은 남편이었다. 그가 아직 거기 있다는 사실이 너무도 고마울 뿐이었다. 하지만 여전히 말이 되어 나오질 않았다. 이 순간만은 그가 함부로 했던 어떤 행동도 떠오르지 않았다. 다만 그의 따뜻한 체온과 웃으면 양 볼이 먼저 웃음을 터뜨리던 그 표정만이 떠올랐다.

"저예요."

경희는 간신히 말을 토해냈다. 그리고 잠시 깊은 정적이 송수화기를 타고 흐르도록 내버려두었다.

그러면서 이를 악물었다. 이제는 어떤 방향으로든 가닥을 잡아야 하리라. 그런 생각이 가슴에 묵직하게 매달리는 것을 느끼며 경희는 다시금 목에 힘을 주었다.

"어머니가 아주 안 좋아요."

"무슨 소리야?"

남편은 버럭 소리부터 질러댔다. 놀라서 지르는 소리가 아니라, 귀찮아서 내지르는 소리였다.

하지만 경희는 마지막 희망처럼 그에게 매달렸다.

"노인성 치매래요. 아주……심각하대요."

"……"

남편은 아무 대꾸도 보내오지 않았다. 그 침묵 때문에 경희는 다시금 싸늘해지는 자신을 보고 말았다.

"당장 수술을 해야 된대요. 수술을 해도 가망은 물론 없구요."

경희는 가슴을 진정시키고 또박또박 말을 이었다. 한 여자에게 빠져 있는 사람에게 부모라고 별다른 관심을 쏟을까만은 그래도 자식이 아닌가.

"당신 부모예요. 제발 어떻게든 손 좀 써봐요!"

끓어오르는 분노로 가슴이 터질 것만 같았다. 얼굴이 화끈거리면서 목젖이 찢어지는 갈증이 한꺼번에 쏟아졌다.

"그 여자 때문에 아무것도 할 수 없다면 당신 원하는 대로 그 여자를 선택해요. 그리고 당장 병원으로 데려와서 어머니 병 수발을 들게 하세요."

아무렇게나 떠들어댔다.

짧게 무슨 신음 소리를 들은 것도 같았다. 하지만 곧바로 들려온 남편의 목소리는 너무도 싸늘했다.

"내 어머니야! 네년이 상관할 바가 아니야!"

남편은 차갑고 싸늘하게 말을 뱉었다. 그리고 덧붙였다.

"당장 그 병원에서 꺼져! 어머니를 이용할 생각은 추호도 하지 말어! 내가 네 검은 속셈을 모를 줄 알고!"

날카로운 기계음처럼 전화 끊기는 소리가 들려왔다.

경희는 굳은 듯이 그 자리를 지켰다. 남편의 마지막 말이 가시처럼 경희의 가슴으로 파고들어왔다. 너무 깊숙이 파고들어 아무리 애를 써도 영원히 뽑혀지지 않을 것만 같았다. 그 자리는 썩어 들어가 영원히 지워지지 않을 상처로 남을 것이다.

긴 세월 살을 맞대고 살았던 부부인데 어떻게 저렇듯 짐승처럼 변할 수 있단 말인가.

구름에 가려졌던 해가 다시 얼굴을 디밀었다.

그러나 그 빛마저도 음침하기 짝이 없는 병원의 분위기를 더 어둡게 할 따름이었다.

병원을 나와 무작정 걸었다. 그러다 실성한 사람처럼 마구 뛰기 시작했다.

병원 건물을 벗어나 뒤쪽으로 가면 숲이었다. 경희는 빛이 들어오지 않는 숲을 헤치며 나아갔다. 숲은 더 무서웠다. 오직 이 무서운 장소를 빨리 벗어나고 싶은 바람밖에 없었다.

하지만 아무리 달려도 숲 끝은 보이지 않았다. 몸을 돌려 왔던 길로 되돌아갈 수는 없을 것 같았다.

경희는 헉헉대며 뛰다가 그대로 주저앉고 말았다. 그리고 나무 밑동 앞에 무릎을 꿇고 앉았다. 지탱해 줄 아무런 힘도 남아 있지 않았다. 눈이 녹지 않은 땅의 한기가 스멀스멀 무릎을 타고 몸 위로 올라오고 있었다.

어디선가 심하게 나무 부러지는 소리가 들려왔다. 여름 날 천둥 소리처럼 요란한 소리였다. 그리고는 아무 소리도 들려오지 않았다. 혼자였다. 이 거대한 숲속에 혼자 있었다.

경희 자신을 굽어보고 있는 나무들이 귀신 같았다. 여태 모르고 있었지만 경희 뒤를 졸졸 따라 다녔던 죽음보다 더한 귀신들 같았다.

경희는 절망에 휩싸인 채 서서히 숲 안으로 잠기어 갔다.

13

겨울은 점점 더 깊어가고 있었다. 그리고 그 끝이 보이지 않았다. 겨울은 그 긴 꼬리를 온 도시에 늘어뜨려 놓고 있었다.
　일상에 지친 사람들은 그 긴 꼬리를 밟고 시계추처럼 오고갔다.
　호연은 끝내 수도원으로 들어가고 말았다. 그 애는 집으로 편지 한 장을 보내왔다.

　어머니를 보면 마음이 약해질 것 같았습니다.
　왜 저는 어머니만 생각하면 마음이 이렇게 아픈지 모르겠습니다. 어려서 다른 친구들이 자기 어머니 이야기를 하면서 의기양양해 하는 모습을 보면 나는 너무도 신기해 묻곤 했었지요.
　"너네 엄마는 뭐 하는데?"
　그렇게 말입니다. 더러 학교 선생님이라고 대답하는 아이도 있었고, 집안에만 계신다고 하는 친구들도 있었습니다. 저는 그 대답을 들을 때마다 우리 엄마와 그 애들 엄마하고의 차이점을 찾아내려고 기를 썼지요.

왜 그랬느냐구요? 우리 엄마는 너무도 가엾고 슬프게만 사는데 다른 엄마들과 조금도 다를 바가 없다면 더더욱 혼란스러울 것만 같았기 때문입니다.

우리 엄마는 학교 선생님이 아니니까, 우리 엄마는 키가 작으니까, 우리 엄마는 머리가 길지 못하니까, 그런 식으로 차이를 두려고 했었습니다.

지금 생각해 보면 왜 그래야 했었는지 조금은 이해할 것도 같습니다. 저는 어머니를 너무도 사랑하고 있었습니다. 세상의 그 어떤 어머니보다 어머니를 사랑하고 있었고, 앞으로도 영원히 어머니를 사랑할 것입니다.

어머니, 외로워하지 마세요. 저는 떠나 있더라도 어머니의 좋은 점만을 기억하겠습니다. 어머니도 슬프고 외롭더라도 지난 시절의 행복했던 일, 즐거웠던 일만 기억해 주셨으면 좋겠습니다.

편지는 눈물로 젖어 있었다. 하지만 경희는 그 편지를 다 읽도록 눈물 한 방울 흘리지 않았다.

내가 뭘 그렇게 잘못하고 살았느냐고 따져 묻고 싶었다. 뭘 그렇게 죽을 죄를 지었길래 남편한테 버림 받고 자식들한테까지 이런 버림을 받아야 하느냐고 따져 묻고 싶었다.

하지만 경희는 이를 악물었다.

그래, 덤벼라, 삶아. 이렇게 나를 짓이겨야만 직성이 풀린다면 좋다, 상대해 주마. 내가 죽더라도 나는 네 앞에 무릎은 꿇지 않을 것이다.

가슴에서는 피눈물이 솟구쳤지만 경희는 이를 악물고 참아냈다. 이런 모든 시련이 경희 자신의 몫으로 주어진 것이라면 기꺼이 당해줄 수 있었다.

하지만 결국은 내가 이긴다, 경희는 수없이 자신에게 일렀다.

이제는 더 이상 피할 수가 없었다. 아니 피할 장소도 없었다. 정면으로 대결해서 이기든가 피투성이가 되도록 깨지는 것밖에는.

시어머니의 치매 증세는 날로 악화되고 있었다. 수술도 불가능했다. 혈압이 너무 낮다는 결과 때문이었다.

달리 뾰족한 수가 없었다. 치매 노인 전문 병원으로 입원을 시키는 것도 무리였다. 그런 사실을 눈치챈 시어머니가 한바탕 난리를 피웠기 때문이었다.

"내다 버리려거든 그냥 버려라. 고려장 당한 셈치면 나도 억울할 일 없겠다. 그냥 내버리기 아까워서 망령 든 노인들한테 묶어주는 거냐! 그렇게 내가 끔찍해!"

아니라고 아무리 변명을 해도 소용이 없었다. 시어머니는 죽겠다며 미친 듯이 밖으로 뛰어나갔고 경희는 병원 정문까지 쫓아가 애걸복걸하며 사정을 해야 했다.

"절대 아니에요, 어머니. 제가 어떻게 어머니를 버립니까. 이렇게 잘 살게 해주신 분이 누군데요. 제가 잘못했어요. 제가 죽을 죄를 지었으니까 그만 노여움 푸시고 들어가세요. 네, 어머니!"

땅바닥에 무릎을 꿇고 손이 발이 되도록 빌어야 했다. 지나가는 사람들이 흘끔대며 이쪽을 쳐다보았지만 그런 것쯤 아무것도 아니었다.

화가 난 시어머니는 사람들이 더 들을 수 있도록 똑똑 부러지는 소리로 경희를 나무랐다.

"네가 땅에서 솟은 것도 아니고, 하늘에서 떨어진 것도 아닐 텐데, 어떻게 나를 고려장시킨다는 거냐! 하늘이 무섭지도 않어! 네 자식들이 눈 벌겋게 뜨고 쳐다본다!"

말이 씨 된다는 말이 맞았다. 그 말이 떨어지기 무섭게 호진과 규리가 불쑥 나타났던 것이다. 보지 않아도 사태의 심각성을 눈치 챈 호진이가 말없이 다가와 시어머니 팔을 부축했다.

"가세요, 할머니."

작지만 단호한 음성이었다. 규리도 한쪽 팔을 거들었다. 경희는 아이들 얼굴을 똑바로 바라볼 수가 없어 고개를 돌리고 말았다. 지지리궁상으로 사는 에미가 끔찍스러워 얼굴 한번 펴지 못하는 자식들이었다.

"내 말 좀 들어봐라, 호진아."

시어머니는 금방 어리광 소리를 냈다.

"알아요, 할머니, 다 압니다. 그러니까 안으로 들어가세요."

호진이 쳐다보지 않고 대꾸를 보냈다. 규리는 아무 말도 하지 않았다. 하지만 경희는 그 애 얼굴이 얼마나 처참하게 일그러졌는지 똑똑히 보아야만 했다.

사건은 거기서 끝나지 않았다. 밤에 찾아 온 남편 앞에서 시어머니는 갖은 모함을 다 하셨다.

"내가 늬들한테 못 할 짓 한 번이라도 했냐? 너 사업한답시고 내 재산 다 털어 넣을 지경이 됐어도 내가 불평 한 번 하는 걸 봤냐, 누구한테 쓰다 달다 입맛 다시는 걸 봤냐? 그런데 어떻게 나를 내다 버린다는 거야?"

시어머니의 억지 소리는 거기서 끝나지 않았다. 형편없이 깨진 무릎을 보여주면서 코맹맹이 소리를 냈다.

"이걸 봐라, 혁민아. 내가 이렇게 살아야 하겠냐? 정말 내가 정신이라도 놓는 날이면 쓰레기 차에 남 몰래 버리기라도 할 일이지, 내가 무슨 힘이 있다고 나를 밀어뜨리냔 말이다."

기가 막혔다. 달려가다가 시멘트 바닥에 넘어지면서 다친 상처인데, 시어머니는 마치 경희가 그렇게 해놓은 것처럼 말하고 있었다.

경희는 어이가 없어 그저 벌어진 입을 다물지 못하고 멍하니 서 있어야 했다. 남편이 무섭게 경희를 노려보았다. 그리고 이내 표정을 바꾸며 다정한 목소리로 떠들어댔다.

"저한테는 어머니밖에 없어요. 다시는 그런 일 없을 테니까 너무 염려하지 마세요."

그 말에 시어머니는 코를 훌쩍이며 남편의 손을 붙들었다.

"다른 노인들이 나를 보면 늦복이 터졌다고 부러워하더라만 내가 이게 무슨 꼴이냐, 응?"

"글쎄, 다시는 이런 일 없을 테니까 마음 푹 놓으시라니까요."

누가 보더라도 나무랄 데 없는 다정한 모자지간이었다.

그러나 경희는 다시 가슴속에서 휘몰아치는 찬바람을 견디느라 주먹을 꼭 쥐고 서 있어야 했다.

하루 이틀 겪은 시집살이가 아니었다. 결혼해서 이날까지 이골이 나도록 겪은 일들이었다. 시어머니는 마치 세상에서 당신이 가장 불행한 노인처럼 굴었고, 남편은 그 말을 고스란히 믿었다. 남들은 남편이 겉으로는 그럴망정 속으로까지 그러겠냐고 위로했지만 경희가 보기에는 아니었다. 남편은 실제로 그런 일이 생기고 나면 사흘도 좋고, 일주일도 좋고 입을 열지 않았다. 그리고 다시는 경희가 모진 짓을 못하도록 방패막이라도 하는 것처럼 시어머니 곁을 꼼짝없이 지키고는 했다.

시어머니는 간호사가 가져온 약을 완강하게 거부했다. 하지만 남편이 입으로 호호, 불어가면서 약을 발라 주자 만족한 표정으로 잠이 들었다.

사흘 뒤에 시어머니는 병원에서 퇴원을 했다. 한사코 당신이 살던 집으로 가겠다고 고집을 부리셨지만 그것만은 안 될 것 같았다.

"어머니가 거기로 가시면 저도 그렇지만 아범이 얼마나 불편하겠어요. 그러니까 그냥 저희 집으로 가세요."

"그건 그렇지. 걔가 마음 불편해 할 일은 안 해야지."

"그러셔야지요, 어머니. 잘 생각하셨어요."

그간의 사정을 눈치 챈 간호사들이 동정의 눈빛을 보내왔지만 조금도 고맙지 않았다. 오히려 조마조마할 뿐이었다. 혹여라도 그런 눈빛을 시어머니가 봐 버릴까봐 간이 콩알만해지고는 했다.

눈을 감으면 아주 가느다란 실타래가 무섭게 뒤엉켜 있는 그림이 그려지고는 했다. 제아무리 애를 쓴다고 해도 영원히 풀리지 않을 것 같은 실타래였다.

집으로 돌아온 날 밤, 시어머니는 느닷없이 일어나 세간을 더듬었다.

"이게 모두 아범이 해다 놓은 거냐? 돈 많이 들었겠다. 그 애가 제 아버지 안 닮고 곰살맞은 편이긴 하지. 제 어미 기분 좋으라고 이런 것도 해다 놓을 줄 알고. 내가 이리로 올 줄 알고 일찌감치 이런 걸 장만해 놨구나."

그러다가 흐느껴 울기 시작했다.

"내가 뭘 잘못했다고 소박이냔 말이오. 돈 복이 없어 서방 못할 일을 시키길 했어 아들을 못 낳았어. 왜 나를 소박하냐구!"

시어머니는 베개를 부여안고 아주 섧게 울었다.

"어머니 왜 그러세요?"

놀라 일어나 시어머니를 흔들었지만 시어머니 울음은 오랫동안 멈추질 않았다.

그러다 눈물이 그렁그렁해진 눈으로 경희를 쳐다보았다.

"내가 왜 이런다니?"

예전의 카랑카랑한 목소리도 경희 가슴을 후벼파는 것 같던 눈빛도 이제 남아 있지 않았다. 오직 병마에 시달리며 죽음만을 기다리는 노인이 거기 있을 뿐이었다.

다시 바람 소리를 들은 것 같았다. 뭔가 삐걱, 움직이는 소리를 냈지만 별다른 움직임은 다시 느껴지지 않는다.

오전 내내 경희를 붙들고 신세 타령을 늘어놓던 시어머니는 약을 먹은 뒤 다시 잠이 들었다.

경희는 잠든 시어머니 머리맡에서 아주 오래오래 앉아 있었다.

쪼글쪼글해진 주름살, 그리고 반백이 된 머리카락, 바짝 마른 몸, 요즘 들어 부쩍 늘어난 흰머리……

불쌍한 여인 하나가 거기 누워 있었다. 젊어 남편에게 소박 맞고 아들 하나만을 바라보며 평생을 살다 이제는 치매로 시달리는 가엾은 여인이 거기 있었다.

세상의 온갖 것을 다 움켜쥔 채 여왕처럼 군림하며 살던 그 절대적인 힘은 이제 영영 사라지고 없을 것이다.

그렇게 누워 있는 사람은 시어머니가 아니었다. 바로 경희 자신이었다. 그리고 남편 없이 자식 넷을 키우느라 허리 한 번 못 펴고 평생을 살았던 친정 어머니였다.

경희는 시어머니 머리를 반듯하게 해주고 이불을 어깨까지 덮어주었다. 그 기척에 놀랐던 모양이었다.

"나는 안 나가! 절대 못 나가!"

시어머니가 갑자기 비비적대며 고함을 질렀다.

"내가 왜 나가! 네년이 나가!"

시어머니는 지금 아들을 못 낳는다고 소박을 맞았을 때의 기억을 떠올리고 있는 것이다.

하지만 다시 편안한 표정이 되어 쌕쌕 고른 숨을 토했다.

갑작스레 터진 시어머니의 고함 소리 때문에 경희는 다시금 현실로 되돌아왔다. 눈앞에 놓인 현실을 잊고서 멍청하게 흐트러져 있었다는 것을 깨닫고 재빨리 자신을 추스렸다.

할 일이 태산이었다. 시어머니의 이부자리도 새로이 마련해야 하고, 호연이 쓰던 방을 새로 단장해서 어머니 방을 꾸며야 할 것이다.

거기다 친정 어머니 건강이 아주 나빠졌다는 연락을 받았다. 갑자기 호흡 곤란을 느껴서 병원 신세까지 졌던 모양이었다.

"아가씨한테는 죽기 전에는 연락하지 말라고 신신당부하셨어요. 뭘 아는 척도 하지 말구요."

전화를 걸어 온 친정 올케는 더듬거리듯 말했다. 어머니가 모든 것을 다 알고 있다는 것도 견딜 수 없는 슬픔이었다. 쓰러지면서까지 걱정해야 되는 딸자식밖에 못되는 자신이 너무도 증오스러웠다.

"충격 받으면 큰일난대요. 마지막일 수도 있다나 봐요."

왜 친정 올케가 전화를 걸어왔는지 비로소 이해할 수 있었다. 오빠나 동생 누군가 시켰던 것이다. 어떤 소식이든 어머니 귀에 더는 들어가지 않도록 하라는.

"미안해, 엄마……."

전화를 끊고 경희는 숨죽여 오랫동안 울고 말았다.

그런 슬픔에서 벗어나기 위해서라도 기를 쓰고 일을 했다. 쓸데

없는 상념에 빠져 있을 만큼 한가하지도 않았다.

시어머니가 일어나면 먹을 수 있도록 미음도 쑤어야 하고, 남편 양복도 손질해야 한다. 이제는 악마 같은 존재가 되어 버렸지만 한 번도 그에게 자신이 해줘야 할 일을 게을리 한 적이 없었다. 그가 뭘 필요로 하는지, 또 그를 위해 무엇을 해줘야 하는지, 머리보다 손이 더 잘 알고 있었다. 이미 경희 손에 익어버린 습관과도 같은 것들이었다.

요즘 남편은 이틀이나 사흘에 한 번 정도 잠깐 들렀다 나가고는 했다. 시어머니는 당신 아들이 왜 늦게 돌아오는지, 그리고 왜 사흘이 멀다 하고 외박을 하는지, 별 관심이 없었다. 눈앞에 있을 때는 마치 어린아이처럼 어리광 부리는 소리를 끊임없이 해댔지만 그가 눈앞에서 사라지면 아예 까맣게 모르는 사람처럼 이름 석 자도 입에 올리는 일이 없었다.

그런 증세마저도 경희를 두렵게 했다. 어쩌면 시어머니는 머잖아 당신은 물론이고 당신 곁에 머물고 있는 사람 모두를 잊은 채 전혀 엉뚱한 세계를 헤맬 것이다. 그리고 기억 속에서 존재하는 사람들만을 끊임없이 떠올릴 테지. 그리고 최초의 기억과 맞닿는 순간 저세상으로 떠날 것이다.

시어머니의 의식 속에서 남편은 물론이고 경희 자신까지도 지워질 날이 다가온다는 사실이 두렵기만 했다.

"너무 고생하지 마시고 가세요, 어머니. 그렇게 한 많게 사셨으면 충분해요. 죽음만이라도 복받은 사람처럼 맞이하세요."

경희는 헝클어진 시어머니의 머리카락을 쓰다듬으며 혼자 중얼거렸다.

다시 무슨 소리를 들은 것 같았다. 경희는 무심코 고개를 돌려 문을 바라보았다. 호진이 거기 서 있었다. 아까부터 그렇게 서 있었던 듯 그 애는 무연한 표정으로 이쪽을 건너다보고 있었다.

"그렇게 희생해서라도 어머니 자리를 지키고 싶었어요?"

그 애는 취해 있었다.

경희는 언뜻 시계를 보았다. 아직 네 시도 안 된 시간이었다. 대낮부터 술에 취해 있다는 사실이 놀라운 것이 아니라 이런 시간에 저 애가 집에 돌아왔다는 것이 놀라웠다.

"제가 자식이라는 걸 이제 아셨나요?"

그 애는 터무니없는 소리를 해댔다.

"무슨 소리니?"

경희는 놀라 그 애 얼굴을 정면으로 쳐다보았다.

"제가 어머니 자식 맞아요?"

"호진아!"

"맞냐구요!"

그 애가 벼락같이 고함을 질렀다. 경희는 시어머니가 깰까 봐 기겁을 하고 호진을 거실로 잡아끌었다.

"놓으세요!"

호진은 거칠게 경희를 뿌리쳤다.

"그래요, 저 취했습니다, 어머니."

호진은 된 한숨을 내쉬며 다시 경희를 노려보았다.

"아버지가 법원에 어머니를 고소한 것 아세요?"

"……"

경희는 아무 말 하지 않았다. 이제 남편이 하는 행동에 대해서는 그보다 더한 일을 벌인다 해도 놀라울 것이 없었다. 하지만 그 일을 자식들까지 알게 되는 일은 없기를 바랐다. 남편은 가정 법원에 경희를 걸어 이혼 소송을 냈다. 하지만 기각되고 말았다. 그리고 잠잠했기 때문에 경희도 관심을 두지 않고 있었다.

“이번엔 뭘 걸고 넘어졌는지 아세요? 어머니가 할머니한테 구타를 했다는 것이 이유입니다.”

“뭐?”

경희는 놀라서 호진을 바라보았다. 구타라니, 이런 억지가 어디 있단 말인가.

“왜요? 아버지가 그럴 리가 없다고 하실래요? 이번에는 확실한 증거를 확보했더군요.”

“호진아!”

“그 증거물이 뭔지나 아세요? 할머니 머리카락하고 무릎에서 떼어낸 딱지예요.”

그 애는 경희의 눈빛을 피했다.

“……”

“아버진 할머니 무릎에 앉은 딱지를 떼어내어 증거물로 세웠더군요. 이 정도라면 어머니도 가만히 앉아서 당할 수는 없는 것 아닙니까?”

남편이 시어머니 무릎에 앉아 상처 흔적을 떼어내어 경희가 학대했다는 증거물로 내세운다는 말을 들었어도 놀랍지 않았다. 그가 얼마든지 그럴 수 있는 사람이어서만은 아니었다. 이제는 그 어떤 말을 들어도 놀랍지가 않았다. 그저 덤덤할 뿐이었다.

“아버지가 어떤 사람인지 어머니가 더 잘 아실 테지요. 아버진, 사람이 아닙니다.”

“호진아!”

“왜요? 자식이 돼서 어떻게 부모한테 그따위 개자식 같은 소릴 하느냐구요!”

그 애는 이글거리는 눈빛으로 경희를 쳐다보았다. 경희도 그 눈을 피하지 않았다.

"제가 왜 이날까지 사람답게 살지 못하는지 아세요? 아시냐구요! 어머니 때문이에요. 아버지 때문이라구요! 저는 아버지가 호랑이보다 더 무서웠어요. 어머니는 작은 벌레보다 더 약해 보였구요. 호랑이 같은 아버지와 벌레 같은 어머니 밑에서 제가 뭘 할 수 있죠? 저는 아버지만 보면 숨도 제대로 쉴 수가 없었어요. 그리고 어머니만 보면……."

그 애는 잠깐 말을 끊었다. 그리고 고개를 푹 숙였다. 경희는 가만히 호진의 어깨에 손을 얹었다. 어깨가 물결처럼 떨리고 있었다. 가슴이 찢어지는 것만 같았다.

"미안하다, 호진아. 이 에미가 모두 잘못했다. 그렇지만 어떻게 해야 되는지 나는 정말 모르겠다. 그래, 너는 큰아들이니까 엄마가 어떻게 하면 좋을지 알겠구나. 그래, 엄마도 우리 큰아들이 하라는 대로 다 하마. 응, 호진아?"

경희는 간절하게 호진의 이름을 불렀다.

"아버지하고 이혼을 하라고 하면 하마. 그리고 너희들하고만 살라고 하면 또 그렇게 하마. 그러니까 너라도 엄마 곁에 그냥 있어 줬으면 좋겠다. 너까지 이렇게 흔들리면 엄마는 어떻게 해야 되겠니?"

"……."

호진의 어깨는 여전히 떨리고 있었다. 누구보다 영리하고 똑똑한 자식이었다. 하지만 어느 것 한 가지도 제 마음대로 하지 못한 아이였다. 대학도 제 아버지 때문에 법학을 전공해야 했지만 결국 포기하고 말았고, 동생들 보호하느라 늘 매를 맞아도 먼저 맞으며 자란 아이였다.

"일등 해야 된다. 일등 못할 바엔 아예 때려치우고!"

호진이 철이 들면서 가장 많이 들어야 했던 말이었다. 남편은 열 번의 이등보다 단 한 번의 일등을 요구했다.

하지만 공부보다는 그림 그리기를 더 좋아하고, 정신없이 소설책을 읽느라 앉은 채로 밤을 밝히는 아이였다. 그런 아이한테 일등 자리란 억지로 낀 반지에 불과할 뿐이었다.

학년이 올라갈수록 호진은 공부에 관심을 잃어갔지만 남편은 자신이 못 이룬 꿈을 호진이 이뤄주길 바랐고 호진은 미술이나 글을 쓰고 싶다는 말 한 마디 못하고 법대에 원서를 내야만 했다.

훤한 이마, 올곧은 콧날, 마치 조각해 놓은 듯 윤곽이 뚜렷하고 갸름한 입술선이 돋보이는 인물, 그리고 똑똑 부러지는 말투, 어려서부터 모두들 호진을 잘생기고 총명한 아이라고 칭찬했다. 어려서 호진은 정말 마음이 따뜻한 아이였다. 경희가 몸살이라도 앓고 있으면 머리맡에 앉아서 호호, 경희 얼굴을 불어줄 줄 아는 귀여운 아이였다.

하지만 차츰 자라면서 호진은 따뜻하고 총명해 보이던 눈 속에 미움과 증오가 서리면서 누군가를 사랑하는 마음도 잃어버렸다. 항상 냉소적이었고 배타적인 성격 때문에 친구 하나 제대로 사귈 줄 몰랐다.

"아버지하고……이혼하는 일이 그렇게 어려우세요?"

호진이 고개를 들어 경희를 보았다. 빨갛게 충혈된 눈이 간절하게 경희를 바라보고 있었다.

"어머니 이혼은 저한테 아주 중요해요."

"……"

"믿기 어려우실 테지만, 이제라도 사람답게 살고 싶어요. 이제라도 새롭게 태어나고 싶어요, 엄마."

호진의 입에서 엄마라는 말이 울음처럼 터져나왔다. 철이 든 후로 한 번도 경희를 엄마라고 부르지 않았고 항상 어머니, 라고 불렀다. 그 말이 얼마나 경희를 어렵게 하던지, 하지만 지금 호진은 가슴을 열고 엄마라고 부르고 있는 것이다.

"안다, 알어. 네 마음 내가 알고 말고."

경희는 호진의 어깨를 껴안고 신음처럼 중얼거렸다. 이제는 마음이 한결 가벼워진 느낌이었다. 그래, 자식이 원한다면 원하는 대로 해줘야 하리라. 한평생 남편을 위해서 살았으니까 이제는 자식을 위해서 살아야 할 것이다.

다 말하지 않아도 호진이 무슨 생각으로 그런 말을 털어놓았는지 다 알 것 같았다. 저 애는 이제라도 남편의 그늘에서 벗어나고 싶은 것이다. 그래서 서른이 훌쩍 넘도록 숨 한 번 못 쉬고 사는 비참한 자신을 다시 태어나게 하고 싶은 것이다.

저 애를 위해 경희가 해줄 수 있는 일은 이제 한 가지밖에 없었다. 왜 이제서야 그 중요한 사실을 깨닫는지, 경희는 호진의 어깨를 껴안은 채로 말없이 고개만 끄덕였다.

"하지만 호진아……."

경희는 문득 호진의 이름을 불렀다.

"할머니는 어떻게 해야 하니? 할머니 가엾어서 어떻게 해야 하니?"

"할머니는…… 걱정하지 마세요. 저희들이 어떻게든 잘 모실 테니까."

그 말을 듣는 순간 경희는 아연해지고 말았다. 이혼을 하더라도 자식들과 헤어져 사는 일은 한번도 생각하지 않았었다. 남편과 헤어지는 것뿐이지 자식들과 헤어져 사는 것까지는 생각할 수도 없었던 것이다. 그리고 자식들 모두 이혼을 하게 되면 경희를 따라올 것이라고 믿었지, 경희 혼자 이 집을 나서야 한다는 생각은 추호도 하지 않았던 것이다.

250

"너희들이 어떻게 할머니를 모신다는 거냐?"

경희는 그렇게 묻고 말았다. 그리고 빠르게 덧붙였다.

"앞으로 할머니 증세는 점점 더 심해지겠지. 다른 노인들처럼 심각한 상황까지 가게 되면 대소변도 모두 받아내야 하고 하루도 빠짐없이 목욕도 시켜야 하고⋯⋯."

"그런 일들은 아버지가 책임질 거예요. 세상에서 둘도 없는 효자시잖아요."

"⋯⋯."

호진의 말투는 단호했다.

"그리고 새 여자한테 할머니를 맡기실지도 모르구요."

"⋯⋯."

경희는 놀라서 말문을 잃고 호진의 얼굴을 쳐다보았다.

"우리가 원하는 건 어머니가 할머니 때문에 새 인생을 살 기회를 잃지 말라는 거예요."

"우리라는 말은, 누굴 두고 하는 말이냐? 호연이, 규리도 네 생각하고 같니?"

감정을 억누르지 못하고 빠르게 물었다.

"아버지가 새 여자한테 할머니를 맡겨서 그래서 네 엄마가 얼마나 착한 여자였는지 깨닫게 해줘야 된다는 뜻이니, 네 말은?"

"어머니!"

"그러다 할머니가 빨리 돌아가시기라도 하면 그 다음에는 어떻게 되는데?"

"어머니!"

"나 혼자서만 청승맞게 혼자 밥 끓여 먹고, 빨래하고 텔레비전 채널 마음대로 돌려가면서 시간 죽이고 살라고? 네 아버지나 그 여자는 깨가 쏟아지게 살고 너희들도 부모 싸우면서 사는 지긋지

굿한 모습 안 보고 살아도 되게 하고?"

"……."

"나만 사라지면 모두 행복하게 살 수 있다는 말이었니? 이 엄마 생각해서 그런 말 한 게 아니고?"

얼마나 어리석은 질문인지 모르는 것은 아니었다. 그러나 자신도 모르게 그런 말들이 빠르게 튀어나왔다. 혼자서만 폼 잡고 교양 있게 물을 상황이 결코 아니었다.

억울했다. 남편한테 새 여자가 생겼다며 이혼을 요구 받았을 때와 다른 배신감 때문에 경희는 치를 떨었다.

"늬들 의도가 그런 거라면 나는 절대 이혼 안한다. 절대 안해! 누구 좋으라고 이혼을 하니?"

눈물이 비죽거리며 쏟아졌다.

"그렇게 모르시겠어요?"

호진이 큰소리로 물었다.

"몰라! 나는 절대 몰라!"

경희는 악을 써댔다. 시어머니가 자고 있다는 것도 잊고 있었다. 억울하고 분해서 이보다 더한 악이라도 부릴 수 있었다.

"어머니 그만 고생하세요. 그게 우리들 소원이라구요!"

"그만 고생하는 게 뭔데? 네 말대로 아버지하고 이혼하고, 할머니 다른 여자가 와서 목욕시키고 대소변 받아내게 하고, 그러다 돌아가시면 너희들끼리 히히덕대며 살게 해주는 거? 그 소리니?"

"그만 억지 좀 부리세요!"

호진은 지지 않고 소리를 질러댔다.

"우리는 자식이에요. 어머니한테도 자식이고, 아버지한테도 자식이라구요! 자식이 돼서 그런 말을 했을 때는 얼마나 비참한 심정인지 그렇게 모르시겠어요?"

"그래, 몰라! 나는 바보라서, 바보처럼 평생을 살아서, 그래 너희들 표현처럼 벌레처럼 사느라 너희들이 말하는 사람답게 사는 방법을 모르니까 그래."

정신없이 떠들어댔다.

"어머니, 정신 차리세요! 아버지한테 그만 당하시라구요! 왜 어머니 혼자만 생각하세요! 어머니가 그렇게 당하는 꼴만 보이고 사는 것이 우리 자식들한테 얼마나 큰 형벌인지 생각이나 해보셨어요!"

호진이 거칠게 경희의 팔을 흔들어댔다.

"우린 상관하지 마세요! 우리가 어떻게 되든 이제 그만 생각하셔도 된다구요!"

"너희들은 내 자식이야! 내 자식이 어떻게 되건 상관하지 말라니! 그게 무슨 억지니! 네가 아무리 뭐라고 해도 나는 에미고 너희들은 자식이야. 어떻게 죽든 말든 상관하지 말라는 말을 할 수가 있지? 아무리 네가 자식이라고 해도 그런 말 할 자격 없어!"

"어머니……."

호진의 말투가 차분해지고 있었다. 그러나 경희는 마치 벌레라도 털어내듯이 거칠게 고개를 저었다.

"어머니라고 부르지도 마! 나는 그 말도 끔찍하다!"

"그래도 들으셔야 해요. 우리들이 어머니 자식인 건 맞아요. 그렇지만 우리하고 어머니 인생은 별개예요. 우리 때문에 어머니 삶이 더 이상 망가지는 건 원하지 않는다구요!"

"변명이라고? 너희들은 내가 그렇게 비겁하게 보이니? 내가 자식이나 앞세워서 자리 차지나 하고 있는 병신으로 보이냐구!"

머리꼭대기까지 치솟은 분노는 좀처럼 가라앉지를 않았다.

"그래요, 제가 보기엔 어머니는 변명을 하고 있어요! 아버지 울타리에서 벗어나는 일이 무서워서 우리나 할머니를 앞세우고 변명을 하고 있는 거라구요!"

"안 그랬어!"

경희는 울부짖으며 소리를 쳤다. 시어머니가 들을까봐 조심하지도 않았다. 여지껏 가슴 저 밑바닥에서 마그마처럼 들끓고 있던 뜨거움이 한꺼번에 솟구치고 있는 것만 같았다. 가슴이 꿍꽝거리고 다리가 후들거려서 서 있기도 어려웠다. 그러나 경희는 필사적으로 버텼다.

"너는 내가 네 아버지한테 벌레 취급도 못 받고 살았다고 보니? 너희들이 하늘에서 뚝 떨어진 줄 아니? 너희들 내 뱃속에서 열 달 키워서 세상에 내보냈어. 아버지가 나한테 애정도 없는데 너희들 낳게 한 것 같니?"

"……"

호진의 눈은 아직도 경희 얼굴에 머물러 있었다. 그러나 경희는 아랑곳하지 않았다.

"너도 그 나이 됐으니 알겠다. 사람은 사탕같이 달고 맛있게 살 때는 입 다물고 살고 힘들고 고달픈 것만 남에게 보일 수밖에 없는 거야. 너네 아버지하고 나는 서로 사랑해서 결혼했어. 알았니? 사랑해서 결혼한 거라구!"

"아녜요. 아버진 어머니를 사랑하지 않았어요. 다만 당신을 반대하는 장애물을 치운 것뿐이에요."

"네가……"

"제 말 끝까지 들으세요. 저도 알고 있어요. 아버지는 가족 모두 두 사람을 반대하고 있다는 것도 못 견뎌 했고, 성호 아저씨가 어머니를 좋아하고 있는 것도 싫었어요. 아버지하고 그 아저씨하고 어떤 관계인지 어머니가 더 잘 아시잖아요."

"호진아!"

"어머니만 모르고 있는 사실이에요. 우리도 다 아는데 어머니만 모르고 있는 사실이라구요. 아버진 살면서 당신이 원하는 일이라면 뭐든지 이루고 살 수 있었어요. 단 두 가지만 빼고 말예요."

"……."

"한 가지는 사법고시에 실패한 것이고……."

"한 가지는 어머니와 결혼한 일이죠."

"아버진, 엄마를 너무 사랑하셨어. 그래서 결혼한 거야."

경희는 또렷한 음성으로 말해주었다. 다른 사람은 다 잊어버렸을지 몰라도 경희는 아직도 생생하게 기억할 수 있었다. 한 여자를 간절하게 사랑하던 한 남자의 눈빛을 말이다.

"사랑은 변할 수 있다는 걸 네 아버지 때문에 알기는 했다. 하지만 지금 변했다 해서 예전의 사랑까지……."

호진이 세차게 고개를 가로저으며 경희의 말을 막았다.

"어머니는 아버지를 두고 사랑이라는 말을 자랑스럽게 되뇌이지만 아버진 수치스럽게 생각하고 있죠."

이번에는 경희가 입을 다물었다.

"아버진, 당신이 원하고 있는 일을 누군가 방해하는 걸 못 견뎌했고, 그래서……."

"나는 아버지를 믿는다. 아버진 돌아오실 거야. 나는 그걸 알어."

경희는 목에 힘을 주었다. 하지만 덜덜 떨리는 가슴을 진정시키지는 못했다.

"아버진 세상을 너무 늦게 시작하셨어. 그래서 남보다 늦게 가슴앓이를 하고 있는 것뿐이지."

경희는 큰소리로 말을 했지만, 소리는 간신히 입술을 적시고 맥

없이 사라질 뿐이었다.

유리창을 깰 듯이 매섭게 내리치지만 결국 힘없이 미끄러지는 빗방울, 하늘과 바람 앞에서 한없이 군림할 것 같지만 결국 한 개의 작은 소금 덩어리로 굳고 마는 바닷물, 사랑의 열정이란 그런 것이 아닐까. 요즘 무섭게 변해버린 남편을 보면서 경희는 그런 생각을 했었다.

사랑의 열병은 세상을 밋밋하게 살고 있는 사람 가슴으로 물밀듯이 들어가 아주 짧은 동안 휘저어 놓고, 사람은 그 열병을 앓고 난 뒤, 아직도 남아 있는 사랑하는 사람의 체취를 남은 시간 동안 기억하면서 사는 것, 그것은 남편의 일만은 아니었다. 경희 자신의 일이기도 했다.

그가 그토록 끔찍하게 경희 자신을 배신했는데도 불구하고 이렇듯 견딜 수 있는 것도 그의 사랑이 얼마나 애틋했던가를 기억하고 있기 때문이었다.

"제가 왜 제 삶을 그렇게 엉망으로 헝클어버렸는지 아세요?"

호진이 물었다.

경희는 대답하지 않았다. 이제는 저 애가 무슨 말을 하더라도 놀라지 않을 자신이 있었다. 요즘 들어 제아무리 놀라운 일이 벌어져도 그 여운은 아주 짧았다. 마치 예상이라도 했던 일을 당하고 있는 것처럼 이내 무덤덤한 가슴이 되고는 했다.

"저는 동생들을……구하고 싶었습니다."

아직도 얼굴에는 술기운이 그대로 남아 있었지만 호진의 말투는 조금도 흔들림이 없었다.

자신의 삶을 스스로 망가뜨렸다고 말한 적이 있었던가. 뒤늦게 찾아오는 몸살기처럼 좀전의 말이 가슴을 무겁게 만들었지만 경희는 아무 말 하지 않았다.

256

"자식이 얼마나 철저하게 망가질 수 있는지 아버지한테 보여드리고 싶었어요. 그렇게라도 하지 않으면 아버진 동생들한테도 당신의 멍에를 대신 짊어지게 할까 봐 두려웠던 것이지요."

"……."

"호연이도 그렇고, 규리도 그렇고……제가 해줄 수 있는 것은 그것밖에 없었습니다."

에미를 원망하고 있었다. 그런 독불장군 같은 남편 앞에서 벌레처럼 사느라 자식들 가슴에 얼마나 큰 상처가 나 있는지 그것도 모르고 산 에미한테 원망의 말을 털어놓고 있었다.

"제가 선택한 삶이 제발 후회스럽지 않기를 바랐습니다. 그런데, 아녔어요."

호진의 입에서 짧게 신음 소리가 새어나왔다. 하지만 경희 귀에는 천둥처럼 커다랗게 울리는 소리였다.

"아버지, 어머니 삶이 엉망으로 헝클어진 것처럼 제 삶도 엉망으로 헝클어지고 말았어요."

"그럼 네 말은 아버지하고 내가 이혼을 하면 그렇게 헝클어진 삶이 제대로 자리를 잡을 거라는 뜻이냐?"

그렇게 물으려던 것이 아니었다. 하지만 입밖으로 나간 소리는 너무도 부질없는 소리였다. 호진이 무슨 뜻으로 그런 말을 하고 있는지 이미 짐작하고 있으면서도 마음에 없는 소리를 내뱉고 있었던 것이다.

"저는 어머니라도 당당하게 사는 모습을 보고 싶은 겁니다."

호진은 그렇게 말하고 등을 돌렸다. 술기운으로 휘청, 다리가 흔들렸다. 그리고 경희가 미처 잡을 틈도 없이 현관 밖으로 나가버렸다.

열린 문 사이로 비집고 들어섰던 바람이 어깨를 시리게 했다.

하지만 경희가 얼어붙은 것처럼 꼼짝하지 못한 것은 바람 때문이 아니었다. 시어머니가 방문 앞에 서서 이쪽을 바라보고 있었던 것이다.

14

외줄에 간신히 매달린 기분이었다.

삶의 무게를 이겨내지 못한 채 아슬아슬하게 외줄에 매달려 있는 듯한 기분.

호진은 휘파람을 불어보았다. 하지만 입술을 통해 빠져나가는 소리란 어려서 신나게 불어댔던 그 휘파람 소리가 아니었다. 획획, 바람 소리를 닮은 신음에 불과할 뿐이었다. 하긴 철이 든 후로 휘파람을 불어 본 적이 한 번도 없었던 것만 같았다. 휘파람을 신나게 불 기분이 난 적도 없어서만이 아니라 뭔가 자신있고 하고 싶은 일이라면 일단 두려움부터 느껴야 했던 습관 때문일 것이다.

아버지는 남들 다 배우는 피아노, 미술 학원 입구도 얼씬거리지 못하게 했다. 소설책을 읽는 것은 더 끔찍하게 싫어했다.

"공부만 해라. 다른 건 그 다음에 해도 늦지 않는다."

아버지는 그런 말밖에 할 줄 몰랐다. 그림 대회에 나가 큰상을 타 와도, 글짓기 대회에 나가 상을 타 와도 아버지는 조금도 기뻐하지 않았다. 오히려 점잖게 타이를 뿐이었다.

"그런 것들은 네 인생을 바꿔주지 못할 것이다. 대신 네가 법복을 입는다면 네 인생은 분명히 달라진다."

어려서는 아버지의 그 말이 무서워서 공부에만 매달렸고, 자라서는 반항을 하느라 공부에 매달렸다. 그러나 결국은 끔찍한 참패가 기다리고 있을 뿐이었다.

어린 시절 이런 꿈을 꾼 적이 있었다. 호진 자신이 갑자기 숨을 거두고 말았다. 가족들은 호진의 시신을 부등켜안고 울고불고 야단을 피웠지만 마치 기다리기라도 했던 것처럼 다른 사람들은 어린 호진을 관에 넣고 못질을 해댔다. 그리고 마침내 산으로 옮겨져 관 위로 흙이 덮이고 그 위에는 작은 언덕이 만들어졌다.

하지만 호진은 죽은 것이 아니었다. 잠시 깊은 잠에 빠져 있었던 것이다. 깨어나 두려움 때문에 악을 쓰고 울어댔지만 아무도 도와주질 않았다. 그리고 서서히 죽어가는 자신을 무섭게 내려다보는 그런 꿈이었다.

지금도 그랬다. 어둠 속에서 관에 갇혀 누군가를 향해 도와달라고 악을 쓰고 있지만 소리는 메아리가 되어 다시 돌아와 고통으로 호진의 가슴을 후벼대고 있는 것이다.

아무도 도와주지 않고, 절망과 공포 속에서 서서히 다가오는 것. 그리고 울음 소리가 메아리가 되어 다시 고통으로 돌아와 가슴을 후비면 두려움 때문에 서서히 포기하게 되는 것, 적어도 호진이 알고 있는 삶이란 바로 그런 것이었다.

이제 술은 온몸을 맴돌다가 빠져나갈 곳을 찾지 못하고 눈앞에서 맴을 도는 것만 같았다.

"많이 취했어요?"

누군가 물어왔다. 고개를 들어 소리나는 쪽을 바라보았다. 숙경이었다. 호진은 대답 대신 고개만 끄덕여주었다. 오늘만은 그녀를 괴롭히지 않을 작정이었다.

그녀를 위해서 마지막으로 뭔가 한 가지라도 사람다운 짓을 해줘야 그나마 덜 미안할 것 같았다. 그것은 그녀가 터무니없이 호진 자신을 좋아하고 있는 데 대한 미안함 탓만은 아니었다. 뭐랄까, 인간에 대한 예의였다. 그녀라서가 아니었다. 호진 자신을 알고 있는 모든 사람에게 딱 한번만이라도 사람 노릇을 하고 떠나고 싶었다.

떠남.

그것이 무엇을 의미하는지 호진은 너무도 잘 알고 있었다. 이제는 이곳에 두 발을 딛고 있는 상황에서는 아무것도 할 수 없을 만큼 무능해져 있는 자신밖에 볼 수 없었다.

그렇다면 이곳을 떠나 어디론가 가야만 하리라. 그곳이 미국일 수도 있고, 호연처럼 종교인의 길을 걸을 수도 있고, 아니면 쥐도 새도 모르게 깊은 산중으로 들어가 그야말로 밭 일구고 논 갈면서 살 수도 있었다.

그것도 아니면……. 거기까지 생각하다 말고 호진은 세차게 고개를 내저었다. 늘 머릿속에 어둠처럼 자리잡고 있는 단어, 죽음이라는 낱말이 무거운 추처럼 가슴자락에 매달려 있는 탓이었다.

"내가 취했으면?"

호진은 머릿속에서 맴돌고 있는 그 단어를 지워버리기 위해 다소 큰소리로 물었다.

"취했으면…… 음, 내가 술을 그만 마셔야지. 그래야 집에 데려다 줄 수 있잖아."

도무지 화를 낼 줄 모르는 여자였다. 호진이 제아무리 심술궂은 소리를 해도 너는 해라, 나는 듣는다, 그런 식이었다. 그게 호진을 더 화나게 만들었다. 마치 세상을 다 품고도 남을 가슴을 지닌 여자처럼 구는 그 여유가 싫었던 것이다.

"네가 그런 말을 하면 나는 이상하게 술맛이 떨어지는 이유가 뭘까?"

호진은 자신도 모르게 빈정대고 있었다.

"호진 씨는 두 마음을 지니고 있는 사람이야. 한 개는 나한테 잘해 주고 싶어하는 마음이고, 한 개는 괜히 심술부리고 툴툴거리고 싶어하는 마음이고. 잘해 주고 싶은 마음은 사랑하기 때문이고, 툴툴거리고 싶은 마음은 사랑받고 싶기 때문이지."

"그렇게 너를 위안시키고 싶거든 마음대로 해라. 돈 드는 것 아니니까."

제아무리 마지막이다, 생각하고 후하게 대해 주려고 해도 삐딱해지는 심사를 달래기가 힘겨웠다.

그녀는 뭐든지 다 갖춘 여자였다. 적어도 호진이 보기에는. 그녀와 마주앉아 있으면 문득 규리가 떠오르고는 했다. 숙경과 규리는 동갑이었다. 그러나 호진이 보기에 숙경은 큰언니 같았고, 규리는 속좁은 막내딸로밖에 보이지 않았다. 아무도 사랑할 줄 모르고 일밖에 모르는 규리에 비해 숙경은 무엇이든지 척척이었다. 자신이 하고 싶은 일이 있으면 적어도 남에게 피해 주지 않는 범위 내에서는 거침없이 행동에 옮겼다.

그러나 규리는 아니었다. 당장 눈앞에 보이는 것조차 의심부터 했다.

아주 어려서였다. 학교 운동장에서 놀다가 목이 마르니까 수돗가로 몰려갔었다. 그런데 다른 아이들은 수도꼭지에 매달려 벌컥벌컥 물을 마셔대는데 그 애만 우두커니 서 있는 것이었다.

“왜 서 있니?”

호진이 묻자 그 애는 너무도 뜻밖의 대답을 했다.

“수돗물 먹었다가 죽으면 어떡해? 그래서 애들이 먹고 안 죽으면 먹을 거야.”

긍정적이고 편안한 사고를 하는 집안의 자식들은 모든 일에 능동적이고 적극적이라는 말을 들은 적이 있었다. 하지만 호진은 물론이고 삼남매 모두 모든 일에 배타적인 성격을 지니고 있었다.

그렇듯 아무것도 가진 것이 없었다. 하다 못해 남들 다 가지고 있는 부모조차 갖고 있다는 생각을 해 본 적이 없었다.

부모님은 호진에게 있어 하나의 거대한 혹에 불과했다. 동생들도 마찬가지였다. 턱에 들러붙어 제아무리 기를 써도 떼어낼 수 없는 거대한 혹.

그래서였을까, 호연이 편지 한 장만을 남기고 수도원으로 들어간 사실을 안 뒤, 호진은 어깨에 실려 있는 거대한 바위 하나가 덜어지는 기분을 느꼈었다. 뭘 해줄 능력도 없는 형이었다. 그런데도 항상 마음속에 부담으로 남아 있던 동생이었다.

차라리 잘된 일이었다. 이제라도 슬프고 불안한 환경을 동생이 구경하지 않아도 된다는 것만으로도 참 잘된 일이라고 혼자 위안 삼았던 것이다.

“그런데 어째 이상하다. 호진 씨 왜 그렇게 후한 거야? 더도 말고 덜도 말고 오늘만 같아라, 그런 말이 저절로 떠오르게 하는 거 있지.”

그녀는 여전히 명랑하게 떠들었다. 호진은 대꾸 없이 술잔을 비웠다. 며칠 내내 기울인 술잔이었다. 병원에서 어머니가 할머니 앞에 무릎 꿇고 앉아 손발이 닳도록 싹싹 비는 모습을 보면서 호진은 다시 한 번 살의를 느꼈었다. 기세 등등한 할머니 앞에서 어머니는 한 마리 벌레만도 못했다. 왜 그렇게 살아야 하는지, 그 많은 사람들이 좋아라 구경을 하고 있다는 모멸감보다 어깨를 짓누르는 살의 때문에 호진은 혼자 진저리를 쳐야 했다.

아버지는 이제 용서라는 단어조차도 사치스러운 사람으로 돌변해 있었다. 이제 어떤 상황이든 아버지를 이해하고 용서할 수 있기란 거의 불가능했다.

설령 어머니와 이혼을 하게 되더라도 위자료 한 푼 요구할 수 없을 지경으로 완벽하게 재산 처리를 해놓은 솜씨에 대해서는 이제 그러려니 했다. 아버지는 당신의 이혼 문제를 처리하기 위하여 법을 공부한 사람으로 밖에 보이지 않았으니까.

하지만 그 여자는 호진 또래밖에 안 되는 나이였다. 그런 여자와 함께 여생을 보내겠다며 모든 것을 버리고 있는 것이다. 아내, 자식, 모두 버리고서 말이다.

예전에는 아버지에 대해 미움과 증오가 있을망정 어떤 신뢰 같은 것은 가슴 면면이 흐르고 있었던 것만은 사실이었다. 아버지한테 반항하기 위하여 모든 것을 엉망으로 만들어 놓았을망정, 아버지 삶에 대한 존경은 어느 정도 지니고 있었던 것도 사실이었다.

어쩌면 아버지가 너무도 완벽하게 당신의 삶을 지키려 하기 때문에 더 반항을 하고 살았을지도 모른다.

그러나 그런 모든 것들은 가녀린 등불에 불과했던 것이다. 아버지는 자식의 내면에 켜진 그 작은 불빛마저도 깡그리 꺼버리고 만 것이다. 당신의 부도덕한 사랑을 위해서.

"아버지를……너무 미워하지 않았음 좋겠어."

숙경이 조심스럽게 입을 열었다.

호진은 그녀에게 어떻게 그 사실을 알았냐고 묻지 않았다. 다만 가만히 그녀를 바라보았을 뿐이었다.

264

“엊그제 규리 씨가 전화했었어.”

“…….”

“규리 씨는 떨면서 전화를 했어. 무섭다면서.”

“그 애는…….”

“엄마, 아버지 이혼해야 된다고 우긴 건 오빠가 무서워서 그랬대. 오빠가 무슨 일을 저지를지 정말 무서웠다고 했어. 죽을지도 모른다면서.”

“…….”

호진은 반쯤 비어 있는 술잔을 단숨에 비워냈다. 가슴 저 밑바닥에 꼭꼭 숨겨둔 엄청난 비밀을 몽땅 들켜버린 기분이었다. 처참했다. 다른 사람도 아닌 숙경에게 모든 것을 들켜버린 것만 같아 더 견딜 수가 없었다.

“정말 죽을 거야?”

그녀는 아무렇지 않게 묻고 있었다.

“닥쳐!”

호진은 낮게 신음했다. 그리고 남은 술을 잔에 가득 채우고 입 안으로 털어넣었다.

“죽을 사람이 아깝게 술은 왜 없앨까?”

그녀는 여전히 방실거리며 말을 하고 있었다. 어떤 상황에 놓여도 항상 의연한 것은 그녀의 장점일 수 있었다. 그런 면에서 그녀는 호진보다 훨씬 나이 든 누이 같았던 것이다.

하지만 호진은 이처럼 심각한 기분인데도 아무렇게나 떠들어대는 그녀를 좋게 봐줄 수가 없었다.

또한 무엇보다도 그녀는 집안에 대해 너무 많은 것을 알고 있다는 사실이었다. 초등학교 때부터 이웃에 살았던 탓도 있지만 그녀는 보지 않고도 뭐든지 다 알아버리는 천리안이라도 지닌 것 같았다. 말하지 않아도 호진에 관한 일은 물론이고 집안 식구들 일까지 꿰고 있었다.

"내가 호진 씨 처음 보았을 때가 몇 살이었는지 알아?"

그녀는 뜬금없이 호랑이 담배 피우던 시절 이야기를 끄집어냈다. 하지만 호진은 동요하지 않는다. 그녀가 옛날 일을 끄집어내는 데는 그만한 이유가 있었다.

"처음에는 그냥 오빠 한 명이 생겨서 무조건 좋았지 뭐."

"……"

"우리집에는 왜 오빠나 남동생이 한 명도 없을까, 늘 불만이다가 새 오빠가 생겼으니 얼마나 좋았겠어, 어린 마음에."

"……"

"나는 호진 오빠가 세상에서 제일 멋있는 남자인 줄 알았어. 그리고 지금도 그렇고."

"……"

그녀는 왜 자신이 오빠라는 호칭을 버리고 호진 씨라는 호칭으로 바꿔 부르기 시작했는지를 설명할 것이다. 그리고 모든 것을 편안하게 바라보라는 말을 할 것이고, 그리고 아무리 뭐라고 해도 자신을 곁에서 떨어뜨리려는 짓은 아예 말라는 암시를 할 것이다. 누이처럼.

그녀는 그렇게라도 호진이 세상에서 절대 불행한 사람이 아니라는 것을 인식시켜 주려 애를 쓰는 것이다. 그리고 영원히 변함없는 자신의 사랑까지도.

호진이 보기에 그녀는 한 마리 벌 같았다. 꽃도 없고 향기도 없는 시궁창 냄새 지독한 집 유리창에서 투명한 평면을 건너뛰지도 못하고 끝없이 무모한 날갯짓으로 부딪치는 그런 벌.

이곳에는 꽃이 없다고 애써 일러줄 필요 없이 그녀는 모든 것을 알고 있었다. 호진을 비롯한 다른 동생들의 모난 성격, 결코 조화롭지 못한 부모님 관계……. 그런데도 그녀는 그 긴 세월을 꼼짝 않고 호진 곁을 지키고 있는 것이다.

살면서 늘 이곳에서 이방인으로밖에 살 수 없는 사람은 항상 어디론가 돌아가기를 꿈꾼다. 호진이 그랬다. 유년 시절부터 살얼음을 걷는 것 같은 나날을 견딜 수가 없었고, 아무리 당해도 단련되지 않는 것이 절망과 고통이었다. 고통스러운 삶이 계속되더라도 돌이켜보면 괴롭고 무가치한 세월만은 아니라고 한다지만, 어머니의 불행한 삶은 그런 희망까지도 없애주기에 충분했다. 그래서 끊임없이 어디론가 떠나기를 꿈꾸었을 것이다. 그러나 숙경은 그 긴 세월을 꼼짝 않고 호진 곁에 머물고 있었다.

"이상해, 나는. 왜 호진 씨 얼굴만 보면 행복하다는 생각을 할까? 지금은 어떤지 알어? 거의 황홀지경이야, 후훗."

그녀는 가볍게 웃었다. 그 웃음이 너무도 편하고 가벼웠다. 세상에 저토록 가벼운 웃음이 존재한다는 사실 하나만도 신기할 지경이었다. 그만큼 그녀와 호진 자신은 너무도 엉뚱한 세계에 살고 있는 것이다.

"호진 씨가 이 세상에 없을 수도 있다는 생각은 한번도 한 적이 없어. 항상 내 눈앞에서 살아야 된다고 생각해."

"……."

그녀는 조심스럽게 호진을 다독거리고 있었다. 하지만 호진은 거푸 잔을 비워낼 뿐이었다.

그녀는 순수했다. 하지만 그 순수함마저도 호진에게는 부담스러운 것이다. 그녀 곁에 있으면 손에서 놓아버린 소중한 꿈이 새록새록 되살아나는 것도 못 견딜 일이었다. 그녀는 소중한 꿈을 손에서 놓아버린 사람의 남은 삶이 얼마나 비루해지는지 처절하게 깨닫게 했다. 그녀는 아직도 호진 곁에서 똬리를 틀고 있을 희망을 기대하고 있는 것인지도 몰랐다.

희망……

호진은 혼자 거칠게 고개를 내저었다. 그 따위 것은 없었다. 예전에는 있었을지 모르지만 부모님과 더불어 사는 동안 깡그리 없애버리고 말았다.

"호진 씨가 나서서 부모님을 이혼시키려 하는 것은 다시 생각하는 게 어떨까."

그녀가 하고 싶었던 말을 조심스럽게 끄집어냈다.

"그 말 하자고 이렇게 추운 날씨에 세 시간씩이나 벌을 섰구나. 애썼다."

"끝까지 들어 봐. 나도 아버지 이야기 듣고는 화가 나서 죽을 뻔했어. 어머니가 너무 가여웠고, 당장 호진 씨하고 결혼해서 어머니 모시고 살 작정까지 했어. 그런데 곰곰 생각해 보니까 그게 아녔어. 호진 씨나 내가 관여할 일이 결코 아닐지 모른다는 생각이 든 거야."

그녀는 부전공으로 심리학을 했다.

병원에서 아버지는 아버지의 도리가 무엇인지 모른다고 악을 쓴 일이 있었다. 그 말은 아주 오랫동안 호진 마음에 얹혀 있던 소리였다. 부모가 되어 부모의 할 도리를 안다면 아버지처럼 그렇게 살진 않으리라.

결국 호진 자신도 아버지, 남편의 자리를 배우지 못한 것이다. 미움과 증오밖에는

"혼자 잘난 척 마라. 내가 듣기엔 네 말은 귀신 씨나락 까먹는 소리로밖에 안 들린다."

호진은 그녀를 보지 않고 빈정거린다.

268

그녀가 전화를 걸어온 것은 아침 나절이었다. 집 앞에 와 있다고 했지만 호진은 그대로 전화를 끊고 말았다. 귀찮았던 것이다.

솔직히 날씨가 추웠기 때문에 걱정이 전혀 안 되는 것은 아니었다. 그러나 이쪽에서 나타나지 않으면 그냥 가려니 생각했었다.

그렇지만 호진이 밖으로 나와 보았을 때, 그녀는 아직도 햇볕이 잘 드는 양지에 서서 호진을 기다리고 있었다. 그녀는 입술이 파랗게 질려 있었다.

"왜 이제서야 오는 거야. 얼마나 기다렸는지 알어?"

달려와 호진의 외투 주머니에 손을 쑥 밀어넣으면서도 그녀는 세 시간씩이나 추위 속에 세워놓았다는 원망은 한 마디도 하지 않았다. 이제라도 나타나 준 것만 고마워하는 사람처럼 명랑하게 떠들어대는 그녀 앞에서 호진은 할 말을 잃고 말았다.

"나는 호진 씨가 이 문제에 대해서 좀더 따뜻했으면 좋겠어."

따뜻? 그 낯선 단어 때문에 호진은 혼자 움찔한다. 그 단어가 왜 먼 불빛처럼 여겨졌는지 모를 일이다. 추운 겨울 날 아득히 먼 곳에서 이곳까지 보여지는 그런 빛 말이다.

"그래야 동생들이 덜 힘들 거야. 지금 호진 씨는 자신만 생각하고 있어. 부모님 대신 동생들을 돌봐줘야 할 것 같은데."

허, 호진은 기가 막혀서 빈웃음을 날렸다.

"규리 씨가 왜 날 붙잡고 오빠 이야기를 했을까?"

모르는 일이었다.

"우리, 이 일을 거쳐가는 과정으로 생각하면 안 될까? 그냥 자유롭게 생각하면 안 될까?"

그녀는 모처럼만에 진지하게 묻고 있었다.

하지만 그녀의 말은 마치 벌 한 마리가 앵앵대는 것처럼 귓전을 맴돌다 사라질 뿐이었다.

그녀의 말뜻을 모르는 것은 아니었다. 그녀는 지금 부모님 문제 때문에 스스로를 학대할 필요가 있느냐고 묻는 것이다.

사람은 참으로 미약한 존재가 분명했다. 간혹 자신이 전혀 엉뚱한 길을 걷고 있다는 것을 알면서도 자신의 의지로는 발길을 돌리지 못하는 경우가 더러 있다. 가다가 가다가 수없이 후회를 하고 절망을 하고 슬퍼하다가 뼈를 깎는 아픔을 겪으면서 비로소 왔던 길을 되돌아가거나 아예 잘못된 그 길을 계속 걷고 마는 것이다.

아버지, 어머니, 그리고 호진, 모두 이제는 잘못된 길을 걷고 있는 것이 분명했다. 그걸 알고는 있지만 발길을 돌려 올바른 길로 들어설 용기가 없었다. 더 많은 고통을 겪고 절망을 겪은 후면 모를까.

"나는 호진 씨가 부모님한테서 눈을 조금만 비켰으면 좋겠어. 내가 보기엔 호진 씨만큼 부모님 언저리에서 꼼짝도 못하는 사람은 처음 봤어. 아니라고 하겠지만 나는 오빠, 오빠 하면서 따라다닐 때부터 호진 씨가 조금 이해 안 되는 부분이 있었어. 기억하는지 모르겠지만 한번은 어머니가 호진 씨가 잘 신고 다니는 운동화가 떨어져서 쓰레기통에 버렸는데 호진 씨는 맨발로 나가서 그 운동화를 찾았어. 엄청 추운 겨울이었는데 말야. 이미 쓰레기차가 와서 운동화를 치워버렸다는 것을 알면서도 고집 피우고 있는 호진 씨 때문에 나까지 학교 늦은 것 기억해?"

"그래서 어떻게 됐는데?"

호진은 모처럼만에 입을 열어 물었다. 이미 기억에서 지워진 일은 나 아닌 누군가가 기억하고 있는 일은 결코 유쾌할 수 없었다. 특히 그것이 유쾌한 일이 아닐 때는 더욱더 그런 법이다.

"어떻게 되긴. 어머니가 제발 그러지 말고 새 운동화 신고 가자고 애걸복걸, 난리도 아녔지 뭐. 그러다 아버지가 나오셔서 어떻게 했는지 알어?"

"몰라."

호진은 짧게 대꾸한다.

"나는 그때처럼 호진 씨 아버지가 무서운 모습은 처음 봤어. 그 대로 질질 끌려들어간 거 있지."

"……."

"엄청나게 얻어맞았는데도 호진 씨는 그 운동화를 끝까지 포기 하지 않을 사람처럼 다시 나가서 쓰레기통을 뒤졌어. 정말 사람 질리게 했어."

그러고 보니 어렴풋이 기억나는 일이었다. 중학교에 다닐 무렵 이었을 것이다. 그 운동화를 그렇게 찾으려 했던 것은 운동화가 아까워서가 아니었다. 뭐든지 방해만 하려 드는 부모님에 대한 반 항이었다는 말이 옳을 것이다.

만약에 부모님이 호진 마음속에 뱀처럼 똬리를 치고 있는 그 반 항심을 일찌감치 눈치챘다면 어떻게 되었을까. 억지로 원하지도 않는 대학에 보내지 않았을 것이고, 호진 또한 자신의 삶을 실타 래처럼 헝클어버리기 위해 아버지가 원하는 학과에 원서를 넣지 도 않았을 것이다. 아버지가 원했기 때문에 법과에 지원했던 것은 맞았다. 그러나 목적은 분명히 달랐다. 호진은 철저하게 실패하기 위해 아버지의 말을 따랐을 뿐이었다.

"무슨 말이냐면, 이제는 호진 씨도 어른이니까 부모님 때문에 자신의 삶이 엉망이 되었다고 생각하지 말았음 좋겠어. 이제는 어 른이잖아."

그녀는 어른이라는 말에 힘을 주었다. 어른, 그래 어른이었다. 이제는 세상을 책임지고, 한 여자를 책임지고, 한 가정을 책임질 그런 나이가 된 것이다.

하지만 호진 스스로 생각한 자신은 아직도 생떼를 쓰는 어린아이에 불과했다. 마치 그 생떼를 그만 두기 전에는, 호진이 생떼를 부릴 수밖에 없는 그 모든 일들이 모두 해결되기 전에는 절대 어린아이를 못 면할 것만 같았다.

"내가 보기엔 지금 호진 씨는 엄청난 착각을 하고 있어. 부모님한테서 눈을 돌리고 자신의 삶을 제대로 바라봐야 할 때가 됐는데……."

그녀는 말꼬리를 흐리고 있었다. 그러다가 다시 입을 열었다.

"호진 씨 병은 부모님 때문에 자신의 삶이 엉망이 되었다고 믿는 거야. 나는 아니라고 봐. 행복이 나름대로의 가치가 있다면, 슬픔이나 절망, 고통, 그런 것들은 그 이상의 의미를 지니고 있지 않을까? 호진 씨는 그런 부모님을 보면서 좀더 강해졌어야 옳았어. 몸안의 병균을 다 없애버리는 것보다 그 병균을 어느 정도 지니고 있으면서 사는 것이 언제 덮칠지 모를 병을 이겨내는 방법인 것처럼 말야."

"네 개똥철학을 계속 들어야 하냐?"

"이제 자신을 다시 자세히 살펴봐. 호진 씨는 어떤 사람보다 강인해져 있고, 면역성이 뛰어난 내면을 지니고 있어."

"계속할래?"

호진은 짜증을 부렸다. 하지만 술보다 더 빠르게 가슴으로 스며드는 그녀의 말을 완전히 털어낼 수는 없었다.

"이제 우리 식의 세상살이가 필요하지 않을까? 부모님 그늘은 이미 사라지지 않았어? 삼십대면 이제 우리도 뭔가 책임지고 시작할 나이 아냐?"

"……."

호진은 그녀의 말을 아예 못 들은 척했다. 그렇게 항상 호진이 필요할 때마다 곁에 있어준 여자였다. 마음 따뜻한 소리 한 번 한 적 없고, 항상 겉돌기만 하는 호진 곁에서 그녀는 늘 해바라기로 존재했던 것이다.

그녀를 사랑하는가, 호진은 스스로에게 물었다.

만약에 그녀를 사랑한다면 죽음을 생각하는 일에 그토록 열심이진 않았을 것이다. 적어도 인간은 누군가를 사랑하고 있다면 그 사랑 때문에 섣부른 죽음을 생각하진 않으니까.

"잘난 숙경아, 너는 네가 나를 구원할 수도 있다고 믿는 모양인데, 아서라, 꿈깨라. 나한테 너는 코흘리개 계집애밖에 안 된다."

호진은 불량기 많은 청년처럼 거들먹거렸다.

"너는 나를 도와준다고 생각하겠지만 천만의 말씀이다. 네가 거머리처럼 내 옆에 붙어 있으니까 다른 여자들은 얼씬도 못하는 거 아니냐. 너는 나한테 지독한 거머리다, 거머리."

호진은 그렇게 말하고 낄낄낄 웃었다. 술기운은 얼굴로 뻗치는 것이 아니라 내장으로 더 먼저 뻗치고 있었다.

"나도 알지. 나만큼 일편단심 민들레가 세상에 또 있을까? 중학교 때 남자, 여자 학교로 갈리니까 얼마나 속상했는지 알어? 호진 씨가 공부 못하면 어떻게 하나 얼마나 걱정했는지 몰라."

"……"

"나는 머리는 나빠도 끈기 하나는 괜찮았거든. 그러니까 좋은 대학에 갈 자신이 있는데, 호진 씨가 엉뚱하게 나쁜 대학에 가면 큰일이잖아. 시험 때면 내 점수 때문에 긴장하는 것이 아니라 호진 씨 점수 때문에 더 초조할 지경이었다니까."

중학교를 뺀 나머지 세월은 항상 호진 곁에서 한 발짝도 안 움직인 그녀였다. 고등학교가 남녀 공학이라서 우연히 그렇게 될 수도 있을 테지만 대학까지 쫓아오리라고는 생각도 못했던 것이다.

"호진 씨?"

그녀가 호진을 불렀다. 그러나 호진은 대답하지 않고 다시 술잔을 비웠을 뿐이었다. 술힘을 빌려서라도 모든 것을 잊고 싶었다. 오늘 밤은 부모님도 잊고 싶고 가슴에 얹힌 것 같은 동생들도 잊고, 죽음조차도 잊고 싶었다.

"천천히 마셔."

그녀가 술병을 빼앗아갔지만 호진은 아랑곳하지 않고 다시 술병을 빼앗아 잔에 채웠다.

"이제 부모님 그늘에서 벗어나서 나만 바라보고 살 수 없어?"

"……"

호진은 어이가 없어 말을 잃고 그녀를 쳐다보았다.

"나 호진 씨하고 결혼하기로 결심했어. 그래서 예쁜 아기도 낳고 행복한 가정을 꾸릴 거야."

내참, 호진은 기어이 헛웃음을 다시 터뜨리고 말았다.

"나로 말할 것 같으면 호진 씨도 잘 알겠지만 꽤 행복한 가정에서 자랐어. 자랑하는 게 아니라 한 남자의 아내가 되는 데 조금도 손색이 없는 조건을 지녔다는 거야. 호진 씨도 우리 부모님 알잖아. 아버진 지금도 우리 엄마한테 반말을 안해. 우리 부모님이 얼마나 다정하냐면 우리가 있거나 말거나 당신 나 사랑해? 음, 그럼, 사랑하고 말고, 그런 말들을 부끄러운 줄도 모르고 하시거든. 우리가 뭘 잘못하지 않았어도 엄마가 신경질을 부리면 우리 아버진 꼭 그러셔. 얼른 엄마한테 잘못했다고 해라, 하고 말야. 우린 그냥 그렇게 했고. 아버지가 너무도 엄마를 아끼고 사랑하니까 감히 우리가 덤빌 생각을 못했던 거야."

"그런 좋은 조건이라면 다른 데 가서 찾아보시지. 나는 아니네."

　호진은 꼬부라지는 혀를 간신히 주체하며 말했다. 자꾸만 눈이 감기고 있었다. 아직 마셔 없애야 하는 술이 너무도 많이 남았는데 졸음이 쏟아지고 있었다.

　"전생에 나한테 빚진 것이 있어서 지금 그렇게 헌신적이었다면 이제 내가 너를 놓아주마. 너는 나한테 진 빚 다 갚았으니까 그만 자유로워도 된다."

　아무렇게나 떠들었다. 그러나 잠시 말을 끊고 있던 숙경이 가만히 호진의 손을 잡았다.

　"아냐, 아직도 덜 갚았어. 호진 씨 말이 맞아. 나는 전생에 호진 씨한테 엄청 많은 사랑을 받았을 거야. 그런데 내가 다른 남자를 사랑하느라 호진 씨를 거들떠보지도 않았지. 호진 씨가 얼마나 슬퍼했을지 알 것 같애."

　그녀는 어울리지 않게 진지했다. 그리고 자신이 직접 확인하고 경험했던 일을 알려주는 것처럼 말하고 있었다. 하지만 호진은 결코 진지하게 그녀의 말을 들어줄 수가 없었다. 그보다 더 심각한 말을 한다고 해도 마찬가지였다. 어차피 그녀는 떠나보내야 할 사람이었다. 아니 호진 스스로 떠나야 할 사람 중 한 명이었다.

　"나랑 결혼해, 호진 씨."

　잠깐의 침묵이 흐르고 그녀가 조심스럽게 말했다. 하지만 호진은 거들떠보지도 않았다. 그녀를 아내로 생각한 적은 한번도 없었다. 아니 그녀뿐만이 아니라 세상 어느 여자도 호진 자신의 아내가 될 수 없었다.

　대학을 다니는 동안 호진이 가장 많은 시간을 할애한 것은 여자 사냥이었다. 호진은 그야말로 힘닿는 데까지 여자를 낚았다. 정말 낚는다는 표현이 맞을 것이다. 여자들은 순진했고, 바보 같아 호진의 메마른 감성까지 사랑하려 들었다. 삐딱하고 모난 성격까지 껴안으려 애를 쓰는 여자들을 보면 왜 그렇게 살의를 느꼈을까. 여자가 바뀔 때마다 숙경이 나타나 무슨 해결사라도 된 양 교통정리를 해주었지만 말이다.

"이 남자는 변태성욕자예요. 저도 피해자 중 한 명이거든요. 지금은 안 그런 척하지만 조금 더 겪어 보면 내 말이 무슨 뜻인지 알 걸요."

그녀는 치밀하게도 호진이 그동안 품었던 여자들 명단까지 적어 그 여자 앞에 내밀고는 했다.

"제 말이 안 믿어지면 모두 전화해 보세요."

친절하게도 전화 번호까지 알려주는 데야 믿지 않을 여자가 없었다. 여자들은 순진했지만 한편으로 영악한 동물이었던 것이다.

"내가 그렇게 말했어도 안 떨어지는 여자라면 꽤 쓸모 있는 여잔데. 만약 그렇다면 내가 더 이상 방해 놓을 필요 없이 깨끗하게 물러날 수도 있었는데 말야."

한 여자가 떨어져 나갈 때마다 숙경 그녀는 낄낄낄 장난꾸러기처럼 웃어댔다.

"결혼하자고 했잖아."

그녀가 확 술잔을 빼앗았다. 그리고 남아 있는 술을 입안으로 털어버리고는 인상을 구겼다.

"결혼하자니까!"

그래도 호진은 대꾸를 하지 않았다.

"호진 씨가 빨리 결혼해야 동생들도 제대로 살 수 있어. 그것도 생각 못하는 바보야?"

"그래 나는 바보다. 그러니까 잘나고 똑똑한 놈팽이한테 가서 결혼하자고 해라, 응?"

"내가 보기엔 호진 씨는 아직도 꼬맹이야, 꼬맹이. 엄마 치마

속에 감기면서 아이스크림 사 내라, 과자 사 내라 계속 징징거리는 철부지란 말야.”

“야!”

“야 꼬마야, 내 말 계속 들어라, 응?”

그녀는 농담처럼 말하고 있었지만 표정은 너무도 진지했다.

“언제까지 칭얼대고 살 거야? 이제 호진 씨가 누굴 위해서 뭔가 할 때가 되지 않았어? 그래, 좋아. 부모님은 이제 지나가는 세대니까 그렇다고 치자. 그럼 호진 씨는 뭐야? 동생들이 얼마나 가엾은지 알어? 부모님한테 실망하고, 호진 씨한테 실망하고. 호진 씨는 동생들에게 또 다른 부모와도 같은 거 아닐까? 그럼 호진 씨가 용감하게 사는 모습을 동생들에게 보여줘야지 않어? 호진 씨는 동생들이 호진 씨 때문에 더 힘들어하는 걸 그렇게 모르겠어? 어른 노릇 좀 하면 안 돼?”

왜 그런 말들이 명치끝을 무겁게 했을까. 술기운이 다 달아나고 있었다. 동생들에게 나는 무엇이었던가. 호진은 더 이상 앉아 있을 수가 없었다.

잔에 남은 술을 한입에 털어넣고 몸을 일으켰다. 하지만 정신은 멀쩡한데 온몸이 핑그르르 돌았다. 아니 술집의 모든 것들이 팽이처럼 돌았다. 이렇게 한가하게 앉아서 속없이 떠들어대는 계집애하고 노닥거리고 있을 시간이 없는데, 호진은 입을 꽉 다물고 걸음을 떼어놓았다.

“왜 그래, 호진 씨!”

갑자기 그녀의 비명 소리가 몸 위로 쏟아졌다. 하지만 호진은 그 소리를 들으면서도 내가 뭘 어쨌다고, 코웃음을 쳤다.

“정신 차려, 호진 씨!”

그녀가 느닷없이 호진의 볼을 빠르게 때렸다. 왜 그 손길이 따뜻하다고 느꼈을까. 그 손을 가슴에 꼬옥 파묻고 싶었다.

그러나 호진은 그녀의 손에서 벗어나려고 기를 썼다.

놔, 놔! 소리를 질렀지만 소리는 피돌기하듯 몸안을 맴돌았을 뿐이었다.

그리고 우탕탕, 뭔가 요란하게 넘어지는 소리를 들었다.

긴 꿈을 꾸었다. 꿈은 마치 호진을 기다리고 있다가 그렇게 펼쳐지는 것처럼 거침없었다. 아버지와 어머니는 토인 복장을 한 채 기묘한 춤을 추고 있었다. 요란한 북소리가 들렸고, 어디선가 알아들을 수 없는 괴성이 날아오기도 했다. 어머니, 아버지의 얼굴은 그대로인데, 머리 꼭대기부터 발끝까지 모두 토인의 모습을 흉내내고 있었다. 강렬한 타악기 소리에 맞춰 뱀처럼 춤을 추고 있었다. 아니 부모님뿐만 아니라 호진, 호연, 규리 모두 똑같은 모습으로 춤을 추며 괴성을 질러댔다. 너무도 간절한 소리들이 목소리가 아니라 몸짓으로 터져나가고 있었다.

춤을 추고, 괴성을 지르지 않으면 영원히 그 어디론가 돌아갈 수 없을 것 같은 절박함 때문에 울음이 나올 것만 같았다. 하지만 호진은 부모님과 동생들처럼 기를 쓰고 춤을 추고 괴성을 질러댔다. 가고 싶은데, 아직껏 가지 못한 곳, 지금 돌아가지 않으면 영원히 돌아갈 수 없는 그곳으로 가기 위해서……

무슨 새소리를 들은 것도 같았다. 어쩌면 땡땡땡, 종소리였는지도 몰랐다. 그 소리는 너무도 맑고 초롱초롱했다. 마치 깊은 동굴 속에 갇혔다가 이제 마악 맑은 공기를 심호흡하는 사람처럼 호진은 그 소리를 향해 크게 숨을 쉬었다. 꿈을 꾸면서 울었던가, 베갯잇이 축축했다.

"어, 깨어났네."

사람 목소리가 들려왔다. 그 소리는 순식간에 머릿속을 청명하게 하던 좀전의 그 소리를 모조리 지워내기에 충분했다.

호진은 놀라 벌떡 일어났다. 낯선 공간에 누워 있었던 것이다. 분홍색의 양털 이불을 덮고 있었다.

"정신 들었어?"

숙경이 바로 앞에서 웃고 있었다. 호진은 두리번거리며 낯선 공간을 살폈다.

"여관방 아니야. 호텔방은 이 정도로 작진 않을 테니까 더욱더 아니고."

후유, 안도의 한숨이 저절로 나왔다. 그녀의 방이 분명했다. 그녀의 방이라는 것도 결코 마음 편한 일은 아니었다. 그녀의 부모님을 어려서 본 일은 있지만 자란 뒤에는 본 적이 없었기 때문에 이만저만 실례가 아니었다.

하지만 그녀를 데리고 여관방에 들어가지 않았다는 것만도 얼마나 다행스러웠는지 모른다. 다른 여자들이라면 몰라도.

"호진 씨 정말 웃기더라. 무슨 술주정을 그렇게 촌스럽게 해?"

그녀는 물컵을 건네주며 호호, 소리내어 웃었다. 호진은 무슨 소리냐고 묻는 대신 벌컥대며 물을 마셨다. 꿀물이었다. 그녀는 꿀물을 타놓고 머리맡에 앉아 호진이 깨어나길 기다렸단 말인가.

"나더러 뭐랬는지 알아? 혹시 내가 여관 가자고 하면 절대 동행하지 마라. 같이 여관에 안 가면 시궁창에 빠져 죽는다고 하거나 트럭 바퀴 사이에 끼여 죽겠다고 협박할 것이다. 그래도 눈 하나 꿈쩍 말고 그대로 돌아서서 가라. 남자란 동물은 워낙 교활해서 여자를 여관으로 끌고가고 싶은 욕망이 발동하면 별짓을 다한다. 그래도 속지 마라."

"그만 놀려라."

　호진은 한마디로 잘라 말했다. 그런 말을 했는지 어쨌는지는 알 수 없었다. 술집에서 쓰러진 것까지는 알겠는데 그 다음은 그야말로 오리무중이었다. 제아무리 술에 취해도 그렇게 인사불성된 일은 한 번도 없었는데, 어쨌든 엄청나게 취했던 모양이다.

　"나는 호진 씨가 정말 여관에 가자고 조르길 기다린 거 있지."

　그녀는 뭐가 그리도 좋은지 연신 종알거렸다. 편안한 실내복에다 화장을 하지 않은 맨얼굴이라서 그런지 나이보다 훨씬 더 어려 보였다.

　"이리 비틀 저리 비틀하면서도 집으로 가겠다고 아우성을 치길래 내가 뭐라고 물었는지 알어?"

　"뭐랬어?"

　간밤에 그녀에게 너무 많은 신세를 진 것 같아 은근히 미안한 마음이 앞섰다. 술을 취할 정도로 많이 마신 것은 아니었다. 빈속에 거푸 들이킨 술을 이기지 못했던 것이다.

　"언제 여관 가자고 할 거야? 그런 거 있지."

　"뭐?"

　어이가 없어서 호진은 그녀를 보고 허, 웃고 말았다.

　"와, 호진 씨 웃으니까 정말 샤프하다. 이건 정말이야. 어려서 그 모습 그대로야."

　그녀는 다시 엉뚱한 문제로 수다를 떨었다. 그러다 다시 말을 이었다.

　"언제 시궁창에 빠진다고 할 거냐고 물어도 고개만 젓고, 언제 트럭 바퀴에 끼여버린다고 말할 거냐고 물어도 고개만 젓고. 어휴, 말도 마."

　그녀는 그렇게 말해 놓고 다시 명랑하게 웃었다. 하얀 이가 상큼해 보였다. 그녀가 그렇게 예쁜 이로 웃을 줄 안다는 것을 오늘

처음 알았다.

"내가 언제 여관 가자고 할 거냐고 하도 조르니까 호진 씨가 이러는 거야. 이 바보 같은 계집애야, 얼른 집에 안 가고 뭐해? 그러고는 푹 엎어져서 웩웩 토하고, 내 옷이랑 구두가 완전히 오물주머니가 됐다니까."

그녀는 코를 찡그리며 손을 휘휘 저었다. 호진은 말없이 그녀를 바라보았다. 어쨌든 미안한 일이었다.

"우리집으로 가자니까 토하다 말고 나를 노려보는 거야. 미쳤냐면서. 엄마, 아버지한테 이런 모습 보이면 퍽이나 좋겠다, 그러면서 말야."

"그런데 어떻게 된 거냐?"

호진은 바깥 기척을 살피며 물었다. 어려서 몇 번 와보기는 했지만 지금은 완전히 낯선 곳 같았다. 집안에는 아무도 없는지 아무 소리도 나지 않았다.

"후훗, 염려 마. 내가 억지로 호진 씨를 우리집으로 끌고는 왔지만 성폭행은 안했으니까. 왜, 나한테 성폭행 당했을까 봐?"

그녀는 뭐가 좋은지 연신 싱글벙글이었다.

"미안하구나. 버리고 가면 됐잖아. 뒤도 돌아보지 말고 가라고 엄포를 놨다면서."

"으휴, 저 영감님. 왜 호진 씨는 아예 태어나면서부터 영감님으로 태어난 것 같지? 그럴 때는 그렇게 말하는 게 아니라 이렇게 말하는 거야. 숙경아, 아주 잘했다. 너 아녔으면 동장군이 날 업어갈 뻔했구나. 나중에 살면서 이 신세 두고두고 갚으마, 그렇게 말하는 거야."

도무지 막힘이 없는 성격이었다. 그녀 집안의 분위기가 그렇게 밝은 사고를 하게 했겠지만 아무튼 호진에게 그녀가 부담스러운 것만은 사실이었다. 너무도 때가 안 묻은 무언가를 보면 오히려 쳐다보는 것조차 부담스러운 것과 같이 말이다.

"그래, 고맙다. 신세 갚을 자신은 없다만."

"좋아, 두고두고 갚기 싫지? 그럼 당장 갚아."

그녀가 엉뚱한 소리를 하며 눈빛을 빛냈다.

"무슨 소리야?"

"호진 씨 남한테 신세지고 사는 거 딱 질색이지?"

"……."

"자, 지금부터 나한테 진 빚 갚는 거다."

그녀는 그렇게 말하며 다짜고짜 호진 곁으로 다가앉았다. 그리고는 빠르게 호진의 목을 팔로 감고 호진의 입술에 입술을 부딪쳤다. 순식간에 벌어진 일이었다.

"야!"

호진은 놀라서 버럭 소리를 질렀다. 하지만 완강하게 감긴 그녀의 팔을 잡아떼지는 못했다. 이상하게도 온몸의 기운이 쏙 빠져달아난 것같이 꼼짝할 수가 없었던 것이다.

그녀가 호진의 입술을 다시 더듬었다. 부드럽고 감미로운 입술이었다. 온몸으로 뜨거운 물기가 스며들고 있었다.

하지만 그 감미로운 입맞춤은 길지 못했다. 정신을 차린 호진이 거칠게 그녀를 밀어버렸기 때문이었다.

벽에 기댄 채로 그녀는 한동안 호진을 바라보았다. 얼굴이 발그스름했다.

그녀가 다시 빙그레 웃었다.

"오늘처럼 행복한 날이 없었을 거야. 앞으로 그 입술은 내 거야, 알았지?"

그녀는 그렇게 말하고 얼른 일어나 밖으로 나갔다.

호진은 그녀가 나간 뒤 가만히 자신의 입술을 손가락으로 더듬어 보았다. 아직도 그녀의 뜨거운 체온이 그대로 입술 위에 얹혀져 있는 것만 같았다. 이름도 기억할 수 없는 여자들이 호진 곁을 다가왔다가 사라졌지만 이렇듯 감미로운 입맞춤을 나눈 여자는 한 명도 없었으리라.

머릿속이 텅 비어버려 아무것도 생각할 수 없었다. 그녀와의 입맞춤은 한 번도 상상하지 못한 일이었다. 그렇더라도 이렇게 묘한 기분을 안겨주리라고는 꿈에도 생각 못한 일이었다.

그녀의 방은 퍽 정돈이 잘 되어 있었다. 성격에 어울리지 않게 아기자기한 인형들이 피아노 위에 진열되어 있고 책장에는 많은 책들이 꽂혀 있었다. 컴퓨터를 전공한 그녀가 언제 저 많은 세계문학을 읽었을까, 의아할 정도였다.

대충 옷을 걸쳐 입고 문밖으로 나선 호진은 우뚝 걸음을 멈추고 말았다.

거실에는 그녀의 부모님이 앉아 계셨던 것이다. 집안끼리 워낙 알고 지내기는 하지만 이렇게 부딪친 것은 참으로 오랜만이었다. 그리고 규리도 와 있었다. 너무도 뜻밖이라 호진은 인사를 하기도 전에 의아해 묻고 말았다.

"네가 여기 웬일이야?"

"숙경이가 전화해줬어. 오빠 여기 있다고."

"아, 안녕하세요?"

호진은 그때서야 엉거주춤 인사를 건넸다. 숙경의 아버지가 일어서서 호진 곁으로 다가와 손을 내밀었다. 호진은 조심스럽게 손을 내밀어 악수를 했다.

"자네, 정말 무심하군. 아니, 여자가 성폭행을 하도록 놔둔단 말인가?"

"예?"

"지금 저 녀석이 나와서 뭐라고 자랑한 줄 아나? 자네 입술을 훔쳤다고 신나서 떠들고 있었네."

"……."

"기집애가 부끄러운지도 몰라요."

그녀 어머니가 다가와 방긋 웃었다. 숙경과 닮은 웃음이었다.

"정말 오랜만이지?"

당혹스러워 어쩔 줄을 몰라하는 호진의 팔을 붙잡아 끌며 그녀 아버지가 물었다.

예, 호진은 기어들어가는 소리로 간신히 대답을 했다.

"속 쓰리겠네. 해장국 끓여놨으니까 우선 아침부터 먹어야겠어요."

그녀 어머니가 소파에 앉으려는 호진에게 말했다.

"아, 아닙니다. 생각 없습니다."

"무슨 소리야. 우린 자네 일어나면 같이 먹으려고 여지껏 기다리고 있었는데."

그녀 아버지가 앞장서서 부엌 쪽으로 걸어가며 호탕하게 말했다.

무슨 정신으로 밥을 먹었는지 모른다. 하지만 식사 도중 내내 신경에 쓰인 것은 규리였다. 규리는 누군가 묻는 말만 대답을 했다. 그것도 예, 아니오, 하는 간단한 대답 정도였다. 나란히 앉아 긴 이야기를 한 적이 없었기 때문에 대인 관계까지 챙길 겨를이 없었지만 호진의 마음을 아프게 한 것은 사실이었다.

밝고 명랑한 숙경에 비해 규리는 너무도 작고 왜소한 어린아이 같았던 것이다.

다시 부모님 생각이 났다. 이제 부모님의 존재는 호진에게 아

284

품, 슬픔, 그런 단어로 굳어 있었다. 사랑은 건강해야 한다. 건강한 사랑을 줄 수 있고, 건강한 사랑을 받을 수 있어야만 병들지 않고 건강한 정신을 싹틔울 수 있게 된다.

건강한 웃음과 대화, 농담을 할 줄 아는 숙경과 그녀 부모님을 보면서 호진은 자신은 물론이고, 동생, 부모님 모두 얼마나 병든 삶을 살고 있는지 다시 깨달아야 했다.

병들고 썩은 씨앗에서는 새싹이 틔지 못한다. 먼 훗날 좀더 나이를 먹은 뒤, 부모님을 이해할 날이 올지 모르지만, 지금의 심정으로는 죽어도 용서할 수가 없었다. 수십년 살아도 타향 같은 곳, 부모님은 당신들 감정에 충실하느라 삼남매에게 그렇게 늘 이곳이 아닌 저곳을 꿈꾸도록 했던 것이다.

갑자기 꿈이 떠올랐다. 그렇게 가고 싶어하던 곳이 어디였을까. 미친 듯 춤을 추고 괴성을 질러대면서 찾아가려 했던 곳이 어디였을까.

상념을 깨듯 숙경 아버지가 호진을 불렀다.

"무리한 부탁이 아니라면, 자네 부모님하고 언제 상견례를 하게 해주게. 이제 혼삿날을 받아야 하지 않겠나?"

너무도 뜻밖의 말이었다. 의아해서 숙경의 얼굴을 쳐다보았다. 숙경이 눈짓으로 가만히 있으라는 신호를 보내왔다. 하지만 호진은 가만히 있을 수가 없었다. 결혼이라니.

"저는……."

"자네 심정을 모르는 것은 아니네. 아직 제대로 직장을 잡은 것도 아니고 결혼할 형편이 아니라는 것쯤 내가 모르는 것은 아니지만, 우리 생각은 또 그게 아니네. 저 녀석을 그대로 놔둘 수가 없어. 제 동생이 바로 코밑에서 언제 똥차 빠지냐고 안달이고."

도대체 뭐가 뭔지 알 수가 없었다. 모르긴 해도 숙경이 이 모든 일을 꾸몄을 것이다. 호진과는 단 한 마디도 상의 없던 결혼 이야기까지 퍽 많이 진행된 것처럼 말이다.

"우리 애가 직장에 다니니까 먹고사는 일은 해결될 것이고, 그보다 저 애 나이가 너무 많아."

"……."

"자넨 소설을 쓰고 있다면서?"

그녀 아버지가 호진을 바라보며 물었다. 소설, 호진은 대꾸없이 가만히 앉아 있을 수밖에 없었다. 아직 꿈도 못 꾼 일이었다.

"자네가 법대를 간다고 했을 때, 저 사람이 뭐라고 한 줄 아나? 자넨 법복 입고 있는 것보다 펜 쥐고 원고지 앞에 앉아 있는 것이 더 어울린다고 하더군. 나도 자네가 소설을 쓴다니까 잘 됐다 싶고."

"……."

"열심히 해보게."

"……."

그저 편안한 분위기였고, 편안한 말투였다. 하지만 호진에게는 편한 자리가 될 수 없었다. 불편하기로는 규리도 마찬가지일 것이다. 삼남매 모두 하루하루가 가시밭길이었고 거친 자갈밭에 앉아 잠자고 밥먹고 볼 일 보는 것처럼 살았던 것이다.

"오빠는 소설을 아주 잘 써요."

모처럼 만에 규리가 입을 열었다. 마치 그 말을 하기 위해 여기에 온 사람같이.

"오빠는 어려서부터 문학 소년이라는 말을 참 많이 들었거든요."

어설플 수밖에 없는데도 규리는 최선을 다해 말을 하고 있었다. 숙경 부모에게 제 오빠의 초라함을 그렇게라도 덮어주려는 것이다. 그게 너무도 안쓰러웠다. 그리고 측은했다. 저 애를 위해서 아무것도 해준 것이 없다는 미안함이 우겨 넣은 밥을 목젖에 얹히게 했다.

"숙경이 방에 책 봤나?"

그녀 어머니가 물었다.

"예."

호진은 짧게 대답했다.

"그 많은 책을 왜 사들였는지 아나?"

"……."

"결혼 혼수품이라네. 자네한테 선물로 줄 선물 말이야."

"……."

규리도 놀라 호진을 보았지만 호진은 모른 척 고개를 숙이고 말았다. 이건 뭔가 아주 잘못되고 있었다. 남이 보았을 때 제아무리 정상이라고 말해도 이런 상황은 호진 삶에서 있을 수 없는 일이었다.

"한꺼번에 사자면 돈 든다고 봉급 탈 때마다 십만원 정도씩 떼어내서 책을 산다네. 저녀석이 왈가닥 같긴 해도 꽤 짠순이거든."

그녀 아버지가 한 마디 거들었지만 호진은 아무 대꾸도 할 수 없었다.

그녀는 호진이 어떤 상황에 놓였는지 아직 말하지 않은 눈치였다.

사랑이 물처럼 흐르는 집안이었다. 가구는 화려하지 않지만 안정감있게 배치되어 있었고, 가족들의 대형 사진이 소파 뒤로 자랑스럽게 걸려 있었다.

호진은 문득 부모님과 동생들을 생각해 보았다. 언제 한번 가족 모두 모여서 호탕한 웃음 한 번 날린 적이 있었던가. 항상 긴장해 있어야 했고 항상 미움이 뒤범벅인 분위기에서 간신히 헐떡거리며 숨을 쉬어야만 했다. 꿈에서처럼 항상 가야 할 저곳을 꿈꾸는 사람에겐 이런 안락함이나 평화는 무거울 수밖에 없었다. 얻어입은 옷과도 같았다. 차라리 호랑이 같은 아버지 앞에서 숨조차 제대로 못 쉬고, 으깨어진 몰골의 어머니 앞에서 살의를 느끼면서 사는 것이 훨씬 뱃속 편한 일이었다. 호진에게는.

규리를 똑바로 바라볼 수가 없었다.

규리를 더 이상 초라하게 만들고 싶지 않아서 호진은 먼저 몸을 일으켰다.

규리도 따라서 몸을 일으켰다. 인간이 어떤 공간에서 이렇게 초라해질 수 있다니, 숙경 부모님의 만류에도 불구하고 성큼성큼 현관으로 걸어나왔다. 신발을 신다가 다시 좀전에 들었던 그 소리를 다시 들었다.

또르르 또르르……

시간을 알리는 소리였다. 여전히 맑고 다정한 느낌을 주는 소리였다. 호진은 그 소리를 피해 달아나는 것처럼 서둘러 그 자리를 떴다.

15

"오빠 만나러 왔었어."

규리는 바람을 등지며 말했다. 바람이 아주 세게 불고 있었다.

"내 뒤로 와라."

호진은 앞장서면서 규리를 등 뒤로 숨게 했다.

"오빠가 아빠 같네."

규리가 소리내어 후후 웃었다. 아빠라는 말이 낯설었다. 자라면서 아빠라는 단어를 쓴 적이 있었던가. 아마 처음 말을 배울 때부터 아빠라는 호칭보다 아버지라는 호칭을 먼저 배웠을 것이다.

"어젯밤에 오빠가 안 들어오니까 얼마나 무서웠는지 몰라. 엄마한테 말도 못하고."

"……."

저 애 앞에서 죽는다는 말을 한 번이라도 했던가. 하긴 말하지 않았더라도 저 애는 아주 쉽게 눈치챘을 것이다. 아픔을 겪는 사람은 상대방의 아픔까지도 같이 겪으니까.

"왜 내가 죽을까 봐?"

입술이 파랗게 질린 규리가 딱해 호진은 불쑥 농담처럼 그런 말을 끄집어냈다. 규리가 응, 하고 짧게 대꾸했다.

다시 침묵이 흘렀고, 그 사이로 차가운 바람이 휘파람 소리를 내며 지나갔다. 호진은 입술을 오므려 휘파람 소리를 내어보려다 그만 두었다. 휘파람을 불 기분이 전혀 아니었다.

"숙경이가 오빠 자기 집에 있다고 해도 마음이 안 놓였어. 왜 그런 것 있잖아. 잔뜩 긴장하고 있는데 놀라지 마, 그러면서 무슨 충격적인 말을 들려줄 때 기분. 그랬었어. 무슨 일이 있으니까 오빠가 숙경이네 가 있는 거라고 생각된 거야. 오빠 성격에 누구네 집에 가서 잘 사람이 아니잖아. 숙경이가 아무 일 없다고 아무리 말해도 믿어지질 않았어. 그래서 달려왔었고."

"……."

가슴이 추웠다. 바람이 불어서 낮아진 체감 온도 때문만은 아니었다. 규리 가슴속에서 회오리치는 바람을 문득 느꼈던 것이다.

호진은 그때서야 규리가 얇은 잠바 하나만 걸치고 있다는 것을 알았다.

"입어라."

호진은 코트를 벗어서 규리 어깨에 얹어주었다.

"말도 안 돼, 오빠. 나만 추운가 뭐. 오빠 감기 들어서 안 돼."

규리는 펄쩍 뛰며 호진 코트를 돌려주었다. 작고 마른 얼굴이었지만 어려서는 꽤 이쁘다는 말을 많이 들은 동생이었다. 하지만 지금은 나이에 걸맞지 않게 수심이 가득한 노처녀 하나가 여기 있을 뿐이었다.

"잔소리 말고 입고 있어. 나는 아직도 술기운이 남아 있어서 열이 펄펄 나니까.”

“에이, 거짓말.”

규리는 그렇게 말하면서도 싫지 않은 표정이었다.

그 표정이 호진의 마음을 다시 아프게 했다. 그 동안 자신의 발 밑에 떨어진 불똥에 급급하느라 자상하게 돌봐준 적이 한 번도 없었던 동생이었다.

“호연 오빠가 가버리고 나니까 갑자기 날씨가 더 추워진 것 같애.”

규리는 명랑하게 떠들었다.

“……”

호진은 대답 대신 고개를 들어 저곳 하늘을 보았다. 호연과 규리는 참으로 다정한 남매였다. 규리는 호진은 어려워하면서도 호연은 친구처럼 따랐다. 쌍둥이라서 그렇겠지만 호연도 워낙 다정한 성품이라 제 누이동생 일이라면 발벗고 나서 도와주려 했다.

호연의 느닷없는 행동을 가장 충격으로 받아들인 사람은 규리였겠다는 생각이 머리를 스쳤다. 아버지는 아예 관심도 없었을 것이고, 어머니 또한 다를 바 없었다. 할머니는 호연의 빈자리조차 눈치채지 못하는 것 같았다.

“호연이 보고 싶겠구나?”

호진은 규리 어깨를 감싸주며 물었다.

“지금은 아니야. 큰오빠가 있으니까.”

“……”

코끝이 찡했다. 아무래도 바람이 너무 매서운 것 같았다.

“이러고 있으니까 우리, 꼭 집 나온 남매 같다. 오빠는 생각 안 나? 아버지가 엄마를 굉장히 때린 적이 있었는데, 우리들 모두 무서워서 집을 나와 밖에서 오돌오돌 떨면서 울었던 일. 아냐, 그때

큰오빠는 안 울었어. 작은오빠는 눈물만 글썽거리고 있었고. 나만 무서워서 훌쩍훌쩍 울었던 것 같애. 큰오빠 눈치보면서. 지금도 잊을 수가 없어. 그때 다른 집에서 흘러나오는 불빛이 어쩌면 그렇게 따뜻해 보였는지. 우리집도 불이 켜져 있었지만 우리집 불빛하고는 비교할 수 없을 정도로 따뜻한 불빛이었어."

"……."

"어린 마음에 그런 불빛을 내보내는 집의 아이들은 굉장히 행복하겠다는 생각을 했었어."

"……."

"기억 안 나지?"

아무 반응이 없자 규리가 호진의 팔을 흔들었다. 왜 기억 못할까, 그 불빛을. 한여름에도 두꺼운 솜이불을 덮어야 몸과 마음이 따뜻할 것 같던 집안에서 늘 부러워하고 동경했던 것은 규리가 그날 밤 보았던, 그 불빛을 닮은 무엇이었으리라.

"근데 왜 그렇게 오빠들이 불쌍했는지 모르겠어. 그런 생각을 하고 나니까 눈물이 쏙 들어가는 거야. 오빠들이 더 불쌍한데 나만 울고 있는 것 같아서 말야. 불쌍한 오빠들도 안 우는데 왜 내가 울어? 그러면서 울음을 그쳤으니까."

편도가 다시 말썽을 부리는 모양이었다. 목이 아팠다.

"오빠가 구슬치기하면 나도 같이 하고, 오빠가 딱지치기하면 나도 딱지치기하고. 그러면서 자랐던 것 같애. 나는 한번도 오빠들 그늘에서 벗어날 생각을 하지 못했어. 언젠가는 아파서 학교에 못 갔는데 대문에 서서 한나절 내내 기다리고 있었어. 오빠들 돌아오기만."

"……."

"이상해, 나는. 엄마가 어딜 가도 기다린 것 같지 않은데 오빠들이 어딜 가고 없으면 하루 종일 불안하고 초조해 했으니까. 오빠들 군대에 가 있는 동안 왜 그렇게 하루가 멀다 하고 편지 써서 보냈는지 알어?"

"……."

"가만히 있으면 온갖 나쁜 공상은 다 떠오르는 거야. 총에 맞았으면 어떡하지, 신발이 미끄러워서 물에 빠졌으면 어떡하지, 간첩이 넘어와서 우리 오빠만 잡아갔으면 어떡하지……."

규리는 편안하게 떠들고 있었다. 하지만 호진은 결코 편안하게 들을 수가 없었다.

"군인이 왜 신발이 미끄러지겠어. 그런데 한 번 오빠 면회를 갔는데 가는 길에 커다란 방죽을 보았거든. 나는 이상하게 우리가 신었던 낡은 운동화만 떠올렸던 거야. 그 운동화를 신고 그 방죽 옆을 지나가면 꼭 미끄러져서 물에 빠질 것 같았으니까."

"……."

아무것도 몰랐던 일이었다. 규리 가슴에 그런 지독한 그리움이 숨겨져 있는지도 몰랐던 일이고, 군대 간 오빠들 죽음이 두려워 하루가 멀다 하고 편지를 써서 보낸 속사정도 모르고 있었다. 그저 군대 생활 힘들까 봐 그러는 줄만 알았다.

"나는 오빠가 좋아, 오빠."

"……."

"이 세상에서 제일……."

규리는 그렇게 말해놓고 갑자기 호진 품에 안겨 흐느끼기 시작했다. 아주 깊은 울음이었다. 바람이 다시 불고 있었다. 바람은 가녀린 규리 머리카락을 흔들고 소리없이 뒤로 사라졌다.

호진은 뜨겁게 차오르는 눈물을 간신히 참아내며 규리를 꼭 안아주었다. 규리는 떨고 있었다.

“오빠 죽지 마. 제발 부탁이야. 오빠가 죽으면 나도 따라 죽을 것 같애. 나 혼자 어떻게 세상을 살아. 무서워서…….”

“…….”

“작은오빠도 없고, 큰오빠도 없고……. 나도 오빠 도와줄 일 있으면 열심히 도울 테니까 제발 죽지 마.”

규리는 흐느끼면서 간신히 말을 잇고 있었다. 이 아이 어디에 이런 슬픔이 숨어 있었을까.

“그래, 그래…….”

“…….”

규리는 더 심하게 흐느끼면서 호진의 목을 두 팔로 껴안았다. 규리가 흘린 눈물이 호진의 볼로 타고 내렸다.

부모님이 다시 원망스러웠다. 어떻게 자식들을 이렇게 허허벌판 같은 세상에 떨쳐버리고 살 수 있을까. 어떻게 그럴 수 있단 말인가.

부모님 앞에서는 늘 추운 겨울이었다. 털 빠진 병아리처럼 서로 옹송거리고 있지 않으면 당장이라도 얼어 죽을 것만 같았었다.

자식들이 이렇게 힘들어 하는데 아무것도 눈치채지 못하고 책임질 줄 모르는 부모님들을 죽어도 용서할 수 없을 것 같았다.

“오빠, 부탁이 있어.”

규리가 울음을 그치고 손등으로 눈물을 훔치며 말했다. 호진은 주머니에서 손수건을 꺼내 규리의 눈물을 닦아주었다.

“말해라, 뭐든.”

규리의 부탁이라면 뭐든지 들어줄 생각이었다. 설령 하늘의 별을 따 달라고 한다면 그렇게라도 할 것 같았다. 가엾은 저 애를 위해서.

“숙경이랑 결혼해.”

"……."

"그 앤 나랑 동갑이지만 나보다 훨씬 어른스럽고 생각도 깊어. 그리고 따뜻한 아이야."

"……."

"오빠만 위해서 결혼해 달라는 것이 아니라, 나를 위해서라도 그렇게 해줘."

"……."

"나는 한번이라도 우리 가족 누군가 옛날에 내가 보았던 그 따뜻한 불빛이 새어나오는 집에서 살고 있는 모습을 보여줬으면 좋겠어. 그러면 나도 시집갈 것 같애."

"……."

기억이 맞다면, 규리는 항상 숙경을 라이벌로 생각하고 살았던 것 같다. 학교 성적은 물론이고, 숙경이 스케이트를 배우면 덩달아 배우고, 테니스를 배우면 덩달아 테니스를 배웠다. 숙경이 운전 면허를 땄다는 말을 듣고 나서는 그날로 면허 시험장으로 달려갔을 정도였다. 하지만 규리는 숙경을 부러워하고 있었다는 것을 이제 알 것 같았다. 숙경 집에서 새어나오던 그 따뜻한 불빛이 그리워서 앵무새처럼 따라 했을 터였다.

"부모님은 생각하지 마. 오빠도 알잖아. 두 분 문제는 우리 힘으로 어떻게 해 볼 재간이 없다는 걸. 이제는 기다리는 것밖에 방법이 없을 것 같애. 깨지든 말든."

"그래, 네 말이 맞다."

호진은 규리의 말에 맞장구를 쳐주었다.

"와, 그럼 내 말에 승낙해 주는 거야?"

규리가 갑자기 환한 얼굴이 되어 호진을 쳐다보았다.

"숙경이랑 결혼하는 일 말야."

"임마, 결혼이 그렇게 쉽냐? 부모님이 저 지경인데 나 장가 갑니다, 그럴 수 있냐고?"

호진은 오랜만에 홀가분한 마음으로 대답을 해주었다. 아직 숙경 그녀와 결혼하겠다는 결심이 서지 않았지만, 이제라도 맏자식이 해야 될 도리를 지켜야만 할 것 같았다. 부모님들을 위해서가 아니라, 가엾은 동생들을 위해서라도.

"참, 오빠는……. 엄마, 아버지처럼 간단하게 식을 올리면 되잖아. 숙경이도 그걸 좋아할걸. 꼭 동네방네 신고하고 결혼식 해야 될 일이 어딨어?"

뜻밖에도 부모님의 결혼식을 떠올리게 하는 규리의 말 때문에 호진은 할 말을 잃고 말았다.

"엄마는 당신이 그렇게 천대 받고 결혼식을 한 것부터 당신 팔자가 기구해서라고 믿는 것 같지만 오빠는 그 반대잖아. 아니, 엄마 생각이 틀렸다는 걸 보여주는 거야. 그리고 아버지도 자식이 그런 결혼식을 하면 어떤 심정이 될지 궁금하지 않아?"

가족들 울타리에서 한발짝도 못 벗어난 아이였다. 호진은 여지껏 동생들에게 맏이로서 할 일을 한 가지도 못했다는 사실을 새삼스럽게 떠올렸다.

"미안하구나."

"뭐가?"

"그냥."

"그럼 나는, 고마워 오빠."

"뭐가?"

"그냥."

규리의 대답에 호진은 가볍게 웃고 말았다. 아직 눈속에는 물기가 어려 있었지만 활짝 웃는 규리의 얼굴은 너무도 깨끗했다.

그래, 이 애를 위해서라도 반듯하게 살아야 할 것이다. 부모님 때문에 병들고 나약해진 동생들을 위해서.

"오빠가 항상 무섭고 어려웠는데 오늘은 너무 좋다."

규리가 호진의 팔을 깊숙이 껴안으며 종알거렸다. 철부지 아이처럼.

16

이제 하나씩 준비를 해야 될 것 같았다. 시어머니의 죽음, 그리고 경희 자신의 이혼 문제, 자식들 문제…….

그리고 또 있었다. 엊그제 친정 어머니가 다시 입원을 하셨다. 심장 수술을 했는데, 상태가 다시 나빠졌다고 한다.

경희가 면회를 갔지만 어머니는 딸이 온 줄도 모르고 산소 호흡기를 꽂은 채 긴 호흡을 뱉어내고 있었다. 이제는 울음도 나오지 않았다. 그 옆에 앉아 어머니의 주름진 얼굴이며 손을 말없이 쓸어보았을 뿐이었다. 그러나 눈물 대신 가슴으로 흐르는 피눈물은 어쩔 수가 없었다.

"엄마……."

나직이 불러보았지만 어머니는 아무 대꾸도 없었다. 그렇게 애면글면 애태운 딸자식이 앞에 앉아 있는데도 말이 없었다.

그렇게 긴 잠에 빠져 있다가 그렇게 떠날 것만 같았다.

"엄마, 이렇게 가면 내가 어떻게 해. 엄마, 내가 얼른 어떤 식으로든 해볼 테니까 조금만 기다리면 안 될까? 내가 제대로 사는 것 안 보고 싶어. 이제는 절대 엄마 앞에서 흔들리는 모습 안 보이고 당당하게 살 테니까, 조금만 기다려주면 안 될까?"

기어이 어머니 얼굴에 눈물을 뿌리고 말았다.

이제 어머니가 돌아가시기 전에, 아니 시어머니가 저 세상으로 떠나기 전에 해야 될 일이 있었다. 그 일을 하지 않으면 두 분 다 떠나보낼 수가 없었다.

두 분 다 기진맥진 삶에 시달려서인지 하루가 다르게 죽음 문턱으로 다가가고 있었다. 평생 써야 할 기운을 젊어 마음 고생으로 다 써버린 사람에게는 그만큼 죽음이 빠르게 다가올 수밖에 없으리라.

시어머니는 이제 어쩌다 한 번씩만 정신이 돌아왔다. 마치 다른 사람이 몇 년을 거쳐 겪어야 할 증세를 며칠 동안 다 겪어야 되는 사람처럼 하루가 다르게 증세가 심해지고 있었다. 이제는 일어나 거동하는 것도 서툴렀다. 늘 누워서 대소변을 받아내야 했고, 뭔가 음식 냄새만 나면 경희를 쥐어뜯으며 울어댔다.

"나 저거 먹고 싶어. 먹고 싶단 말야! 나 사줘 응? 이번만 사주면 절대 사달라고 안 조를게, 응?"

경희는 말없이 시어머니가 원하는 것을 해주었다. 어차피 떠날 시간이 정해진 목숨이었다. 병에 이롭건 해롭건 원하는 것은 다 해주고 싶었다. 마지막 선물처럼.

어느 때는 마치 철부지 각시가 신랑에게 보채듯 했다.

"나 누룽지 먹고 싶단 말야."

"어제 곶감 어디다 숨겼어? 그거 나 좀 주라, 응?"

"우리 언제 꽃놀이 갈 거야? 기차 타고 갈 거지?"

너무도 신이 난 표정으로 그렇게 떠드는 시어머니 곁에서 경희
는 대신 대답해주고는 했다.

"누룽지 잡숫고 싶으세요? 지금 만들어 드릴게요."

"곶감 조금 있다가 사 갖고 올게요."

"꽃놀이 가려면 봄이 와야 해요. 기차 타고 가려면 어머니 얼른
일어나셔야 해요."

그렇게 대답해줄 때마다 시어머니는 어린애처럼 즐거워했다.

사람은 태어나서 죽는 날까지 정해진 양만큼 사랑을 받아야 하
는 걸까. 어린것이 어미의 정을 못 받으면 시름시름 앓듯이, 시어
머니는 젊어 남편에게 못 받은 사랑을 목말라하는 사람처럼 칭얼
거릴 때가 많았다.

다시 남편 생각이 났다.

오늘 아침에는 남편과 한바탕 실랑이를 벌여야 했다. 오랜만에
집에 들른 남편을 보자 시어머니는 대뜸 바지춤을 움켜쥐었다. 어
디서 그런 힘이 남아 있었는지, 벽에 기대고 있다 느닷없이 엎어
지면서 마악 일어서려는 남편의 바지를 움켜쥐었던 것이다.

"어딜 가! 못 가! 네가 나를 두고 갈 수 있을 것 같애! 그년이
얼마나 좋은지는 몰라도 나는 못 보내. 차라리 나를 죽여라, 죽
여! 나 죽이고 그 년한테 가!"

놀란 것은 남편만이 아니었다. 경희도 너무 놀라 시어머니한테
달려들며 손을 떼어냈지만 소용이 없었다. 시어머니는 경희 몸을
세게 밀어젖히고 다시 남편에게로 달려들었다.

"네놈이 나한테 해준 게 뭐야? 뜨신 국밥 한 그릇을 사줬어, 고
무신 한 켤레를 사줬어. 시어머니 시집살이 맵네, 맵네, 그렇게
매울까. 그런데도 너한테 입 한 번 벙긋했으면 그랬다고 말을 해.
내가 시에미한테 머리카락 다 쥐어뜯겼어도 말 한 마디 한 적 없

어. 그런데 왜 이제 와서 날 버리는 거야. 아들을 못 낳았어, 네 집 재산을 안 불려줬어.”

경희는 벽에 몸을 기댄 채로 기진맥진해서 시어머니를 바라보았다. 시어머니는 울부짖고 있었다. 당신의 살아 온 삶을 다시 되새김질하면서.

남편은 아무 말 하지 않았다. 시어머니는 여전히 울부짖으며 남편의 와이셔츠를 쥐어뜯고 남편의 온몸을 할퀴어댔다.

“내가 왜 쪽박 신세가 돼야 해, 왜! 나는 잘못한 거 없어. 내가 뭘 잘못했다고 버리는 거야, 왜!”

통곡하는 시어머니를 쳐다보다 경희는 소리 없이 방을 나섰다. 그리고 한동안 베란다를 내다보며 꼼짝도 하지 않았다.

세상이 우스웠다. 아니, 사람 사는 것이 정말 우스웠다. 너무도 우스워서 하루 한나절을 웃는다고 해도 웃음이 멈춰질 것 같지 않았다. 하지만 웃음은 나오지 않았다. 입술을 들썩거리며 새어나오는 소리는, 울음 소리였다.

남편은 방에서 나와 무섭게 경희를 노려보았다.

“이제는 정신없는 어머니까지 움직여? 그따위로 비겁하게 군다고 해서 나아질 것 같은가?”

경희는 그를 바라보지 않았다. 아무리 배아파 낳은 자식이라도 어미의 아픈 상처를 다 알기는 어려울 것이다. 남편은 시어머니가 왜 저렇게 울부짖는지 이해하지 못하고 있었다. 당신의 지나온 삶을 애달퍼한다는 것을.

그 순간 왜 그가 지옥의 문을 아직도 건너지 못했다는 생각을 했을까. 그것은 남편뿐만 아니라 호진, 호연, 규리, 모두 마찬가지였다.

자궁 속…… 그랬다, 아직 자궁을 벗어나지 못한 채 모두를 어둠 속에서 방황하고 있는 것이다.

남편은 어쩔 수 없더라도 자식들만이라도 그 지옥의 문에서 벗어나게 해줘야 하리라. 그래서 밝은 빛을 만나게 해주어야 했다. 그것은 어미밖에 해결해 줄 사람이 없었다.

경희는 그를 등뒤에 세워 둔 채 창밖으로 흐르는 바람의 방향을 바라보았다. 새 한 마리가 외롭게 날고 있었다. 공원은 텅 비어 있었다. 간혹 새들이 날고 있었고, 아직 녹지 않은 눈 위로 바람들이 발자국을 소리 없이 찍고 있을 뿐이었다.

텅 빈 세상이, 아무도 사랑할 수 없을 것 같은 세상이 호수 한가운데 자리를 틀고 앉아 있었다.

"좋아, 네가 남한테 그렇게 효부 소리를 듣고 싶다면 어머니 돌아가실 때까지는 내가 참아주지. 지금 이 상태에서 이혼을 한다면 다른 사람들이 널 손가락질 할 것이고, 네 성격에 그건 죽어도 싫을 테지."

"고맙습니다. 눈물겹도록 고맙습니다."

경희는 그를 보지 않고 말했다. 이제는 그를 보고 싶지 않았다. 설령 어머니가 당장 돌아가신다고 해도 경희 손으로 묻어드리고 싶었다. 다시는 한 많은 세상에 힘없고 병든 몸뚱이 내밀지 마시라고 꼭꼭 묻어드리고 싶었다.

"이제 그만 와요. 어머니 앞으로 당신 보기만 하면 오늘처럼 하실 거예요. 내가 그러라고 시킬 거니까. 어머닌 이제 내 손 아니면 하루 밥 세끼도 얻어 잡숫지 못한다는 걸 알고 계세요. 똥오줌은 어떻게 하구요. 그래서 저렇게 내 편을 들어주는 거죠. 아무리 자식 있으면 뭐해요. 계집한테 빠져서 부모도 뒷전인데. 어머닌 앞으로 나한테 잘 보이기 위해서 당신한테 계속 그렇게 하실 테니까 내 말 듣고 오지 말아요."

“뭐가 어째! 닥치지 못해!”

그가 으르렁거렸다.

좀전에 한 마리밖에 없었는데 서너 마리의 새들이 호수 한가운데 얼음 위에 앉아 있었다. 경희는 새들의 움직임을 놓치지 않고 바라보았다. 바라보는 눈속에 뭔가 살아 움직이는 것이 있다는 사실만으로도 눈물겨웠다. 왜 이리 세상이 슬픈가.

“어쩌면 어머니가 당신 죽이려고 들지도 몰라요. 내가 그렇게 시킬 테니까.”

“이년이! 뒈질려고 환장한 거야?”

“죽어가는 부모 놔두고 나한테 그러면 안 되지. 그러게 사람은 누울 자리 보고 다리 뻗으라고 하는 거지, 안 그래요?”

어디서 들려오는 것일까. 아이의 자지러지는 울음 소리가 귀청을 울렸다. 하지만 소리는 환청처럼 이내 다가왔다가 사라지고 없었다. 부리나케 자전거를 타고 저리로 사라지는 꼬마도 보였다.

이런 지옥은 여기에서 끝나야 하리라. 경희는 이를 악물었다. 이런 지독한 불행을 한꺼번에 겪는 까닭도 앞으로 닥칠 불행을 한꺼번에 앞당겨 겪느라 그럴 터였다.

“몰랐어요? 어머닌 젊어서 나 시집살이시킨 것이 미안하니까 저렇게 자식한테까지 내 편을 들어주는 거예요. 내가 당신 버리면 큰일난다는 것쯤 알고 있으니까요.”

경희는 이를 악문 채로 그렇게 뇌까렸다.

“더러운 년!”

“말했죠? 어머닌 내가 당신 죽이라고 하면 그렇게 하실 거라고.”

“성호 그 자식이 그렇게 하라고 시켰나?”

경희는 그를 똑바로 바라보았다. 그리고 입을 열어 대답했다.

　"맞았어요. 그 사람이 시키더군요. 무슨 일이 있더라도 당신하고 이혼은 하지 말라고. 그래도 당신을 지켜줄 수 있는 사람은 나밖에 없다고. 그 사람은 당신이 날 얼마나 사랑했고, 내가 당신을 얼마나 사랑했는지, 다 알고 있는 사람이에요. 그 사람은 우리한테 사진첩 같은 사람이니까요."

　성호, 그 사람이 참으로 고마웠다. 이제 그는 자연스럽게 가슴에 묻힐 것 같았다. 그래서 영원히 사라지지 않을 것 같았다. 세상에 그렇게 따뜻한 사람이 있다는 것을 경희에게 알려준 것만도 참으로 고마운 사람이었다.

　꽝, 문 닫히는 소리가 요란하게 울렸다. 그리고 집안은 무거운 침묵 속으로 가라앉았다.

　어디선가 물 넘치는 소리가 들렸다. 그때서야 경희는 서둘러 목욕탕으로 들어갔다. 욕조 물이 철철 넘치고 있었다.

　경희는 물이 알맞게 뜨거운가를 확인했다.

　시어머니는 세상 모르게 잠들어 있었다. 너무도 깊은 잠에 빠져 있어 잠을 깨워서는 안 될 것 같았다. 잠든 시어머니 모습이 너무도 예뻤다. 경희는 머리맡에 앉아 이마로 흩어져 있는 머리카락을 조심스럽게 쓸어주었다.

　그 기척에 시어머니가 눈을 떴다. 막 잠에서 깨어난 아기 같았다.

　"어머니, 목욕해요, 우리."

　경희는 다정하게 말을 건넸다. 시어머니는 말없이 고개를 끄덕였다. 시어머니가 좋아하는 것은 딱 두 가지였다. 한 가지는 맛있는 것을 먹는 일이고, 한 가지는 목욕하는 일이었다. 어린것이 잠에서 깨어나면 먹을 것을 보채고, 그러다 따뜻한 물속에 몸을 담그면 마냥 행복해 하는 것처럼 시어머니는 목욕하는 일을 좋아했

304

다.

경희는 시어머니를 안고 목욕탕으로 들어간다. 이제 이 일은 경희가 시어머니한테 해줄 수 있는 마지막 일이었다. 이제 머잖아 저세상으로 떠날 사람이었다.

"어머니, 그냥 편하게 가세요. 그리고 좋은 자리 잡거든 저 나중에 불러주시구요. 우린 저세상에 가서는 마음 고생도 안 하고 소박도 안 받고……."

목이 메었다. 경희는 조심조심 시어머니를 욕조 안에 넣으며 다시 말을 이었다.

"서로 아픈 데 어루만져 주면서 살아요, 어머니. 아셨죠?"

뜨거운 물기가 눈속을 가득 채웠다. 잘못 본 것이 아니라면 시어머니는 물속에 몸을 담그며 가만히 고개를 끄덕였다.

"어머니, 그렇게 계실 때는 정말 예쁜 처녀 같애요. 속살도 예쁘고, 이마도 시원하고 코도 오똑하고. 어머니도 제가 이쁘게 보이세요?"

"……."

시어머니는 뜨거운 물이 흡족한지 가만히 눈을 감고 있었다. 참으로 편안한 얼굴이었다.

늙음이란 숨을 쉬는 것도, 손가락 하나 움직이는 것도 버거워질 무렵이면 슬그머니 죽음에게 자리를 양보하는 것인가.

다시 눈을 뜬 시어머니가 검불 같은 기운을 내어 경희의 옷을 잡았다.

"왜요?"

시어머니는 말없이 경희 옷을 잡아당겼다.

"옷 벗으라구요?"

경희가 의아해서 물었다. 시어머니가 끄덕, 고개를 움직였다.

경희는 잠깐 망설이다가 옷을 벗었다. 그리고 천천히 욕조 안으로 들어갔다. 욕조가 넓기는 해도 두 사람이 들어앉은 탓에 물이 넘쳤다.

물속으로 들어온 경희를 시어머니는 한동안 바라보았다.

"어려서 누구랑 같이 목욕한 적 있어요?"

경희가 물었다. 시어머니는 고개를 가로저었다. 그리고 천천히 입을 열었다.

"에미야."

"……."

경희는 너무도 놀라 부엉이눈을 하고 시어머니를 바라보았다. 병원에서 돌아온 뒤 하루가 다르게 병세가 악화된 시어머니 입에서 그런 말이 나오리라고는 생각도 못했던 것이다.

"왜요, 어머니?"

경희는 반갑고 놀라워서 큰소리로 물었다.

"이혼하지 마라."

"어머니?"

더 놀라운 일이었다.

"내가 죽더라도 이혼해서는 안 된다. 나를 봐서라도 이혼하지 말고 살아라. 그 놈이 너 싫다고 나갔거든 내버려둬라. 그래도 네 옆에는 자식들이 있으니까 견딜 만할 거다. 애들이 아무리 이혼하라고 졸라도 해서는 안 된다."

"어머니……."

시어머니는 그 동안의 일을 다 알고 있었던 것일까. 그 고통스러운 현실을 피하고 싶어서 일부러 정신이 나간 것처럼 행동하신 것일까.

"네 시아버지를 나는 이제서야 용서하겠다. 하지만 내가 이혼을 했다면 지금이라도 용서할 기회가 없었겠지. 네가 이혼하면 내가 못 견딜 것 같구나. 네가 불쌍해서."

시어머니 눈 속으로 물기가 가득 차오르고 있었다. 경희는 입술을 깨물었다.

"네 시아버지도 이혼하자고 나를 들볶았지만 나는 해줄 수가 없었다. 혁민이 생각해서라도 해줄 수가 없었어. 살면서 좋은 꼴 한 번도 못 보고 자란 자식이었다. 쟤가 그러고 돌아 다니는 것도 어려서 당한 마음 고생 앙갚음하느라고 그럴 것이다. 만약에 내가 철없이 이혼을 하면 우리 혁민이는 평생 좋은 꼴 구경 한 번 못하고 살 것 같아 두려웠다. 제아무리 소박맞고 사는 에미라고 해도 이혼하지 않고 살면 먼 훗날 자식한테 어떤 것 하나라도 좋은 꼴 보일 수 있을 테지, 하고 살았다."

"좋은 꼴을 보였다고 생각하세요?"

경희는 목이 메어 간신히 물었다.

"그래…… 나는 내가 참 대견스러웠단다. 그래도 참고 살았던 내가."

"어머니……."

시어머니는 숨을 고른 뒤 다시 입을 열었다.

"우리 혁민이, 네가 버리면 갈 곳이 없는 애다."

"……."

경희는 아무 말 못하고 시어머니 얼굴만 바라보았다.

"이상도 하지, 그 애는 항상 뭔가 다 된 것 같으면 그걸 부수지 못해 안달이었다. 어려서도 애써 토끼장을 만들었다가도 누가 칭찬을 하거나 탐을 내면 모조리 부숴버리곤 했다."

"……."

"불안해서 쩔쩔매다가도 그렇게 부숴버리고 나면 왜 그리도 편안한 얼굴이 되던지……."

누구보다 자식을 잘 아는 것은 어머니였다. 시어머니는 남편이 그렇게밖에 살 수 없는 까닭을 다 알고 있었다.

"그게 무서워서……. 허지만……."

시어머니는 잠깐 입을 다물었다. 그러다 다시 경희를 보았다.

"우리 혁민이…… 가엾어서 내가 눈을 못 감을 것 같구나."

"……."

시어머니 눈에는 굵은 눈물이 흐르고 있었다.

"제가 아범 곁에 있을게요, 어머니."

경희는 힘주어 말했다. 시어머니는 대답 대신 고개만 끄덕였다.

이제는 세상의 길을 알 것도 같았다. 아무리 미련이 남고 후회스러워도 양갈래 길 위에 섰을 때, 선택하지 않았던 그 길로 되돌아갈 수는 없었다. 설령 되돌아갈 수 있더라도 그것은 결코 행복이 될 수 없었다. 다만 지금 이 자리에서, 넘어진 이 자리에서 다시 일어나 굳건하게 살아가는 것이 행복일 수 있었다.

이제는 고통마저도 사랑할 나이가 되지 않았는가. 아무리 고통스럽고 절망스러운 나날이었어도 돌이켜보면 값지지 않고 소중하지 않은 순간은 하나도 없었질 않았던가.

"에미야, 나한테 선물 하나만 해다오."

한참 후에 시어머니는 다시 입을 열었다.

"예, 어머니. 뭐가 갖고 싶으세요?"

"옛날에는 내가 네 옷을 사줬으니까. 이제는 네가 나 옷 한 벌만 만들어 다오."

"옷이요?"

경희는 흐르는 눈물을 내버려둔 채 물었다.

"내 수의를 장만해 다오. 너는 손재주가 좋아서 잘할 거다. 네 손으로 만든 수의를 입고 가고 싶구나.”

어머니가 경희 손을 잡았다.

“예, 어머니…….”

“나는 시어머니가 왜 그리도 원망스럽고 밉기만 했던지……. 수의 한 벌 제대로 못해 드린 것이 두고두고 미안하고 마음에 걸렸다. 너도 그러면 어떡 하냐.”

눈물이 빗물처럼 뚝뚝 떨어졌다.

“너도 나만큼 늙고 병이라도 들거든 네 며느리한테 꼭 수의 한 벌 해달라고 하렴, 꼭.”

“예, 어머니…….”

경희는 시어머니 손을 얼굴에 묻었다.

“네가 처음에는 많이 미웠었다. 내가 젊어 초라하게 산 걸 그대로 보여주는 것만 같아서.”

“예…….”

“고맙다, 에미야.”

시어머니는 손을 뻗어 경희 얼굴을 타고 흐르는 눈물을 가만히 닦아주었다.

“어머니 말씀대로 할게요. 아범이 아무리 이혼하자고 해도 참고 견딜게요.”

“그래, 고맙다, 고마워.”

시어머니는 다시 눈을 감았다. 그렇게 감은 눈 속에서 물기가 번져나오고 있었다.

경희는 시어머니 몸에 비누칠을 하고 머리를 감겼다. 그 사이 시어머니는 잠이 든 것처럼 미동도 하지 않았다.

바깥 기온이 추울까봐 커다란 타월로 온몸을 감싼 뒤에 욕실을 나왔다.

품에 안긴 시어머니는 축 늘어진 채 미동도 하지 않았다. 이렇게 자꾸 깊은 잠에 빠지다 보면 어느 날 흔적 없이 세상을 떠날 테지.

하얗게 삶아 말린 타월로 온몸을 닦아주고 옷을 입힌 뒤에 자리에 눕혔다.

그리고 경희는 한동안 그 자리에 앉아 잠든 시어머니 얼굴을 바라보았다.

이제서야 시어머니, 어머니가 비워놓은 자리가 눈앞에 보였다. 그 자리로 이제는 경희 자신이 들어서야 하리라.

어머니…….

밖으로 나와 호진의 핸드폰 번호를 눌렀다. 여전히 전화기가 꺼져 있어 소리샘으로 넘어간다는 메시지가 나왔을 뿐이었다.

경희는 메시지대로 번호를 누르고 천천히 입을 열었다.

"호진아, 엄마는 결심을 했단다. 이혼을 할 수 없겠구나. 네가 아무리 원한다고 해도 그래서는 안 될 것 같다. 그건……여지껏 너희들한테 보여준 엄마 삶이 그렇게 처절한 것이었다고 해도 어쩔 수 없다. 이제라도 엄마가 너희들에게 가르쳐야 될 일이 있다는 것을 배웠단다. 할머니가 그랬고, 엄마가 그랬고, 그리고 먼훗날 네 아내가 그래야 할 일이란다. 그 일이 무엇인지는 나도 잘 모르겠다. 하지만 이제부터라도 차근차근 다시 배울 생각이다. 아직은 모든 것이 혼란스럽지만 조금만 기다려다오. 조금만 기다리면 다시 편안한 날이 올 거다. 너희들 말대로 붓글씨도 다시 시작하고 엄마 삶을 새로이 개척하면서 떳떳하게 사는 모습을 보여주마. 그래, 호진아 우리 다시 시작해보자, 내 아들아."

삐, 하는 소리가 들려왔다. 경희는 한동안 전화기 앞에서 미동도 하지 않았다.

　이제는 마음이 홀가분했다. 마치 커다란 짐을 어깨에서 벗어낸 듯한 홀가분함이었다.

　날이 밝으면 동대문 시장에 나가 삼베를 끊어야 하리라. 시어머니, 어머니의 수의를 다 장만하려면 얼마나 베를 끊어야 할까.

　참으로 오랜만의 외출이 될 것이다. 첫 외출처럼 가슴이 설레었다.

　바람이 다시 부나 보다. 창문이 덜커덩, 작은 신음 소리를 뱉어냈다. 하지만 하늘은 맑았다. 벌써 3월이었다.

　저 하늘에서 차츰 바람이 사라지고 나면 따뜻한 봄 기운이 처녀처럼 다가오리라. 그러면 공원도 겨울잠에서 깨어나 기지개를 켜고, 그러면 예쁜 꽃과 나비, 벌도 다시 찾아오리라.

-끝-

날마다
이혼을 꿈꾸는 여자

초판 1쇄 | 2004년 4월 15일

지은이 김종윤
펴낸이 김종윤
펴낸곳 자유지성사
출판등록번호 제2-1173호 (등록일자 1991년 5월 18일)

주소 서울특별시 종로구 청진동 11-6 삼선빌딩 202호(110-130)
전화 732-3472(대) | 팩스 732-3474

홈페이지 http://www.fibook.co.kr
E-mail fibook@kornet.net

ISBN 89-7997-152-4 (03810)

* 잘못 만들어진 책은 서점에서 교환해 드립니다.
* 저자와 협의 하에 인지를 생략합니다.